犯罪心理

刚雪印 著

档案

FANZUI XINLI
DANG'AN

【第五季】

追隐者

贵州出版集团
贵州人民出版社

博集天卷
CS·BOOKY

人物简介

· · · ·

韩 印

性别：男
年龄：33 岁

职业：某警官学院教授，犯罪心理学教研室副主任。

外貌性格：斯文俊朗，亲和沉稳，惯常一抹浅笑挂于嘴角。

擅长：犯罪侧写

经历：在多起恶性系列案件中表现卓越，被任教学院破格授予教授资格，并被任命为该校犯罪心理学教研室副主任。但韩印清醒地认识到，成绩只代表过去，未来他仍将穷尽所学，出现在与恶魔搏斗的战线上。他通过微表情解读，识破谎言；通过行为证据分析，洞悉心理动机；通过犯罪侧写，让罪犯无处遁形。

顾菲菲

性别：女
年龄：35 岁

职业：刑事侦查总局特邀刑侦专家。

外貌性格：知性冷艳，厌弃世俗，言语直白，有冰美人之称。

擅长：法医鉴证，物证鉴证

经历：法医学、心理学双博士，曾在国外知名法医实验室深造多年，尤为精通尸体解剖技术、DNA 检测技术、指纹提取技术、骨骼检测技术、颅相重合技术等等，是国内少有的在法医领域以及物证鉴定领域，皆具有深厚造诣的全能型专家。

叶 曦

性别：女
年龄：37 岁

职业：刑侦总局重案支援部支援小组组长

外貌性格：漂亮妩媚，成熟大气，女人韵味十足，端庄又不失性感。

擅长：刑事侦查

经历：曾担任副省级城市刑警支队支队长，兼具刑侦与领导能力，与韩印合作多年，彼此仰慕，略有情愫。

杜英雄
性别：男
年龄：27 岁

职业： 刑事侦查总局外勤侦查员。

外貌性格： 高大硬朗，性格憨直，品格坚韧，清爽帅气之大男孩。

擅长： 近身搏斗，枪械，野外生存。

经历： 曾接受过特警部门的地狱式特训，有重大贩毒集团卧底经历，功夫硬朗，枪法神准，意志品质过硬，唯独缺乏谋杀案办案经验，作为刑侦总局重点培养的刑侦人才，被委派于顾菲菲领导的重案支援小组中。

艾小美
性别：女
年龄：25 岁

职业： 刑事侦查总局外勤侦查员。

外貌性格： 青春靓丽，古灵精怪，生性直率，清新脱俗之小美女。

擅长： 情报搜集，网络技术。

经历： 标准菜鸟刑警，警校毕业直升刑侦总局，情报学、网络执法专业双学士，专业成绩突出，作为刑侦总局储备的技术型人才，被委派于顾菲菲领导的重案支援小组中，由于容貌身材出众，追求者众多。

吴国庆
性别：男
年龄：72 岁

职业： 刑事侦查总局特聘首席顾问。

外貌性格： 虽已暮年，壮心不改，甘愿将整个人生，奉献给祖国刑侦事业。

擅长： 刑事侦查

经历： 新中国培养的第一代刑侦专家，刑侦总局首批八大特邀刑侦专家之一，中国十大神探首席，几乎参与过刑侦总局挂号的所有大案，有当代福尔摩斯之称。退而不休，每有震惊四野之大案，其身影必会出现。日前，受命组建重案快速反应部门——重案支援部。

第一卷　死亡蛰伏　001

第一卷

死亡蛰伏

我们这一代人终将感到悔恨，不仅因为坏人可憎的言行，更因为好人可怕的沉默。

——马丁·路德·金

◎楔子

愚人节的夜晚，老天爷兴风作浪。

黑云罩顶，雷声轰鸣，闪电劈空而出耀着诡艳的光束，怒号的狂风卷着滂沱急雨铺天盖地砸落下来，夜幕下的城市犹如漂浮在大海上的一叶孤舟，黯然无助任凭大自然无情地蹂躏。

一夜猛烈的狂风骤雨过后，清晨里的城市被一层薄薄的雾气笼罩着，空气分外闷浊。街道上遍布落叶和垃圾，街边的广告牌和公交车站牌大多被风刮得支离破碎，行道树成排成排地歪斜着，有的甚至被连根拔起，横隔在马路中央；积水洼地随处可见，地势低的路段积水已经没到汽车的玻璃窗上，整个城市满目疮痍，一片狼藉。

全方位抢险和救援工作迅速地展开。在城市北部的一处植物园内，园林工人们天没亮就紧急集结，投入到抗灾任务中。所有人争分夺秒、全力以赴，争取把损失降到最低，以尽快恢复园林的正常运转。

该植物园系围山而建，山上山下培育着相当多的珍稀绿植，此次特大风灾造成植物大面积倒伏和折断，整个园林都被断枝残树铺满，繁乱拥堵。工人们步履蹒跚，只能一边清理，一边进行植活，任务十分艰巨。

到了下午 3 点多的时候，几名工人清理到一个小山坡路段，发现有一棵碗口粗细的高树歪斜在路边，便着手将之扶正。为留出足够的扶正空间，其中两名工人拿着铁锹在原来树坑的基础上开始反向扩大挖掘。因为下了雨，泥土松软，倒也不费力。只是挖了几铲子，其中一名年龄大的工人，突然觉得铁锹好像被石头卡住似的，便稍用了下力，于是一个白花花的东西随着泥土翻滚出来。

一瞬间，老工人"嗷"地叫了一嗓子，随即丢下铁锹转身跑开了。剩下的几名工人，一脸莫名其妙地愣在原地，但等他们看清楚地上的东西是何物时，便也撒丫子追着老工人向山下跑去。

只留下一颗白白的双目空洞的人类头骨，孤零零地枕在土坡上。

◎ 第一章　地上地下

刑事侦查总局，重案支援部。

顾菲菲带着杜英雄和艾小美走进会议室时，看到里面除了坐着老领导吴国庆外，还有一张他们非常熟悉的面孔——叶曦。

待众人坐定，吴国庆冲坐在身边的叶曦扬了扬手，说道："这位是原古都市刑警支队支队长叶曦，在座的几位和叶队都合作过，彼此都不陌生，我就不多介绍了。至于今天把你们召集到一起，是要代表总局宣布两个任命：首先，叶曦同志自即日起正式调入咱们支援部，接任顾菲菲同志原来的职务，担任你们小组的组长；顾菲菲同志则调至总局物证鉴定中心法医病理损伤鉴定处，担任副处长。当然，我要特别说明一点，目前的工作调动完全是局领导出于优化组合的考虑，大家不要多想。而且我和鉴定中心那边沟通过，如果有需要的话，顾菲菲同志工作也有空当，她仍然会参与咱们小组的支援办案。"

吴国庆话音落下，会议室里响起一阵掌声，留着一头齐肩直发、穿着灰色格纹休闲西装和蓝色牛仔裤的叶曦，随之落落大方地站起身，向众人点头致意。目光触碰到顾菲菲时，她嘴角的笑意更浓了，还轻轻地眨了下眼睛，显得尤为亲切。

事实上，顾菲菲对叶曦的到来并不意外，而且眼前的这一幕，正是她极力促成的。由于总局物证鉴定中心人员方面出现变动，急需一位工作能力全面、出众，且经验丰富的法医补充办案力量，所以一直觉得在顾菲菲的任用上有些大材小用的总局领导，便把目光放到了她的身上。经过一系列的沟通和思想工作，不仅是顾菲菲本人，还包括不舍放手的吴国庆，总局领导都相继多次找他们谈话。最终，出于尊重顾菲菲本人意愿，也考虑到新岗位会让顾菲菲的前途更加广阔，吴国庆只能忍痛割爱。

至于支援小组新组长的人选，吴国庆特意征询了顾菲菲的意见，顾菲菲第一时间想起叶曦，并将她推荐给吴国庆。随后，经过一系列综合评定，吴国庆亲自办好叶曦的征调手续，才有了今天的见面会。

叶曦简短的亮相仪式之后，吴国庆接着便开始布置新的支援任务。

案情简报：2017年4月1日，一场特大风灾席卷了东苏省江平市。次日下午3时许，江平市北部一座植物园内，工人们在扶植歪斜的树木时，意外挖出一颗人类头骨，随即园方紧急报警。

警方到达现场后，组织人力深入挖掘，试图搜寻尸骨的其他残骸。未料，在大致10平方米的范围内，竟然陆续挖掘出3具人体尸骨。经法医初步鉴定：死者皆为成年男性，尸骨上皆留有锐器创痕，谋杀迹象明显。

会议最后，吴国庆指示：由于时下江平市社会氛围比较敏感，风灾不仅打乱了城市正常的生活秩序，更造成多起意外伤亡事故和人员失踪，老百姓心里恐怕再也经不起骇人听闻的事件。为了不引起社会成员大范围恐慌和动荡，从稳定社会治安大局工作出发，总局对支援小组本次的办案要求是四个字——低调、迅速！

另外，叶曦虽然在古都市工作多年，但她本身是江平市人，现阶段江平警力尤为吃紧，支援小组里有个熟门熟路的人，也省去地方同人的一些麻烦。

北方，初春的4月。

荒草间绿意隐现，花丛中亦泛出点点晕红，街边的树木不再是光秃秃的，而是萌发出一个个新鲜的嫩芽，仿佛一切都充满希冀。只是微微的春风中还带着几分凉意，衣服穿多了燥，穿少了冷，气温不尴不尬，一如此时坐在出租车上正赶往机场的韩印的心境。

顾菲菲是在正式向吴国庆推荐叶曦担任支援小组新组长后，才跟韩印交代了职务变动情况。于公来说，韩印当然相信以叶曦丰富的办案经验和组织能力，是完全能够胜任这个岗位的；于私来说，由于多次邀请韩印合作办案，导致叶曦和局领导之间产生一定的分歧和隔阂，因此逐步被边缘化，为此韩印心里很过意不去，一直想找个机会帮她脱离窘境，如果她真能调到总局支援部，也算了了韩印的一桩牵挂。

当然，他并未想到这么快便要与顾菲菲和叶曦一同办案。尽管他不愿承认，但其实很多时候，他都会不由自主地关切叶曦的生活，以至于对于他和叶曦之间的情感，他心里也是模糊不定的，所以此时的韩印，心绪陷入少有的纠结和烦乱，甚至有一点点胆怯。对于自己的专业能力，他从来都是信心百倍，也总能让他预见案件的真相，但对于情感归宿，他似乎很难看清结局。

江平市。

各路人马会合，一番寒暄，随之又兵分三路：顾菲菲和艾小美前往法医科了解尸骨鉴定信息，杜英雄随专案组侦查员排查嫌疑对象，韩印和叶曦随江平市刑警支队支队长，也是侦办本次案件的专案组组长齐兵，前往埋尸现场实地勘查。

江平市植物园始建于 20 世纪 50 年代，最初园林倚靠一座名为"成山"的山峦而建，后来二期扩建又圈进一座"南山"，一度更名为"南成山公园"。但不久之后，因市政园林事业的总体规划，又改回原来的"植物园"命名。

掩埋尸骨现场系在二期扩建后才圈进植物园的南山上。紧靠着一条绕山路，路旁分布着几株瘦高的树，当中一棵被绳子和木方固定的高树旁，拦着一圈黄白相间的警戒线。警戒线内有三个两尺多深的土坑，其中两个坑是横向并排排列的，剩下一个土坑则布在前两个土坑右上方的中间位置。

韩印和叶曦在尸坑边观察一阵，又望了望四下的环境，须臾，韩印向齐兵问道："这园林是全天候开放吗？"

"不，只从早上6点到傍晚6点。"齐兵应道，跟着又补充说，"园区四周的围挡很高，凶手若是带着尸体翻进来有一定困难。"

"也就是说风险很大，而且是连续性的埋尸，凶手为什么会这么执着？"韩印推了下鼻梁上的镜框，若有所思地说。

"也许凶手自认为对这里非常熟悉，是他的心理舒适区？"叶曦试着说。

"我们也这样认为，目前正在有序排查园区工作人员和他们的社会关系。"齐兵接下话道。

"对了，我印象里这南山是2011年之后才并入植物园的吧？"叶曦微微仰了下头，对齐兵说，"如果凶手是在那之前埋的尸，很可能与园林内部工作人员就没什么关系了。"

"精确点说是2011年8月初开始施工，年尾正式并入，你怎么……"齐兵愣了下，使劲拍了下额头，"你看我这脑袋，忘了小叶是咱江平人，自然知道植物园的情况啊！"齐兵是老资格刑警队长，虽然没叶曦级别高，但年纪放在那儿，再加上又是老乡，所以称呼起叶曦来也没见外："你爸妈还在这边住吗？"

"我一直在古都工作，爸妈退休后也都跟着过去了，在那边安了家，有三四年没回来过。说实话我对这南山还真有点印象，小时候学校组织爬山总来，不过我记忆中这里都是土路，现在的青石路应该是后来修建的吧？"叶曦伸手拍了拍身边的一棵树，感叹道，"还有这些树，也不算粗，看起来也是近几年才种的。如果真是2011年之前埋的尸，那修路加上植树总会挖挖铲铲的，竟然都未挖到尸骨，凶手运气未免太好了！"

"不，这些都是楠树，本来就是生长极慢的树种，别看现在只有碗口粗细，那也得有个三四十年的光景才能长成这样。"齐兵笑着解释道。

"原来如此，幸亏没当着外人说，不然太丢脸了。"叶曦也干笑两声说。

　　叶曦和齐兵说话间，韩印正蹲着身子凑近一个尸坑仔细观察着。他看了看尸坑的四壁，又伸手捏了捏里面的土，愣了会儿神才站起身来。他好像得到什么启示，快步走到林边的绕山路上，俯瞰向三个尸坑，旋即打破沉默道："你们觉不觉得这几个尸坑挖掘得好像是有讲究的？"

　　"什么意思？"顾菲菲走过来，顺着韩印视线望着，不明就里。

　　"你们看，从咱这绕山路的角度正向纵观，三个尸坑的分布是一个在上两个在下，像不像一个字？"韩印道。

　　"是吗？"齐兵也走到两人身边后，远远地观察着，"经你这么说，三个尸坑看起来有点像三个扁扁的'口'字。"

　　"这应该是勘查挖掘造成的吧？"叶曦犹疑着说，"原先凶手挖的尸坑未必这么规矩。"

　　"不，我刚刚仔细看过，尸坑四壁的土有色差，"韩印解释道，"上深下浅，浅色的部分应该是凶手原先挖掘的部分，就已经很方正了。"

　　"那这三个尸坑形成的是一个'品'字？"齐兵试着问。

　　"三个口字形的坑加一具尸体，应该是三个'日'字的叠加，会不会是一个'晶'字？"叶曦凝着神说，"是凶手故意为之，还是咱们的解读有些夸张？"

　　"不知道，也许是我瞎想，先记着有这么个细节吧。"韩印耸耸肩道。

　　法医科，解剖室。

　　三具尸骨并排摆放在三张解剖床上，全身软组织、内脏已完全液化消失，除了被老工人铲断的那具，其余两具头骨和躯干都是连着的，骨骼基本完整。

　　主检法医是个微胖的女子，年纪不大，也就三十出头的样子，自我介绍姓李，眼睛红红的，头发稍有些凌乱，看起来这段时间也是通宵达旦地工作。

　　顾菲菲和艾小美简单与她打声招呼，便进入正题。李法医介绍道："三名受害者颅骨前额均呈弧线状，骨盆高而狭窄，耻骨角度相对狭小，男性特征明显；上额磨牙损耗度均大约在一级，套用公式计算之后，以及观察耻骨联合面北侧已经形成高嵴，出现骨化结节连接的特征，可见受害者年龄应该很接近，大致在 22 岁到 24 岁之间；测量尸骨长度，再以填充 5 厘米的软组织厚度综合计算，受害者大致身高分别为 1.81 米、1.72 米、1.78 米；至于死亡原因，未见外力导致的机械性窒息、颅脑损伤等迹象，而在受害者多处骨骼部位发现明显的刺创痕迹，推测受害者均系遭锐器刺死的；由于尸体均已白骨化，相关外部因素也比较复杂，受害者具体的死亡时间比较难以判断。"

或许知道顾菲菲是行家，李法医汇报得格外细致，顾菲菲耐着性子听完，然后问道："毒化检测有发现吗？"

"只在骨骼中检测到少量的砷成分，没有其余的发现。"李法医紧跟着解释，"为谨慎起见，我们提取尸坑中的泥土进行过检测，证明是土壤中含有的砷质渗入到尸骨中的。"

"除了常规的鉴定信息，还有没有进一步的线索？"顾菲菲又问。

"尸骨上未有约束痕迹，出土的时候衣物都还在骨骼上，只不过基本都烂掉了，手机和钱包都未找到，现场未发现任何能证实受害者身份的相关线索。"李法医回应说。

顾菲菲点点头，把视线投向解剖床，看起来她还是要亲自对尸骨做一番检验。李法医也很有眼力见儿，殷勤地把一副无菌手套和一支放大镜递到她手上。

从左至右，暂且用 1 号、2 号、3 号，来命名无名尸骨。顾菲菲在 1 号尸骨前驻留一阵，从头到脚细致地观察着，似乎一再确认尸骨上并未有什么值得深入追查的，才把身子挪到 2 号尸骨前。仍旧从头骨开始观察，但这一次她的视线很快定住了，紧跟着手上比画了个夹东西的动作，心领神会的李法医赶紧从工具箱中取出一把弯头镊子递到她手中。随即，顾菲菲将镊子相继伸进 2 号尸骨头骨上的两个眼窝中，竟接连夹出几块微小的有些泛白的布片，放到李法医举过来的玻璃碟中。

三个人同时把视线凑近李法医手上的玻璃碟，片刻之后，李法医先开口说："这应该就是普通的布。"

顾菲菲"嗯"了一声，直起身子，把镊子伸到 2 号尸骨的口腔部位，撬开微闭的牙齿，来回打量一阵，然后迅速走到 3 号尸骨前。同样，也从头骨的眼窝部位夹出几块碎布片。

"眼窝中有碎布片，说明这两名受害者曾经被布条蒙过眼睛，但嘴里却没有……"顾菲菲用手指点着 2 号和 3 号尸骨，思索着说。

"噢，我明白了。"艾小美眉头一挑，抢着说道，"受害者没有遭到捆绑，嘴巴也没有被封住，单单只被布条蒙住双眼，说明当时受害者毫无抗争之力或者已经死亡，那么布条蒙眼便是凶手杀人之后附加的犯罪标记性动作。"

"这有什么特别的意义？"李法医问。

"凶手或许具有一定的变态心理。"顾菲菲声音沉沉地说。

与此同时，杜英雄随专案组侦查员敲开了一名植物园退休工人的家门。

进得老工人客厅，刚一坐定，未等侦查员问话，老工人便着急忙慌抢着说："园里的事我听说了，我有一个侄子失踪七八年了，会不会跟南山上挖出的尸骨有关？"

"您侄子失踪时多大年纪？"

"20 多岁。"

"他叫什么？"

"孙阳。"

◎第二章　初步分析

次日上午，支援小组和专案组开了个碰头会，就目前掌握的案件信息做一次初步的梳理和分析。

法证鉴定信息对查找无名尸源和身份有着重要的指导意义，顾菲菲结合着投影仪播放的相关存证照片，首先发言："三名受害者均系男性，从尸骨特征上推测，年龄大致相近，在 22 岁到 24 岁之间。不过由于每个人的机体骨骼发育不同，实际可能会存在 1 到 2 岁的误差，所以我建议把尸源查找的年龄范围圈定在 20 岁到 25 岁之间。

"三名受害者尸骨上均留有不同程度的刺创，具体分布是这样的：1 号受害者，刺创出现在其尸骨第 9 节胸椎外侧，以及第 4 节腰椎外侧部位；2 号受害者，刺创出现在其尸骨左侧第 7 节肋骨外侧，以及腰椎第 10 节内侧部位；3 号受害者，刺创部位则分别出现在左侧第 6 节肋骨与胸骨的结合部位，第 12 节胸椎内侧，以及锁骨部位。综上所述：推测受害者均系被锐器刺死的，而且比对创痕显示，锐器种类相似，很可能来自同一把。当然，骨骼上的刺创，只是凶器刺穿受害者身体与骨骼接触造成的，实际的刺杀次数肯定要更多。

"至于死亡时间，我想大家一定尤为关注，我和李法医也深入讨论过。理论上尸体埋于土中 2 至 3 年会出现完全白骨化，不过山上水汽大，土地常年湿润，再加上各种昆虫噬咬，估计白骨化的时间还可以更早。所以单单从尸骨衍变特征上判断，只能说受害者至少已经死亡两年，但综合案发现场的实际情况，也就是说有个植物园扩建时间点的因素，那么死亡时间的考量范围，我建议追溯到 2011 年之前。另外，从尸体被掩埋时的衣着碎片上看，基本属于春夏秋装的范围，比较单薄，而且破碎腐烂程度也大致相同，推测掩埋三名受害者尸体的时间跨度不会太大，当然也不排除同时掩埋的可能性。

"三名受害者双臂的腕骨、尺骨、桡骨、肱骨部位均完好无损，表明既没有约束痕迹，也没有防御抵抗外力造成的骨折创伤。毒化检测方面，结果未显示出人为造成的毒化物成分；但有迹象表明凶手在杀死 2 号和 3 号受害者后，均附加了用布条蒙上尸体双眼的动作。我们做过比对，蒙眼用的布条应该是从受害者衣服上撕下来的。"

"这么说从刺杀迹征上看，所谓的 1 号受害者应该是被凶手从背后乱刀刺死的，2 号和 3 号受害者是由正面遭到凶手的刺杀。"叶曦接下话道，"尸骨上没有约束和防御痕迹，估计凶手很可能采取的是偷袭或者出其不意的杀人方式。"

"我和李法医也倾向于这种观点。"顾菲菲颔首笑笑，显然叶曦说到点上了，这也正是她详细解读尸骨上刺创分布的用意。

"那蒙眼的动作会不会是某种仪式？"齐兵试着问，"有没有可能是黑社会暴力团伙或者邪教团伙集中处决叛道者？"

"可能性不大，如果真如您所说，恐怕犯罪团伙更愿意将尸体暴露，以彰显所谓团伙组织的惩戒力量。"杜英雄顿了顿，话锋一转，"我觉得从凶手的犯罪行为特征上看，倒是更符合由心理畸变导致的连环杀人案件。"

"就像齐队您刚刚解读的那样，凶手从背后偷袭转至正面攻击，显示出的正是凶手由生涩到逐步成熟、自信的犯罪递进过程。"艾小美紧跟着说道。

"不对，你们这有些想当然了，没有证据表明 1 号受害者是最先遇害的。"专案组一位侦查员反驳道。

"你别急，刚才我的同事小美只说了一方面，我来做另一点说明。"杜英雄解释说，"在已知凶手的三次作案中，处理尸体的方式大致相同，但只有 1 号受害者尸体上的双眼未被布条蒙住。为什么会有这个特例呢？从我们侦办过的多起类似案件的经验上看，1号受害者有可能是机遇型的受害对象，凶手刺杀他并未经过充分的预谋，只是在一种无法抑制的应激反应的心理状态下实施的犯罪。事实上那时候他并不清楚自己想要什么，但是他能感受到刺杀行为带给他的释放快感，于是在随后的作案中，他开始建立自己的杀人理论体系，而最终他通过自我认知反馈，选择借由杀人后蒙住尸体双眼这样一个动作，就是我们常称为犯罪标记性的动作，来彰显其杀人的合理性。综合犯罪手法和犯罪标记的形成，我们认定1号受害者为此次案件中首个遭到杀害的对象。"

"如果是变态连环杀人案件，那是不是意味着同类案件或许并不仅限于目前已知的3起？"专案组另一位侦查员内行地问道。

"确实，对连环杀手来说，杀人具有一定程度的成瘾性和强迫性，可能由于最初掩埋尸体的地点，被纳入植物园改造范围内，显现出一定的风险性，逼迫他不得不另寻地点埋尸；又或者出于某些原因，他决定改变犯罪手法，处理尸体的方式也相应改变了。我们有个思路：接下来在查找尸源和身份的同时，我们还需要调阅旧的恶性伤人案件卷宗档案，包括已结案的和未结案的都要，从中寻找有可能与本次连环杀人案相关联的案件。"韩印目光中带着一丝赞许，冲艾小美和杜英雄笑了笑。经过几年的锤炼，两个年轻人终于可以独当一面，让韩印很是欣慰。

"这条线交给我和小美跟吧？"杜英雄和艾小美对了下眼，主动请缨道。

"可以。"组长叶曦点了下头，随即又嘱咐道，"时间跨度比较长，工作量应该不小，一定要细致，以防有疏漏。"

"明白。"杜英雄和艾小美异口同声说。

"行，回头我跟档案室打声招呼，全力配合你们。"齐兵使劲点点头，然后说，"对了，你们的小杜同志应该也汇报过那位植物园退休老工人反映的情况——他有个侄子叫孙阳，早在2009年便失踪了，至今杳无音信。我们查了下户籍信息，孙阳是1986年生人，失踪当年23岁，倒是很符合顾法医圈定的无名尸骨的年龄范围。"

　　"他直系亲属还在本市吗？"叶曦问。

　　"已经与他父母联系上了，稍后我会派人把他们接到队里来问话。"齐兵说。

　　"不，我们去他家里，看看孙阳的生活环境。"韩印斩钉截铁地说。

◎第三章 尸源查找

散了会，韩印、顾菲菲和叶曦三人便赶去做孙阳的家访。

孙阳父母之前都是国有工厂的工人，下岗之后再就业，如今母亲王香兰在一家物业公司当保洁员，父亲孙明在一家私人工厂做焊工。早上接到警方的电话，听闻失踪多年的独子终于有了消息，二人特意请了假候在家中。

似乎有不好的预感，与韩印等人甫一见面，二人便忍不住泪眼婆娑起来。经过一番安慰，二人配合顾菲菲顺利采集了唾液检材，紧接着叶曦斟酌着用词，告知二人警方发现了无名尸骨的消息，二人情绪便愈加激动起来。

趁着孙阳父母平复情绪的当口，韩印在屋子里稍微转了转。房子是两室一厅的，大约60平方米，南北向户型。韩印试着推开北卧室的门，看到里面靠近窗边摆着一张单人床，床的右侧有一张带书架的写字桌和一个简易的板式衣橱，床头背靠的墙壁和对面的白色墙壁上，贴着几幅明星海报，显然这就是孙阳的房间。

韩印走到床边继续打量。床单和被子铺得都很平整，书架上摆放的书也错落有致，衣橱里面的衣物挂得都很规矩，整个房间看上去井井有条，只是手到之处便会感觉到一层厚厚的落尘，显出确实很长时间没住过人了。韩印从裤兜里掏出手机，冲着墙上的明星海报拍了几下。放下手机，他随手从书架上抽出几本书翻了翻，感觉没什么特别，便又依次放回书架。他轻轻掸了掸手，接着拉开写字桌的抽屉，看到里面有些文具和纸张，但并没见到他期待的日记之类的物件。也就在这时候，屋外响起叶曦问话的声音，想必孙阳父母已经整理好情绪，可以接受询问了。

"您二位先别着急，现在一切都还未证实，我们目前只是在失踪人口中做相应的排查而已。"叶曦安慰一句，然后说道，"麻烦您二位说一下孙阳失踪的来龙去脉，越具体越好。"

"孩子其实是上了那个破烂的网戒学校才不见的。"孙阳母亲王香兰应着话，狠狠瞪了眼身边的丈夫。

"是我，是我硬下心把阳阳送去的。"孙明抖着嘴唇，凄然笑笑，"当时我谎称找人给他介绍工作，把他骗到了那个学校，我记得那天他被几个老师按住时的眼神，感觉对我这个父亲特别失望。我，我也是实在没辙了，20多岁的大小伙子啥正事也不干，整日整夜地待在网吧里。有时候几天都看不到个人影，一回来就伸手要钱，不给他，就把自己闷在房间里不吃不喝。"

王香兰抹了抹眼角的泪水："阳阳这孩子原本可听话了，自打高考落榜复读那年，沾上网瘾这个东西就像中了邪似的，跟以前比像完全换了个人。后来他爸看到报纸上的一则广告，便非要把孩子送去那学校戒网瘾。"

"他怎么会突然失踪了？"叶曦问。

"我把他送到那学校一周后，突然接到学校的电话，说让我过去一趟。我去了之后，他们那个校长跟我说，孙阳自打进校就一直不服从管教，前一天在操场上做早操时，因为站队问题和一位老师发生了争执，还把人手咬了，隔天凌晨便从学校溜走了。"孙明叹着气说，"后来我们去派出所报案，民警到学校做过调查之后，跟我们说的大概也就是这么个情况。"

"学校方面对此有何表示？"顾菲菲插话问道。

"他们还能怎么说，找各种理由推脱责任呗！说什么孙阳是成年人，学校只是通过封闭训练的方式来矫正学员的网瘾，如果孙阳硬是要离开学校，他们也不能搞非法拘禁。还说当初签的委托书中，也声明了采取自愿原则，学生自行逃离学校，校方不承担任何责任。"孙明愤愤地说，"我们去交涉过很多次，学校始终都是这个说法，再加上派出所那边也无能为力，这么多年我们只能自己试着各方寻找。"

"我们知道的亲戚朋友都打听遍了，始终也没有阳阳的消息，后来我和他爸估计，准是他在网吧认识的那些狐朋狗友，给了他安身的地方。"王香兰一脸怨气地说。

"孙阳在你们面前提过他在网吧认识了什么人吗？"顾菲菲继续问。

"他倒没说过，我也去网吧问过，没问出什么消息。"孙明又叹口气，话锋一转，"我现在真是肠子都悔青了，原先起码可以在网吧找到孩子，现在让我去哪儿找？连那个所谓的网戒学校也都关闭了！"

"你还有脸说，那破学校用的方法根本没什么科学依据，都是一群骗子，政府把他们抓了真好。"王香兰又忍不住数落起丈夫，呜咽着说，"报纸上都说了，他们完全是使用体罚和虐待的方式对待孩子，我们家阳阳准是被打得受不了才跑的。孩子又不敢回家，怕再被送回去，就这么没了音信。"

"我们家阳阳从小身子骨就弱，个头也小，为此当年我还特意让他比同龄孩子晚一年上小学。"孙明接下话说，"这孩子性子比较懦弱，说话总是轻声轻气的，周围邻居都说他像个女孩子，念书的时候也总被同学欺负，天知道他遭受了什么，才会跟老师打架来着？"

"我看孙阳的房间规整得很利落，是你们帮着收拾的吗？"韩印突然走过来插话问。

"都是他自己拾掇的，这孩子爱干净。"王香兰应道。

从孙阳家出来，叶曦要先驱车把顾菲菲送到支队技术处，路上三人顺便交流一下随后的调查方向。

韩印先道："就孙阳父母的口气看，当年派出所应该是没立案。"

顾菲菲道："那是肯定的，对于成年人口的失踪案例，除非有证据表明与刑事案件有关才会予以立案调查，通常都只能做备案处理。理论上备案信息会被录入'失踪人员信息管理平台'，但现有的平台是采取'两级建库，五级管理'的模式，也就是公安部负责建立全国性的信息系统，各省级公安厅建立本省的失踪信息管理系统。由于各省乃至各市的发展情况不一样，这个系统目前来说有一定的局限性。据我了解，咱们现在所处的江平市，成年人失踪人口数据的采集，是从 2013 年以后才开始的。"

"不管怎样，派出所还得去，了解下当时的调查经过。"韩印咧咧嘴，苦笑着说，"只是，无名尸骨一旦真的是在南山纳入植物园之前被掩埋的，那查找尸源岂不等于大海捞针了？"

"确实有一定难度。"叶曦也无奈地笑笑，随即望向顾菲菲，显然想知道她的想法。

"我是这样想的，先从 DNA 比对入手，如果数据库中没有匹配的，那咱再另想办法。"顾菲菲顿了下，接着说，"三名受害者颅骨都是完整的，完全可以请求总局的物证鉴定中心，利用'颅面复原'技术，获取受害者生前的面部合成照片，只不过需要一些时间。"

"你是专家，听你的，按部就班来吧。"叶曦略微思索一下，"我这边再搜集查阅下相关失踪档案，或许也能有些帮助，当然如果能从孙阳身上打开突破口那就最好了。"

孙阳当年所在的网戒学校全名为"朝阳网瘾戒除学校"，系民间办学，校址位于城市边缘城乡接合部，归陵水街道派出所管辖。韩印和叶曦的到访，令所长有些诚惶诚恐，一边吩咐人赶紧去档案室把备案材料找出来，一边打电话召来当年经办该案的管片民警，好具体给两人介绍下调查的过程。

管片民警自我介绍叫吴浩，接着便仔细搜索着记忆说道："朝阳学校开办于 2007 年，租用了一家倒闭的食品厂作为场地，后因涉及多起体罚、虐待，乃至暴力致残学员事件，遭到家长和媒体曝光，于 2013 年被有关部门勒令关闭。同时多名责任人因非法经营和故意伤害罪，被法院处以长短不一的刑期处罚，其中学校创办人赵常树，刑期最长，至今仍在服刑中。

"至于你们说的这个孙阳，是在 2009 年 8 月失踪的，当时所里接到报案，我和一位同事到学校了解情况。问了几个老师和同学，说的大概都一样，就是在做早操的时候，孙阳因动作懒散，被所谓的辅导老师揪出队列。随后两人发生争执，孙阳因此遭到体罚，并被关进禁闭室。后来我们又问了跟孙阳同宿舍的几个学生，其中一个住在孙阳下铺床位的学员，证实孙阳当晚在 10 点多钟回到寝室，上了床。后来早晨 6 点半左右，学员们起床，发现孙阳不见了，于是上报到学校。校方找遍学校，始终也未发现孙阳踪影。"

"孙阳下铺的同学叫什么？"叶曦拿出笔和记录本，望向吴浩说。

"这个……这个……时间久了，我有点记不住了，材料上应该有。"吴浩挠挠头，赶紧把放在桌上的一个文件夹打开，"对，这上面有，叫方剑。"

"年龄，籍贯？"叶曦记下名字，接着问道。

"这……"吴浩又把手放到后脖颈上摩挲起来，表情有些尴尬，支吾地说，"唉，怎么说呢？据我们当时掌握的情况，在孙阳失踪之前，朝阳学校已经发生过多起学员逃跑事件，所以我们压根也没往坏处想，去学校调查就是走个过场，随便问几句，也没太深入记载信息。不过当年那方剑看起来也就 20 多岁的样子，说话是本地口音，估计是我们江平人。"说完这番话，吴浩已是一脑门子汗。

"嗯。"叶曦随口应了句，低头在笔记本上写着，好一会儿都没抬头。

韩印知道叶曦这是有意要晾一晾吴浩，便打着圆场说："朝阳学校的校舍还在不在？离所里远吗？"

"在，在，荒废四五年了，一直没租出去。"吴浩如释重负般嚷着说，他实在不想再当着所长的面出丑，便赶紧从椅子上站起来，赔着笑说，"要不我带你们过去看看？你们还想了解什么情况，咱们边走边说？"

"那辛苦你了。"韩印拉了下叶曦,客气地说道。

几日前的那场强暴风雨,将荒废多年的朝阳学校摧残得更加破败。

隔着贴有法院封条的两扇大铁栅栏门,韩印和叶曦默默打量着里面。整个学校占地面积不大,操场是长方形的,大概只有三个篮球场大小,上面长满荒草,中间地带有两个铁锈斑斑的篮球架,一个歪七扭八地矗立着,另一个则被狂风吹翻在地。铁栅栏门正对着的,也就是操场北面,有一栋四层高的大楼,距它不远另有一幢两层高的小楼,两栋楼的墙面都是灰白色的,有多处窗户的玻璃都碎掉了。铁栅栏门两侧是高高的围墙,差不多高3米左右的样子,上面布着带尖刺的铁丝网。总之,这学校猛一看,感觉很像影视剧中侵略者迫害革命志士的集中营。

铁栅栏门右边有个小铁门,门销上挂着一把铁锁,管片民警吴浩上前轻轻拽了下,锁便开了,他跟着说道:"锁早就坏了,咱们进去看看?"

韩印点点头,先穿过小铁门,叶曦紧随其后,吴浩最后跟着走进来。三人走到所谓的教学楼前,看到入口的两扇带玻璃的大木门,已经被先前的狂风刮倒了,挡住大楼的通道,再加上满地的玻璃碴子,三个人小心翼翼,好容易才合力挪腾出个去路,这才走进大楼。

楼内依稀能看到些当年培训学校的影子,有几间屋子里摆着落满灰尘的黑板和桌椅,楼道和室内墙壁上还能看到一些励志标语。顺着楼梯走到最顶层,有几间类似学员宿舍的房间。房间陈设大致相同,都是中间挨着窗户的位置摆着一张木桌,左右两侧各立着三张上下铺的铁床。如此楼上楼下走一圈,倒也没什么值得特别关注的,片刻之后,三人便从楼里走出来。

叶曦掸了掸衣服上的灰尘,指着主楼侧边的小楼问:"那个楼是干啥的?"

"那是后建的。"吴浩进一步介绍说,"原本学校男女学员共用一个宿舍区,后来由于学员增多,尤其女学员越来越多,学校当时发展势头很不错,也想扩大规模,便又建了这么个两层楼的女生宿舍。工程队是外雇的,因学校急于投入使用，工人们加班加点每天早上四五点便开始施工。校方当时怀疑，孙阳很可能就是趁着工程队早上出入学校的当口，值班老师又疏于防范，逃出了学校。"

"有相关的监控录像吗？"韩印问。

"没有，校方不愿在这方面投入，只在大门口装了个摄像探头，不过也没连线，只是装装样子吓唬学员们而已。"吴浩摇摇头，无奈地说。

"工程队里有人目击到孙阳逃出校门吗？"叶曦继续问。

"倒也没有。"吴浩说，"不过校长跟我说，那天工程队是早上5点左右进的校，随后工头又折出去买了包烟，当时看守大门的值班老师还在困头上，便让他快去快回，说门就先不锁了，等他买完烟回来记得帮忙锁上，接着便回值班室继续睡觉了。那工头买烟差不多用了七八分钟，孙阳很可能就是在这个时间段溜出学校的。"

"那校长现在关在哪儿？"韩印注视着小楼说。

"在本市的城南监狱！"吴浩说。

大约一小时后，韩印与顾菲菲已然身在城南监狱的审讯室中，坐在二人对面的正是原朝阳网瘾戒除学校的校长赵常树。这赵常树中等个头，脸上坑坑洼洼地布满痤疮印痕，鼻梁上架着一副近视眼镜，镜片背后是一双单眼皮的三角眼，浑身上下透着一股阴坏、狡黠气。

"政府，我……我早几年前已经交代清楚了，你们这是为啥又找我？"赵常树抬手推了推眼镜框，唯唯诺诺地先开了腔。

"你有个学员叫孙阳，还记得吗？"韩印微笑一下，和气问道。

"孙阳？"赵常树愣了愣，缓缓摇头，"没什么印象。"

"真不记得了？那我来帮你回忆回忆。"叶曦深盯了赵常树一眼，"2009年8月，这名叫孙阳的学员在你经办的朝阳学校失踪，事发后家长报案，派出所上门调查，当时还是你亲自接待的……"

"噢，噢，我对上号了。"赵常树转了转眼球，抬手拍拍额头，打断叶曦的话，"确实有那么回事。事发前一天他和我们学校王老师在早操期间打架来着，所以被罚了禁闭。本来想罚他一夜的，后来我看那孩子身子骨弱，认错态度比较诚恳，就在晚上 10 点左右放他回宿舍了。可谁知这孩子可能怕得罪老师以后日子不好过，竟然一大早趁着工程队进校的当口溜出学校。"赵常树紧跟着解释说："那时我们正在扩建学员宿舍，雇了一个工程队。"

"王老师和孙阳为什么会争执到大打出手？"韩印又问。

"当日我站在队伍最前面，离事发地点有段距离，没看太清。"赵常树模棱两可地说，"事后我听王老师说，是因为孙阳做早操不认真，他说了他几句，孙阳回嘴了，两人便纠缠起来。"

"这个王老师全名叫什么？我们现在怎么能联系到他？"叶曦问。

"他叫王波，不过，不过你们可能见不到他了。"赵常树吞吞吐吐地说。

"什么意思？他去世了？"韩印追问道。

"离家出走了。"赵常树咧咧嘴，挤出一丝苦笑，"说起来王波和我还有点亲戚，是我一个远房表姐的孩子。他原本在一家商场当保安，后来因为跟顾客打架被开除了，这才到我那学校上班。不过这小子不定性，总爱跟社会上一些人瞎混，在我那儿其实也没干多长时间，大概就是他跟孙阳打完架后不久，说是要跟朋友合伙做生意，就辞职了。后来，过了半年左右，我表姐突然来学校找我，问我见没见过王波。说王波自打离职后，就又跟社会上一些地痞混在一起，整天喝得醉醺醺回家。表姐夫实在看不过眼说他几句，他竟然跟他爸动起手来，随后负气跑出家门，便再也没看到人影。"

"直到现在也没消息？"韩印问。

"应该是吧。"赵常树说。

"王波是本地人吗？"叶曦问。

"对。"赵常树说。

"你把他母亲的联系方式告诉我们。"叶曦说。

"86782……"赵常树想了想，说出一组号码，"这是我表姐家的座机号码，你们可以跟她聊聊看。"

叶曦记下电话号码，和韩印互相看了看，交换了下眼神，便合上记录本。两人站起身，像要结束讯问的姿态，韩印却突然又问道："你还记得有个叫方剑的学员吗？"

"方剑？不记得了。"赵常树干脆地说。

"当年他住在孙阳的下铺。"韩印继续盯着赵常树问。

"真想不起来了，"赵常树皱着眉头，做出用力思索的模样，"一点印象也没有。"

韩印抿嘴笑笑，又做出转身离开的样子，但没走两步，却又定住步子，转身问："当年给你们建新楼的工程队还能联系上吗？"

"早联系不上了，都过七八年了，电话号码早扔了。"赵常树头摇得像拨浪鼓，忙不迭地说，"那时候图省钱，随便在建材市场外面找了个包工队，其实也不是什么包工队，就一个工头领那么五六个人。你们……你们找他干啥？"话到末了，赵常树支吾地追问了一句。

"这就不劳你操心了。"韩印意味深长地瞥了他一眼，转身走出审讯室。

从监狱出来，已经是午后2点多，韩印和叶曦还没吃中午饭，便就近找了家面馆，先填饱肚子。

面条上来后，没吃几口，叶曦便又提到案子："我有种感觉，你好像一直在纠结孙阳和王波之间的争执？"

"我是这样觉得的，以我对孙阳个性的理解，他不是那种特别不服从管教、敢与培训老师大打出手的人。"韩印犹疑着说，"更应该做不出从学校逃跑的那种事。"

"你觉得孙阳个性的本质是怎样的？"叶曦放下筷子问。

"就像他母亲说的，比较接近女孩的性格。"韩印也停下筷子，进一步解释道，"我看了他的房间，收拾得井然有序，非常规整。书架上摆的也多是一些言情和心灵鸡汤类等女孩喜好的读物，墙上还贴着几幅女明星海报，而且是不同的女明星，根本不像一个大男人的房间，我觉得他内心深处其实住着一个性子细腻、薄弱的女孩。"

"那也不一定，就那朝阳学校，像纳粹集中营似的，身在其中个性有变化也很正常。"叶曦笑了笑，打趣道，"再说你们这些男的在小男生时代，不就爱往墙上贴个梦中情人啥的吗？"

"异性相吸只是咱们直观的理解，现实生活中未必可以这么随性，你还是不太了解男人。"韩印笑笑，跟着解释，"比如男生和父母同住，墙上贴一女明星海报，父母进进出出的，多少会觉得有些不自在，更别说满墙贴的都是女明星了。再者说，贴海报的用意是什么？无非要么是自己心驰神往的梦中情人，要么是自己敬仰的和想成为的那种人，所以其实大多数男孩房间不会贴那么多女明星海报，更多的是自己崇拜的人。"韩印拿出手机摆弄几下，调出相册，递给叶曦，"喏，就是那几幅海报，是我在孙阳房间里照的。我不太认识那上面的女明星都是谁，但看上去都属于温良、柔美型的，想必孙阳潜意识里很崇拜那样的女性。"

"不过说到底孙阳和王波很有可能与咱们的案子没什么关系。"叶曦把手机还给韩印说。

"那倒也是。"韩印略微沉吟一下，"不过我总有种感觉，那个朝阳网戒学校会跟咱们的案子有牵扯。"

"那应该把关停学校的案件卷宗找出来看看，另外我还想在失踪案件档案中再找找线索，待会儿回去我也去趟档案室。"叶曦说。

"咱们一起去，顺便帮帮小杜和小艾的忙。"韩印说。

按照赵常树给的电话号码，叶曦顺利地联系上王波的母亲，并与韩印去做了走访。关于王波的失踪，王波母亲的说法跟赵常树说的差不多。至于王波在外面的社会交往，王母表示一概不清楚。不过据她介绍，王波身高 1.8 米，失踪时 25 岁，也是符合三具无名尸骨的年龄和身高范围的，所以临走前叶曦用棉棒蘸取了王波父母的唾液放到证物袋中，以做 DNA 检测备用。

◎第四章　悬案疑云

入夜，淅淅沥沥下起了小雨，才干爽了没几天的城市又被浓重的潮气包围住，夜色中的气息不免让人觉得有些压抑。

在这样一个夜晚，一盏昏黄的灯光下，一个满脸胡茬头发蓬乱的男子，正气鼓鼓地敲击着手中的电脑键盘。随之，一条条恶毒的谩骂和诅咒，便跃入电脑屏幕。对着电脑发泄一阵，似乎觉得索然无味，男子踱步到窗前，点上一支烟。忽明忽暗的烟火，隐隐照着男人的脸庞，一如窗外的雨夜，写满萎靡和阴郁。须臾，香烟燃尽，男人打开窗户，将烟屁股弹了出去。关窗之际，一股雨丝随风飘溅到男人脸上，他怔了一下，像想到了什么，随即嘴角边泛起一丝阴森的狞笑。紧接着，男子迅速反身，坐回电脑前，敲击键盘的双手，变得轻快了许多——据市政府防汛指挥部内部消息，明后两天本市将再次迎来特大暴风雨，雨量远远大于 4 月 1 日的暴雨，摧毁性也有过之而无不及，政府方面出于维稳需要，内部下令不得对公众透露汛情……

同样在这个夜晚，在另一盏锃明瓦亮的 LED 灯下，展现的却是一幅春色无边的景象。一个浓妆艳抹的女子，穿着黑色长筒丝袜、低胸蕾丝短裙，在电脑屏幕前扭动着凹凸有致的身姿。女子操着一口嗲嗲的声音，煽动着说："……来，亲爱的宝宝们，给姐走一波礼物呗……"

还是这个夜晚，除顾菲菲在鉴定科监督 DNA 检测之外，支援小组其余几个人的身影,都出现在支队档案室中。

档案室不算太大,有百儿八十平方米的样子,里面潮气重,扑鼻都是旧纸张腐朽的气味。用硬牛皮纸装订的案件卷宗,整齐摆放在一排排木色的档案架上,可能有的案子调查材料比较多,便被装在方形的纸盒箱中,摆在档案架的最下层。

艾小美和杜英雄已经在档案室里生生窝了一整天。连着看了几十份卷宗,这会儿已经累得直不起腰,只能把一摞摞卷宗搬到身旁,席地而坐,强打着精神继续翻看。

韩印和叶曦则对头坐在档案室门边的长条桌旁,手边也都摆着一摞子卷宗,桌角还有一个贴着白色标签的纸箱子,标签上注明:"朝阳网瘾戒除学校专案"。

良久之后,韩印摘下鼻梁上的眼镜放到一边,抬手揉了揉酸胀的眼睛,说道:"这资料也太笼统了,培训老师和学员信息登记得都不够具体,对咱们来说用处不大。"

"确实是,早年间的学员档案基本没有记载,不过这应该不是办案人员的问题,你想他一个没在教育部门备案的民间非法经营的学校,怎么可能在学员档案上多下功夫?"叶曦也放下手上的卷宗,伸了个懒腰,晃着脖子说。

"看来还得试着找找住在孙阳下铺床位的那个方剑。"韩印说,"床上床下住着,他肯定比别人了解孙阳,说不定两人关系还不错,也许他会知道孙阳离开网戒学校后去了哪里。"

"我已经跟齐队交代过了,先从户籍登记信息方面着手,筛查现年龄为 25 岁到 35 岁之间,名字叫方剑的本地男青年。"叶曦说。

"嗯。"韩印微笑应道,瞬即不由得深望了叶曦一眼。叶曦的经验和对他的了解,真的是让韩印觉得配合起来非常默契和从容。

那边厢,艾小美不知为何霍地从地上蹿起,眼睛直勾勾盯着手里的一份卷宗。继而把卷宗夹在腋下,哈腰从一个纸箱子中又接连翻出几份卷宗,拿在手上快速翻阅起来。看她这副架势，似乎有所发现，坐在不远处的杜英雄也赶紧从地上爬起来，凑到她身边。盯着艾小美手上的卷宗看了会儿，杜英雄眼睛开始微微放光。

"这案子有点意思。"杜英雄说。

"是吧，有相似的因素。"艾小美说

"就这点材料吗？"杜英雄指指艾小美手上的卷宗。

"喏，这里都是。"艾小美抬脚踢了下放在地上的纸箱。

"咱拿给韩老师他们看看吧？"杜英雄旋即抱起地上的纸箱，精神头十足地说。

"好。"艾小美使劲点点头。

案情简报：

2011年10月8日下午3时许，110报警中心接到报案，报案人声称自己的儿子被人杀死，警方随即出警。

受害者：林峰，籍贯本市，1987年生人，案发时年24岁，大学肄业，无固定职业。林峰系独自居住，第一现场为江平市上鼎区东川路129号2单元301室，即林峰本人的家中。报案人林德禄，系林峰父亲，是一家进出口贸易公司的老板。林德禄原配妻子，即林峰的母亲，于2009年遭遇意外车祸丧生。林德禄随后二度组织家庭，与再婚妻子以及随嫁过来的继子，共同住在市中心另一处房产中，案发时他们刚从国外度假归来。

现场勘验显示：凶器为一把刃长为10厘米的折叠水果刀，在刀柄部位共采集到6枚指纹，经鉴定，确认其中四枚来自受害者本人，尚有两枚指纹无法证实来源。相关社会关系调查和在指纹数据库中检索，均未发现与之相匹配的指纹。除报案人情急之下，造成现场房门部分的损毁之外，未发现门窗有撬压痕迹，门窗把手和窗台部位也未采集到属于受害者家人以外的指纹和脚印。调阅受害者手机通话记录显示，该号码虽未欠费，但长达近两年时间没有任何通话记录；同样，家里的座机也有近两年时间没有使用过。现场未有大肆翻动迹象，但受害者的手机、笔记本电脑、iPad平板电脑等数码物品，均被盗走。

法医尸检显示：受害者系被水果刀刺中右侧太阳穴引发死亡，死亡时间大致为案发前3天，也即是2011年10月5日左右。尸体双眼被一条布条蒙住，布条是从受害者家中的一件衣服上剪下来的。布条绕在脑后的打结方式，采取交叉两次系结的手法。尸体上未发现任何约束迹象，但在其血液中检测出催眠镇静类药物"苯巴比妥"的成分。

本案虽经过多方调查取证，但最终并未找出行凶者，被搁置至今。

时间来到后半夜，档案室的门突然被撞开，紧跟着头发湿湿的顾菲菲，双手费力地提着两个大袋子走了进来。杜英雄和艾小美很有眼力见儿，一个跑过去接过她手上的袋子，一个跑过去帮她掸去身上的雨珠。

袋子一放下，饭菜的香味便溢了出来。杜英雄和艾小美早已饥肠辘辘，不由分说把桌上的卷宗资料划拉到一边，麻利地把一个个方便餐盒从袋中取出，打开盒盖，放到桌上，拿起筷子便自顾自吃起来。韩印看着两个小家伙狼吞虎咽的架势，笑了笑，从桌上拿起两双筷子，分别递向顾菲菲和叶曦。

叶曦接过筷子，但顾菲菲却摆摆手："你快吃你的，我吃过了，DNA检测结果还得等一段时间，我估计你们今天肯定没怎么吃好饭，就给你们买点夜宵来。"

"还是顾姐好，不像韩老师和叶组长空着手就来了。"艾小美满嘴油腻说。

"就是，就是，顾姐最好了，韩老师他们不但空着手来，还要蹭我们泡面吃。"杜英雄鼓着腮帮子，附和说。

"赶紧吃你们的，有好吃的也堵不上你俩的嘴。"顾菲菲嘴角含笑，白了两人一眼，可能怕叶曦尴尬，转头对叶曦说，"这两个孩子跟我没大没小惯了，你别在意啊。"

"没事，没事，人家批评得对，早中午连着吃了三顿泡面，确实挺不容易。"叶曦打趣道，"那会儿我刚一进这屋子，差点把我顶出去，满屋子都是榴梿味。"

叶曦说完便大方地笑了起来，屋子里的人也都跟着笑了一阵，气氛瞬间轻松起来。这也是叶曦的优点之一，应对各种场面都游刃有余，自己不卑不亢，周围的人也会感觉很舒服。

当然，这其中最尴尬的是韩印。虽然两个小家伙可能也只是针对"伙食"发点感慨，但他很怕顾菲菲和叶曦多想，赶紧从手边拿起一摞卷宗递向顾菲菲，转换话题道："对了，我们发现一个疑似案例，你研究一下尸检报告，看能不能找出些线索来。"

也就用了一顿饭的工夫，顾菲菲大致看完了卷宗资料，微微点着头说："确实有相似的地方，受害者年龄与无名尸骨相仿，案件中也出现了使用布条蒙眼的动作，但也有明显的差异性，受害者的尸体是暴露在外的。"

"这或许就像韩老师先前说的那样，是案发时间点的问题。"杜英雄接下话道，"那个时候，植物园已经开始二期扩建，埋尸风险加大，凶手随之放弃隐藏尸体，也是非常有可能的。"

"不仅仅只是这一方面的差异。"顾菲菲说话间，把几张现场存证照片摆在桌上。照片中，能看到受害者仰躺在房间地板上，脑袋枕在血泊中，双眼蒙着一条布条，右侧太阳穴上插着一把刀，刀刃几乎全部没入脑颅中。顾菲菲指着其中一张照片说："你们看这照片上，蒙眼的布条上有明显的血渍，而且接近创伤部位的地方，布条还被凶器划破了，说明蒙眼动作是发生在锐器刺杀之前，与'植物园埋尸案'均系死后蒙眼的手法截然不同。还有，这个案子的凶器是单刃折叠刀，而'植物园埋尸案'从刺创形态上分析，凶器是类似于匕首或者短剑之类的双刃锐器，所以两案凶器肯定不是同一把。另外，我手上的尸检报告显示，林峰是被锐器刺穿了头颅的翼点部位，导致脑膜中动脉破裂形成血肿，因长时间未做止血处理，遂引发死亡。理论上这样的伤害方式，不会立即导致死亡，起初只会让林峰处于深度昏迷状态，中间会有短暂的苏醒，除了手机被凶手带离现场，他家里还有座机，应该有给'120'打电话求救的机会。但事实上林峰并未采取自救，恐怕与尸检报告中标明他血液中含有一定量的安眠类药物有关。而如此的下药细节，在'植物园埋尸案'中并未出现过。"

"同理倒也能解释林峰为什么会乖乖地任由凶手用布条蒙住双眼。"叶曦接话说。

"就案卷资料上看，现场并未搜集到与安眠类药物相关的药瓶或者外包装，这就意味着被凶手带走了，倒也能间接证明林峰有被下药的可能性。"艾小美低头沉吟一会儿，少顷，抬起头说，"植物园的案子会不会也是如此，只不过时隔多年已经无法检测出尸骨内的安眠类药物成分了？"

"不会的，苯巴比妥在尸体组织中不易分解和消散，别说只是六七年的光景，哪怕时间再久远些，在尸骨和腐烂物中依然可以检测出。"顾菲菲解释说，"当然也不排除凶手使用了挥发性特别快的迷幻剂，或者把受害者用酒灌醉后，再伺机作案。"

"韩老师，您有什么想法？"杜英雄瞅了眼一直默不作声的韩印，试探着问。

"犯罪标记性动作有相似之处，但案子的差异性其实也蛮大的，还得再深入挖掘一下，看看能不能寻找到更多的相关性。"韩印谨慎回应道。

韩印话音刚落，顾菲菲兜里的手机响了起来。接听一会儿，挂掉电话，顾菲菲脸上的表情喜忧参半，沉声说："DNA 比对有结果了。孙阳父亲与三具无名尸骨并无亲缘关系，却支持王波父亲与咱们之前认定的首个受害者，尸骨存在生物学上的父子关系。也即是说，孙阳并不在无名尸骨之列，王波则被证实为本案中最早一个遭到刺杀的受害者。至于另外两名受害者，他们的 DNA 数据全部都上传了，包括失踪人口数据平台和犯罪数据库中，均未检索到匹配的，看来下一步只能把他们的颅骨送到总局物证鉴定中心了。"

受害者身份识别终于有了突破，也相应地让支援小组对三名受害者死亡及其被掩埋的时间点，有了大致的判断：首个受害者王波，精确的离家出走时间为 2010 年 6 月 19 日，而掩埋尸骨的南山是在 2011 年 8 月被圈进植物园内的，如果结合先前法医的结论——三起杀人抛尸，时间点相差不大，那么本次连环杀人案涉及植物园的三起案件，极有可能发生在 2010 年 6 月 19 日—2011 年 8 月初之间。

同时也锁定了一个犯罪嫌疑人孙阳。孙阳与王波在网戒学校有过激烈冲突，现如今一个销声匿迹，另一个成为一具尸骨，不得不让警方怀疑这其中的关联性。而假设这种关联性成立，也就意味着孙阳是本次连环杀人案的凶手。至于作案动机，显而易见是报复杀人，问题是，其余两名受害者是怎么惹到孙阳的？

"会不会他们也与网戒学校有关？"顾菲菲拧着眉，眼神掠过众人说道。

"有这种可能性。"韩印犹疑地点下头，突然话锋一转，"只是我还是觉得孙阳似乎不太可能表现出主动的攻击性，更不具备成为一名连环杀手的潜质。"

"不管怎样，他现在是咱们的头号犯罪嫌疑人，再加上林峰的案子，如果与'植物园埋尸案'有关联，说不定也是他干的。"叶曦提议道，"'林峰案'不是有指纹证据没落实吗，是不是可以试着与孙阳的指纹做下比对？"

"当然可以，人类每根手指上的指纹都具有唯一性，迄今为止尚未发现不同的人拥有相同指纹的案例，指纹证据对于身份的识别甚至比 DNA 更具有排他性，只不过在眼下孙阳失踪多年的这样一个背景下，采集指纹要多费些周折。"顾菲菲进一步解释道，"首先是现场采集，主要是孙阳的卧室，然后再将他的一些日常用品，带回鉴定科做更细致的采集。待获取一系列指纹后，要先做排除，再做统一，以确认哪些指纹是属于孙阳的，并通过分析、鉴别，具体界定指纹属于孙阳的哪根手指。当然，最终需要获取的是孙阳右手的两枚指纹，因为'林峰案'中，留在凶器上的两枚未知身份的指纹，分别是右手的大拇指和食指。"

◎ 第五章　多线出击

天光大亮之后，雨终于停了，只休息了两三个小时的支援小组，又要开始忙碌起来。

关于林峰的案子，顾菲菲的意思是让杜英雄和艾小美负责到底。终于不用窝在憋闷的档案室里，两个年轻人格外精神抖擞、跃跃欲试。

"林峰案"的卷宗中，登记了一个他父亲林德禄的手机号码，杜英雄和艾小美觉得生意人应该不会常换号码，便试着拨打过去。果然，接电话的正是林德禄，更可喜的是他现在已经搬回当年林峰遇害的房子里住了。二人便与林德禄约好时间，向专案组要了部车，开着导航便出发了。

虽说经过连日来的积极抢修，市区道路状况和秩序正逐步恢复正常，但堵车情况还是相当严重。汽车走走停停，艾小美和杜英雄也有一句没一句地聊开来。

"哎，你觉不觉得韩老师和叶组长两个人的关系好像不一般？"艾小美眨了眨那双灵动的大眼睛，嘴角勾起一丝坏笑问。

"什么意思？"杜英雄懵懂地问。

"他俩好像有点暧昧。"艾小美扬着双眉说。

"别胡说，"杜英雄白了艾小美一眼，"韩老师才不是那种脚踏两只船的人！"

"韩老师当然不会，可架不住人家追啊！"艾小美压低声音，神神秘秘地说，"我听说叶组长和韩老师认识比咱顾姐早，好像两个人也有过那么一段情愫。"

"所以昨天晚上吃夜宵时，你是故意说那番话点拨韩老师喽？"杜英雄问。

"是啊，我就说，本来就是顾姐好嘛。"艾小美说。

"我看你现在胆子越来越大了，连顾姐和韩老师感情上的事都敢掺和，小心顾姐知道了，立马把你踹出咱们组。"杜英雄吓唬小美说。

"好啦，好啦，不说了。"艾小美虎着脸，一副未尽兴的样子，须臾，有些不甘心，又兴致勃勃地说，"要是让你选，叶组长和顾姐你选谁？"

"哼，我哪有那艳福，不敢想。"杜英雄憨笑道。

"是说假如，又不让你真选，你就把自己当成韩老师选一把。"艾小美用胳膊肘捅了下杜英雄，怂恿道。

"其实总体来说，叶组长和顾姐都属于那种优雅、知性的女人，女神范儿十足，是御姐型的成熟女人。如果从韩老师自身经历来说：他幼年父母离异，有过一段严重缺乏母爱的时期，因此对母爱的渴求在他心底刻下了深深的烙印。以至于成年之后，对成熟、如他母亲般优雅温婉的女性，有着天然的好感。总之，顾姐和叶组长，确实都属于他喜欢的那种类型的女人。"杜英雄认真思索了下，叹口气道，"不过你发现没有，其实韩老师和顾姐本质上是一种人。顾姐是用冷傲和清高，来掩饰自己对于世俗交往和沟通的不擅长；而韩老师是用他脸上惯常温和的笑容和谦谦君子的姿态，来保持自己和他人之间的距离。这种分寸感，何尝不是一种孤傲呢？"

"你说那么一大堆，不就是想说韩老师和顾姐在一起没法互补吗？"艾小美不耐烦地说。

"对，"杜英雄点点头，"反倒叶组长给人感觉比较接地气，是那种看上去经历过很多历练的女人，包容心比较强，和她生活在一起应该会比较舒服。另外，从颜值和气质上说，两人不相上下，但叶组长身上似乎多了丝妩媚气，要更有女人味道一些。"

"拉倒吧，别说那么多好听的，你就直说你们男人喜欢身材好、风情万种的女人呗！"艾小美撇撇嘴，"按照男人看女人的视力表，你就是介于瞎子和1.0 之间那种庸俗的男人。"

"啥是男人看女人视力表？"杜英雄愣愣地问。

"土老帽，这都不知道。"艾小美拿出手机，调出一幅图片，举到杜英雄眼前，"喏，就是这个男人视力表，我一朋友给我发的。上面说：注重女人胸的是——瞎子；注重脸和腿的视力为——1.0；注重腰、屁股、皮肤的视力为——2.0；注重气质、穿着、脾气的视力为——3.0；注重爱好、品位、才华、性格的视力为——4.0……"

"啥破玩意儿，不就是网上瞎编的段子吗？"杜英雄稍微盯了下手机屏幕，伸手就要抢，"给我看看，谁给你发的这么猥琐的微信信息，男的女的？"

"用你管？"艾小美赶紧收回手机，躲开杜英雄的手，紧着鼻子，俏皮地说，"就是男的怎么了，你是我什么人，管那么宽？"

"好，不管，不管，您随便成吗？"杜英雄负气地说。

车内的气氛有些僵，但艾小美看上去却不在意，脸上不知何时还多了一丝绯红。

林峰生前的住所是在一个比较老的社区里，毗邻菜市场，周遭环境比较杂乱。家里的房子还算宽敞，两室两厅，90 多平方米的样子。

"不好意思，外面堵车堵得厉害，让您久等了。"比约定时间晚到了一个多小时，一见面，杜英雄忙不迭地抱歉道。

"没事，没事，我现在啥也没有，就是时间有的是。"林峰父亲林德禄连连摇手，凄然笑笑，"小峰妈和小峰相继'走'了，我活着也没什么心气，公司转手了，二婚也离了，现在是闲人一个，就盼着早些给小峰讨回公道。噢，对了，过了这么多年你们又来找我，是发现什么新线索了吧？"

"当年您是第一个发现尸体的，对吧？"艾小美有意避开林德禄的问题，反问道。

"小峰妈去世一段时间后我又成家了，小峰对我这段婚姻比较抵触，再加上那边也带过来个男孩，一个屋檐下住了一段时间相处得不太好，小峰便干脆搬回这老房子里一个人住。不过我有这房子的钥匙，偶尔会帮他买点日用品和吃的送过来。那天是我从国外度假刚回来，给他带了点纪念品，想过来送给他。谁知道一来家发现门锁换了，我用原来的钥匙打不开了，敲了大半天门，里面始终没个声音，打座机不接，打手机也一直提示关机，但车还在楼下停着。当时我就有不好的预感，回车里拿了工具就把门撬开，结果就看到小峰躺在地上。"林德禄说着说着便哽咽了，眼角也渗出泪水。

屋子里陷入一阵沉默。

须臾，看林德禄情绪有所缓和，艾小美继续问道："我看卷宗说林峰没有工作，那他平时都干些什么？都和什么人来往？"

"咳，怎么说呢？我俩本来交流就不多，我再婚后他跟我更疏远了，偶尔给他打电话，他也只是'嗯嗯啊啊'敷衍我几句，便挂了。后来可能是把我的号码屏蔽了，或者他换了新号码没跟我说，我给他打电话总显示关机。可以说除了过年会在一起聚聚，平时我要见他一面也不容易，所以真不太清楚他平时都干些什么。"林德禄长叹口气，"再者，一方面，我们家的经济条件尚可，他工作不工作也无所谓；另一方面，他那时的心态也不适合参加工作。"

"他怎么了？"杜英雄跟着问。

"都是因为他妈妈。"林德禄不自然地抽动了下嘴角，一脸愧疚之色道，"小峰读高中时，我把他送到加拿大留学了，他妈妈当时不放心，便跟过去陪读。到了读大二那年，也就是2008年年初，他和妈妈一起遭遇了车祸，幸运的是小峰只是摔伤了胳膊，但他妈妈却不幸丧生。那个事件对小峰打击特别大，好长一段时间都窝在国外的公寓里不出门，学业也荒废了，我怕他出事，只好办理停学，把他带回了国内。"林德禄用双手使劲揉搓两下自己的脸颊，尽力克制着情绪："我那时工作一直比较忙，小峰几乎是他妈妈一手带大的，对妈妈特别依恋，回来之后好长时间也走不出他妈妈去世的阴影。说实话，我这个父亲当得很失败，是真的不会跟孩子相处，我能做的只是尽全力满足他物质上的需求。那会儿流行什么苹果手机、MP4、游戏机、笔记本电脑、单反相机啥的，我都给他买最好、最新款的，甚至那种美国刚出的平板电脑，我也托朋友带回一个送给他。噢，对了，还给他买过一辆车。"

"除了那辆车，您刚刚说的这些物件都在遭窃物品清单中，有没有可能是被林峰变卖了？"艾小美问。

"不可能，"林德禄使劲摆摆手，"他不缺钱，我每个月都会往他信用卡里打一笔钱，而且那张卡是可以大额透支的。那张卡坏人没有带走，小峰出事后我查了下，里面还有几万块钱余额。再有，小峰平时就爱收集那些数码产品，都宝贝得很，他宁愿卖家里的古董也不会卖那些东西。"

"那林峰有没有服用镇静剂或者安眠药的习惯？"杜英雄最后问。

"应该没有吧。"林德禄含糊地说，但迟疑了一下，又接着说，"不过那段时间我们偶尔见面，他都是一副懒洋洋的样子，人也消瘦了许多，似乎没怎么睡好觉。"

"林峰有没有提过一个叫孙阳的人？或者说，您对孙阳这个名字有印象吗？"艾小美问。

"没有，从未听过这个名字。"林德禄想了想，缓缓摇头道。

搜索户籍登记信息显示，江平全市范围内共有 53 名叫方剑的人，按照性别和年龄进一步筛选，剩下 15 名符合查找对象范围的人。齐兵随即安排人手，加上韩印和叶曦，循着户籍登记的地址和联系电话，逐一进行走访。

此刻，韩印和叶曦正走进一栋老旧的灰色住宅楼内，楼道里的墙壁和水泥阶梯已经看不出本来颜色，四处都是黑不溜秋、脏兮兮的。这是他们一上午走访的第三家，前两家虽然很顺利地见到了受访对象，但他们都没有在网戒学校训练的经历。

两人走上三楼，试着敲响楼梯间中间位置的一家房门。不多时，里面传出一声有些苍老的应门声。很快，门敞开了一条缝，隔着门闩露出一张眼神中充满警惕的老阿姨的面孔。

叶曦拿出警官证，举到老阿姨眼前："阿姨，我们是警察，请问您有个儿子叫方剑吗？"

"警察，啊，我们家剑剑出什么事了？"老阿姨误会两人的来意，以为自己儿子出了意外，也顾不得提防，慌不迭地摘下门闩，推开门问道。

"您别紧张，您儿子没事，我们来是想请他协助我们了解一些别人的情况。"韩印也怕老阿姨急坏身子，赶忙解释道。

"咳，吓死我了，这孩子一个人在外地，我整天担惊受怕的，就怕他出点啥事。"老阿姨使劲吐出口气，"来，来，进屋说。"

"阿姨，听您刚刚的话，方剑不在本市啊？"韩印跟着老阿姨走进屋子。

"他在古都市打工，你们喝水不？"老阿姨应着话，作势要给两人倒水。

"不用，不用，既然方剑不在，我们跟您说几句话就走，您先坐。"叶曦拽住老阿姨的胳臂，把她扶到沙发上坐下，"您听说过朝阳网戒学校吗？"

"知道，知道。"老阿姨不假思索道。

"您儿子方剑在那个学校培训过吗？"韩印一听老阿姨的话，估计这回是找对人了，立马精神百倍，加快语速追问道。

"对啊，那简直就是一所骗子学校，老师根本没有执业资格，都是些地痞流氓。"老阿姨咬牙切齿，恨恨地说。

"那您还记得方剑去那学校的具体时间吗？"叶曦又问。

"应该是2008年6月到9月那段时间，"老阿姨稍微回忆了下，愤愤地说，"我记得很清楚，孩子回来都瘦得不成样子，身上青一块紫一块的，睡觉说梦话都是求老师别再电他了。"

时间点也能对得上，可以完全确认老阿姨的儿子，便是曾经跟孙阳同期进入朝阳网戒学校并住在他下铺的那个方剑。韩印和叶曦理解老阿姨的心情，耐着性子任她吐了会儿怨气，叶曦才拿出笔和记事本，说道："阿姨，麻烦您把方剑在古都市的工作单位和手机号码说一下，我们想联系他问点事情。"

"好，好。"老阿姨从沙发上站起身，走到对面的电视柜前，从柜面上铺着的软玻璃板下面抽出一张纸条，递给叶曦，"喏，这上面有他的手机号码和单位地址，姑娘你记一下吧。"

出了方剑家，坐进车里，叶曦立马照着刚刚记下的手机号码拨打过去，结果连着打了五六分钟，对方始终关机。

叶曦放下手机，扭头望了眼眉头紧锁的韩印，试探着说："要不然咱去一趟古都？"

"我确实很想当面会会这个方剑，可就怕咱去古都了，一时半会儿找不到他，白白浪费工夫。"韩印犹豫着说。

"你忘了，古都是我的'老根据地'，小北（康小北，叶曦在古都市任刑警支队长时的得力助手）现在也是大队长了，抽出点人手帮忙找找方剑肯定没问题。"叶曦脸上露出一丝微笑，信心满满地说，"放心，只要方剑人在古都市，我一定会在最短的时间里把他找出来。"

说着话，叶曦已经掏出手机，拨下康小北的手机号码。很快，接通了，叶曦把情况大致说了下，看她轻松笃定的神情，显然康小北应承得很痛快。末了，叶曦挂掉电话前，问了韩印一句："小北问，人要是找到了怎么办？是原地控制住，还是带回队里？"

韩印略微想了下，声音沉沉地说："直接带到审讯室。"

◎第六章　真相迟到

江平市，位于东苏省东南部，是一座古韵悠久的历史文化名城，距省会古都市有两百多公里的路程，道路顺畅的话，单程有三小时就足够了。

出发前韩印特意给顾菲菲打了个电话，除了要交代一下查找方剑的进展，更主要的是觉得自己和叶曦孤男寡女奔赴外地，理应向女朋友报备一下，以免引起不必要的误会。

顾菲菲接到韩印的电话时，正在鉴定科处理孙阳的指纹。就像先前她提到的那样，采集、确认孙阳指纹的过程异常烦琐，鉴定科人员又有限，也为了尽快有个结果，顾菲菲干脆亲自上阵。

顾菲菲刚挂掉电话，便看到杜英雄和艾小美推门走进来。两人来，主要是汇报"林峰案"的家访情况，然后想听听顾菲菲关于接下来办案方向的建议。

在眼下线索不多的情形下，顾菲菲建议杜英雄和艾小美试着从案件中"盗窃"这一情节入手，调阅和梳理"林峰案"发生前后，一些具有盗窃情节的案件档案，也许犯罪人就隐藏在那些案件当中。当然归根结底是为了解决"植物园埋尸案"，如果短期内还找不到"林峰案"与之的关联性，顾菲菲叮嘱杜英雄和艾小美也要懂得适时放手，不能把时间和精力都耗费在这件案子上。

另外，顾菲菲还告诉两人，说齐兵已经把王波的父母接到队里，并正式通知两位老人王波已经死亡的消息。刚刚两位老人去解剖室看了儿子的遗骨，这会儿齐兵应该正给他们做笔录。顾菲菲让杜英雄和艾小美过去一趟，跟两位老人再深入交流一下，看看能不能获取一些有价值的线索。毕竟孙阳只是该案的嫌疑人之一，王波的被杀还存在诸多可能。

支队接待室里，王波父母做完笔录仍悲泣难抑，脸颊上挂满泪水，相互搀扶着坐在长条桌旁。杜英雄和艾小美坐在两人对面，默默地看着笔录信息，顺便也等着他们情绪平复下来。

大概一刻钟后，两位老人渐渐止住眼泪，杜英雄便试着开始发问："王波有没有女朋友？"

"没有，"王波母亲摇摇头，语气中带些数落，但脸上还是满含疼惜，"就他那样，没工作，没钱，还整天跟些不三不四的人混在一起，哪个女孩能跟他？"

"您说的这些不三不四的人都是些什么人？"艾小美问。

"还能是什么人？地痞、混混、酒友呗！"王波母亲抽搭着鼻子说。

"能具体些吗？比如王波平时主要跟谁交往，跟什么人关系比较好？"艾小美接着问。

"这我们还真说不上来，小波倒是带过一些朋友回家，都是些头上染着黄毛、衣服穿得稀奇古怪的年轻人，我和他妈都比较反感，没怎么搭理过他们。"王波父亲说。

"王波和您发生冲突离家出走后没人找过他吗？"杜英雄问。

"倒是来过两个小伙子，"王波父亲略微回忆了下，"大概是小波出走后半个多月，有两个小伙子来家里找他，说是他生意上的伙伴，我和老伴问他们做的啥买卖，两人支支吾吾也没说出个什么来，就走了。"

两个男人，生意伙伴——余下两名无名尸骨，这其中会有关联吗？杜英雄在心中暗念一句，与艾小美对视后，对王波父亲追问道："您还记得那两个人的模样吗？"

"过了那么多年了，记不大清楚了。"王波父亲缓缓摇摇头。

"我倒是还有点印象，不过也就能说出个大概模样。"王波母亲接下话。

"没关系，您能记住多少就说多少，待会儿还请您协助我们做个'模拟画像'。"杜英雄说。

"王波走的时候应该带手机了吧，手机号码是多少？"艾小美问。

"156……"王波母亲说出一串号码。

"你们最后打通这个号码是什么时候？"艾小美接着问。

"小波从家里跑的第二天我打过一个电话，隔两天我又给他打了个电话，他都接了，说在朋友家住几天，让我别担心。"王波母亲搜索着记忆说，"后来又隔了两天我再打，电话便关机了。"

午后 3 点 15 分，汽车下了高速，进入古都市区内。叶曦接到康小北打来的电话，说事情办妥了。实质上并未费多大周折，方剑在古都市一家化工厂工作，厂里规定工作期间手机必须关机，所以叶曦才一直未打通他的电话，这会儿康小北已经把人从厂里带到古都市刑警支队的审讯室了。

叶曦原本以为韩印执意要找方剑，是想从他口中打探有关孙阳的消息，但现在看来并不是那么简单。韩印明确指示要把方剑带到审讯室，显然意在营造威慑气氛，对方剑施加心理压力。对办案经验丰富的叶曦来说，当然知道这意味着什么。

"你觉得方剑当年对民警撒了谎？"叶曦双手握着汽车方向盘，瞥了眼坐在副驾驶座位的韩印，问道。

"嗯。"韩印望着车窗外的城市街道，轻轻动了下喉咙，眼神中流露出一种复杂的神情，似乎有种温情，似乎又带有一丝失落。

这座城市对韩印来说并不陌生，可以说，这座城对他的人生来说，有着非常重要的意义。在这里，他办过多起惊天大案，让他在刑侦圈内和应用犯罪心理学领域声名鹊起，更重要的是让他遇见了两个女人，一个红颜知己、一个可以厮守终身的女人——叶曦和顾菲菲。但每每当他接近这座城市的时候，心底总是隐隐有种怅然若失的感觉，他其实从来没有忘记夕阳下走在青鸟路上那个落寞的背影，忘不了风雪之夜成为一片片碎片散落在人间的那个女大学生。

时至今日，随着日新月异的科技发展，案件侦破手段不断进步，许多旧年悬案都涌现出新的线索，甚至有的已然沉冤昭雪，诸如白银连环杀人案的成功告破，等等。而在20世纪90年代，曾轰动一时的"尹爱君案"，却依然是一潭死水，对执着于刑侦事业的每一个公安干警来说都是一种遗憾。尤其是韩印，他一度认为自己已经十分接近真相，但最终仍是失之交臂、前功尽弃，"尹爱君案"便成为他办案生涯里唯一失手的案件。

兀自愣了好一会儿神，韩印才想起回应叶曦的问题，转回头说："我是觉得孙阳逃跑的证据链太过顺畅，反而显得不真实。尤其咱们提审赵常树的时候，对于孙阳失踪的来龙去脉，他叙述得实在太有条理了，与当年他跟管片民警反映情况时说的几乎一模一样，似乎是一套有所准备并反复演练过的说辞。"

"你等一下，我捋捋。"叶曦整理下思路，说，"首先，是校方的口供——孙阳因为做早操与老师发生争执，进而挑衅老师权威，担心日后遭到报复，便有了逃跑的念头；然后，是孙阳同宿舍学员的证实——孙阳半夜肯定是回过宿舍，只是不知道什么时候又悄悄溜出去；最后，工程队工头又跳出来证实——工头早上进学校后又出去买了包烟，中间有七八分钟大门没人把守，便给了孙阳可乘之机。综合这么几点说明，把孙阳的失踪定义为私自从学校逃走，便顺理成章了。"叶曦顿了下，继而皱着眉头说："经你这么一提醒，倒确实有点像精心预谋过的，你是想在方剑身上打开突破口？"

"还是说说先前对赵常树的提审，咱们提到过几个名字，包括孙阳、王波、工程队工头等等，唯有提到方剑的名字，赵常树表现得最坦然、最轻松，说明方剑当年并没有跟校方串通一气，他给出那样的口供可能取决于当时的环境和他的心态。"韩印进一步解释说，"从卷宗资料上看，朝阳学校所谓的戒除网瘾训练，无非是采用电击、体罚、关禁闭等强硬的人身伤害手段，实质上是用暴力的方式，解决成瘾性的问题，是没有丝毫科学根据的。同时学校还采取学员之间互相监督、鼓励举报等牵制机制，令学员们长期处在人人自危、诚惶诚恐的状态下，这些机制会逐步加大人性的疏离，放大人与人之间的不信任感，乃至让学员心里背负过重的恐惧和不安全感。在这样的生存环境下，学员们对于是非对错和利益得失的认识，便完全脱离了道德良知和法律界限的约束，退化到以所谓的'丛林法则'为第一处事准则。直白些说，在那样的境况下，学员们为了个人的安全什么都可以出卖，而且是一种不自觉的甚至是本能的动作。"

"我明白了，你是说方剑可能是在某种心理暗示下，不自觉地向管片民警吴浩给出了最符合校方利益，以及他本人利益的口供。"叶曦说。

"对，"韩印一脸严肃道，"我希望今天他能对我们说出真相。"

半小时后，韩印和叶曦终于见到了方剑。方剑留着个小寸头，身子矮矮胖胖，眼睛不大，模样憨憨的，看起来像个老实人。

"你在朝阳网戒学校待过？"叶曦开门见山地问

"是，是。"方剑欠欠身，一副惶然无措的样子。

"还记得当时睡在你上铺的孙阳吗？"叶曦接着问。

"记得，他其实也没待几天，后来人就不见了。"方剑说。

"为什么不见了？"叶曦又问。

"跟辅导员打架，然后从学校偷跑了。"方剑说。

"具体点，我们特意从江平过来，就是想听你把这个事情原原本本说一遍。"韩印顿了下，刻意加重语气，"而且我们想听真话。"

"噢，明白了。"方剑定住身子，想了想，慢条斯理地说，"不知道你们知不知道，孙阳个性挺娘气的，干啥都女里女气，做操也是。其实他做早操一直都那样，辅导员们原先也没说啥，估计那天王老师心情不大好，看孙阳柔里柔气的动作比较碍眼，上去朝着他的后脑勺就是一巴掌，嘴里还骂骂咧咧的。

孙阳当时有点被打蒙了，愣在原地不知道该怎么办。王老师就更来气了，又上去一脚把孙阳踹倒在地上，然后就去扒孙阳的裤子，说要看孙阳到底是不是个爷们儿，长没长爷们儿的家伙什儿。孙阳拽着裤子求王老师放过他，王老师根本不理他，丝毫没有罢手的意思，于是孙阳突然就发疯了，一口咬住王老师的胳膊，死命咬了下去。王老师好容易才从他口中挣脱出来，看到胳膊上生生被咬了个大口子，就开始劈头盖脸对孙阳一顿踹，然后像拖着死狗似的把他拖进楼里。"

"打架就他们俩？还有谁参与了？"韩印问。

"就他俩，他把孙阳拖到楼里后，那个姓赵的校长才跟进去，估计肯定是要'电'孙阳一下子，他就好干那一手。"方剑恨恨地说。

"你们当时那宿舍住几个人？"韩印问。

"左右各 3 张床，共 12 个人。"方剑说。

"你和孙阳住在什么位置？"韩印问。

"右侧靠近门边的那张床。"方剑说。

"当时学校规定晚上几点熄灯睡觉？"韩印问。

"9 点。"方剑说。

"那你怎么知道孙阳回到宿舍的时间是 10 点？"韩印问。

"我们每一个宿舍都有一个小闹钟。"方剑说。

"闹钟是夜光的？"韩印问。

"不是。"方剑说。

"你们的宿舍我去看过，想必那个小闹钟是摆在窗台下的桌子上吧？"韩印嘴角露出一丝讥诮，"当时已经熄灯了，请问你从门口的位置，是怎么看到闹钟时间的？"

"我……我其实是听那姓赵的校长说的。"方剑低下头，心虚地轻声说道，"当时是赵校长陪同警察来找我们问话的，我听他一直跟警察强调说晚上 10 点把孙阳放回来了，心里觉着既然赵校长说是 10 点那就 10 点吧，跟学校站在一个阵营里没坏处，管他孙阳到底几点回来的。"紧跟着，方剑抬起头，强调说：

"不过孙阳那晚肯定是回来了，可能被打得很惨，身上没什么劲，上床时费了好大的力气，床晃得特别厉害。"

"等一下，你是说你并没有跟孙阳照面，只是被孙阳上床的动作晃醒了，认为他回来了？"叶曦敏锐地捕捉到方剑这番话背后的信息，操着急促的语气问道。

"对啊，这有什么不同吗？"方剑一脸莫名其妙，看似很无辜地说，"不是他，还能是谁？"

"这样吧方剑，你现在把身子靠到椅子背上，怎么舒服怎么坐，把自己身心放轻松。"韩印似乎对方剑这番话并不感到意外，语气平和地说，"你仔细回忆一下，孙阳从回宿舍到上床睡觉的过程，跟以往有什么不同？你能想起任何细节都可以，比如声音、气味、动作等等。"

"噢，好。"方剑听话地把屁股稍微向后挪了挪，来回揉搓着双手，凝神用力思索起来，须臾，犹疑地说，"孙阳平时很爱干净，洗手洗脸的次数特别多，而且打很多香皂，所以身上总是带着一股子香气，但是那晚我没闻到……我，我能想到的就这些。对了，孙阳当年到底逃到哪里了？他犯了什么事吗？"

"也许，"韩印深吸一口气，"也许他从来没离开过朝阳网戒学校。"

◎第七章　破土而出

没有星星的夜晚，月亮格外苍白，郁郁地挂在天边，像一张伤感的脸。

就在这个夜晚，沉寂多年的朝阳网戒学校，突然涌进数辆警车。警笛声尖厉刺耳，仿佛伴随着伤感的夜晚在哭泣。

警车停下，陆续有穿制服和便衣的警员走下车，一名身着狱服双手戴着手铐的光头男子，也在两名警员的簇拥下走下车。光头男子冲主楼侧面的两层小楼比画了几下，便迈开步子，在前头带路，警员们纷纷打开手电筒，紧随着走进破旧的小楼。

光头男子带着众警员走到一楼的一个房间里，冲着墙角处的水泥地面指了指，几个身着"勘查"字样制服的警员，便七手八脚开始搭建现场照明灯，不大一会儿，原本黑漆的房间便亮如白昼。紧跟着勘查员又用白色标记线，把光头男子指定的区域大致圈了起来。准备工作做完，几个勘查员一人一把大铁镐，沿着标记线开始刨凿起来。

逐渐地，逐渐地，一具黝黑的骨架破土而出。

两小时之前，韩印和叶曦风尘仆仆从古都市赶回江平市，此时两人已经统一思想，认定当年孙阳很可能被王波和赵常树等人合谋杀害，并埋尸于学校后建的两层小楼中，于是二人直接把车开到城南监狱，连夜提审赵常树。

先前在路途中，韩印已经把情况详细地向顾菲菲和齐兵做了说明，也讨论过用金属探测器寻找尸骨的可能性。但显然这种方法有一定的局限性，如果尸骨上未有金属物质，探测器便起不了什么作用，所以顾菲菲建议韩印还是先试着通过审讯"撬开"赵常树的嘴。

当韩印将孙阳和王波的照片一同摆到审讯桌上时，原本睡眼惺忪、身子软塌的赵常树，条件反射般立马绷直了身子，半张着嘴，双目圆瞪，死死盯着桌上的照片。但转瞬他又眯缝起眼睛，打起哈欠，装作一副满不在乎、昏昏欲睡的模样。

"我们已经找到王波了。"韩印冷眼直视着赵常树，模棱两可地说。

"他……他还好吧？"赵常树颧骨不自觉地跳动着，支吾着说。

"我们也知道孙阳已经死了。"叶曦眼神更加凌厉，盯着赵常树说。

"是……是……是吗？"赵常树额头上冒出一层冷汗，拖着长音，眼睛不停地眨着，似乎在做着甄别和权衡。

"是你主动说，还是由我们来说，"叶曦顿了下，加重语气道，"性质可是截然不同的。"

"要我说啥？"赵常树还硬挺着说。

"我们既然找到王波了，当然知道那天晚上孙阳并没有回宿舍，而是王波扮成了他。"韩印一副笃定的表情道，"实话跟你说，现在不是有没有罪的问题，是谁负主要罪责和次要罪责的问题。"

"是王波，人是他打死的，主意也是他出的，我说，我全说！"赵常树打断韩印的话，急赤白脸地说，"那天王波把孙阳从操场拖进教学楼里，我确实也跟了进去，本来想给孙阳上电击手段，可那时他已经被王波打得昏死过去，我们俩就把他扔进禁闭室。后来，当天晚上，我和王波还有赵凯，在办公室里弄了几个小菜喝酒。噢，赵凯就是我雇的工程队工头，他其实也是我的一个亲戚。我们仨喝了两瓶白酒，王波有点喝多了，一时兴起，提议说要再去收拾收拾孙阳。随后我们仨便去了禁闭室，王波上去就踹了孙阳几脚，可孙阳没有任何反应。我觉得事情有点不对，便探了探孙阳的鼻息，结果没有任何感觉，再一摸身上，整个人都凉了。我们仨立马吓得酒醒了，王波打死人的罪过肯定不用说，可我那买卖正开得红火，后期还投了不少的钱，死人了学校肯定得关门，还有赵凯还指着我这工程赚点钱还赌债。我们仨冷静下来后，王波提议熄灯后他去孙阳宿舍床上躺一会儿，造成孙阳被我们放回宿舍睡觉的假象，然后让我和赵凯把孙阳找地儿埋了。正好那天新楼的水房刚铺了水泥地面，我和赵凯便把水泥刨开，把孙阳埋到下面，然后又重新填上水泥抹平了。主谋真的是王波，你们可别听他瞎说，不信你们可以问赵凯。"

"哼，你放心，我们当然会抓赵凯，冤枉不了你。"叶曦说。

说罢，叶曦扭头望向韩印，韩印稍微点了下头，表示赵常树这次的口供还是可信的，不过韩印此时又有了新的思路——王波的死会不会与赵常树有关联呢？

"你进来之前最后见到王波是什么时候？"韩印又开始发问。

"他辞职后我们没再碰过面，不过他给我打过一个电话，问我有没有兴趣赌球，说他跟两个朋友在合伙放盘，我觉得这小子不靠谱，没理他这茬，后来就再没联系过。"赵常树说。

"具体时间？"叶曦在记录本上写下"赌球"两个字，又特意画了一个圈，对王波的死这是一条新线索。

"是 2010 年三四月份吧。"赵常树想了想说，又急促强调道，"王波这小子到底跟你们说了什么？除了孙阳的事，其余他做了什么，我可都没参与。"

"你没有杀他灭口？"韩印突然直白地抛出心中疑惑，试探着赵常树的反应。

"我干吗要杀他灭口，要是孙阳的事真暴露了，罪过最大的应该是他，最担心的人也应该是他啊！"赵常树猛摇一阵头，"不对，不对，你……你们是说王波已经死了？"

"对，我们找到了他的尸骨！"韩印狡黠一笑，讥诮说道。

"你们……你们警察怎么能这样！"赵常树抹着额头上的汗，苦着脸，想发作，又不大敢，一副欲哭无泪的样子。

"好了，别废话了，该你负的法律责任你想逃也逃不掉，现在跟我们去指认现场。"叶曦没好气地说。

"好吧。"赵常树耷拉着脑袋，有气无力地说。

在赵常树的指认下，警方连夜挖掘，终于在朝阳网戒学校后期建造的小楼内，挖掘出一具尸骨，经 DNA 鉴定，确认为孙阳。死亡原因，系颞部遭暴力击打，造成颞肌内出血和颞骨骨折，引发死亡。另外经抓捕归案的赵凯供认，当日的确听到王波承认是自己打死了孙阳。

至此，孙阳失踪案事实真相已完全清晰，王波系主犯，赵凯和赵常树知情不报，且协助掩埋尸体，等待他们的将是法律的严惩。同时也正式排除孙阳与"植物园埋尸案"的关联，案件调查的重心，开始转向活跃在王波身边的人。

据王波父母提供的信息显示，王波失踪后曾有两名自称其生意伙伴的男青年上门找过他，而赵常树的口供显示，王波曾向他表示自己正和两位朋友合伙从事地下赌球活动，由此综合判断：王波和另外两名男性青年，要么是自己坐庄放盘赌球，要么便是做了境外赌博集团在国内的代理人。问题是另外两名男青年，会不会对应上除王波外的两具无名尸骨呢？如果是的话，那么这起连环杀人案，便极有可能与赌球引发的纠纷有关。

据王波母亲说，王波离家出走的时间为 2010 年 6 月 19 日，时隔三天后彼此还有过通话，只是再过两天后电话便打不通了，由此推测：王波遇害时间很可能为 2010 年 6 月 23 日或者 6 月 24 日。由于距今已过去六七年的时间，相关手机和信用卡使用记录均已无法查阅，目前警方有的只是王波母亲描绘的王波两位生意伙伴的面部模拟画像，至于真实度有多少，便不得而知。接下来，支援小组建议齐兵安排人手，对过去几年被警方处理过的赌球群体进行广泛走访，寻找能提供模拟画像线索的人，或者曾与王波等三人有过交集的赌球者。

　　至于"林峰案"，遵从顾菲菲的建议，杜英雄和艾小美正着手查阅过去几年——重点是林峰被杀前后出现的盗窃案件卷宗。暂时还未发现相似案例，也未发现"林峰案"中丢失的赃物出现在某个案件的证物清单上。

　　两日后，顾菲菲收到总局物证鉴定中心的邮件，邮件中包含两具无名尸骨通过颅面复原后的面部合成照片。当顾菲菲把照片打印出来交给专案组后，众人竟发现与王波母亲描绘的王波的生意伙伴有几分相像，难道余下两名受害者真的就是王波从事赌球活动的两个合伙人？如此说来，本案中所有受害者的身份有望很快确认完成，案件调查终于有了实质性的进展。

　　实际上，消息反馈得要比预想中还要快。带有颅骨复原后的面部合成照片的查找尸源通告，在各大媒体上发布后的次日上午，一个面显成熟的漂亮女人，搀扶着一个近花甲之年的老大娘找到了专案组。漂亮女人指认通告上的两个人，一个是她的弟弟，一个是她的前男友；老大娘则哭嚷着说被漂亮女人指认为前男友的那个人，是她的儿子。

　　漂亮女人自我介绍叫肖娟，老大娘叫李丽华，按两人刚刚的说法，她们曾经差点成为婆媳关系。李丽华毕竟年纪大，一时半会儿接受不了白发人送黑发人的惨痛事实，打从进门起便抽泣个不停，所以基本上都是肖娟在说话。

　　据肖娟介绍：通告上的两个男人，也就是本案中除王波外的另两名受害者，一个叫肖刚，一个叫陈大庆。两人同为1987年生人，是高中同学，毕业后都没考上大学，便整日混在一起。肖娟自己开了间酒吧，弟弟肖刚经常带陈大庆到酒吧玩。客人多、忙不过来的时候，两人便帮着打打下手，一来二去，肖娟和陈大庆也熟络了，逐渐发展为恋人关系。

　　"肖刚和陈大庆具体什么时间失踪的？"叶曦问。

　　"2010年9月26日下午，两人一起从酒吧走的，从此就没了消息，手机也从那天开始再也没能打通过。"肖娟眼神中掠过一丝伤感，"我记得很清楚，那天外面还下着雨。"

"他们当时要去哪儿？要干什么？"叶曦继续问。

"找朋友周转借钱，那时我们欠别人一大笔钱。"肖娟说。

"是因为坐庄赌球的关系？"韩印插话问。

"对，"肖娟点点头，追问道，"你们怎么知道的？"

"这个你不需要知道，"叶曦笑了笑，语气和缓地说，"你还是跟我们说说肖刚和陈大庆从事赌球活动和欠钱的情况吧，他们到底欠了谁的钱？"

"其实大庆他们也谈不上坐庄，就是赌博集团代理人的一个下线，接盘之后报到上线，每周结算过后，抽一个多点的'返水'。"肖娟理了下前额的刘海，整理了一下思路说，"一开始我们欠钱跟赌球没什么关系，是因为之前一个客人在酒吧里喝醉了对我动手动脚，我弟弟和大庆便把人打了一顿，结果那客人是一个黑社会大哥的小舅子，后来那黑社会大哥派手下把酒吧砸了，扬言让我们赔十万块钱，不然就卸掉我弟和大庆一人一条胳膊。本来这十万块钱对我们来说不算多，可赶上那阵子我的钱都用来进货了，拿不出现金。大庆和我弟就合计，周末的球赛接盘之后不往上线报了，自己坐回庄，搞点钱。这种事他俩先前也干过两三次，还都挣钱了。可偏偏那一次，也真是遇上倒霉点了，赌客竟然大面积赢盘，一个周末下来，大庆他们得付给人家二十多万的赢资，加上打人的钱就是三十多万，可不是个小数目了。后来两人在酒吧里憋了一天，跟我说出去找个朋友周转一下，便一块走了。"

"他这个朋友你认识吗？"叶曦问。

"不认识，说是个有钱人，我也没细问。"肖娟说。

"那这个人你认识吗？"韩印拿出一张照片，推到肖娟眼前。

"噢，这是王波，跟大庆他们混了一阵，帮着收收账什么的，后来听大庆说，他贪了一笔账跑了。"肖娟说。

"具体什么情况？"韩印问。

"大庆他们赌球那买卖，一般都是周六、周日接盘，周一统一结算，有些赌客不愿意信用卡转账，大庆就会派我弟和王波去找人家收现金。"肖娟稍微想了下，"好像就是那年六七月份的事，大庆让王波去收一笔账，然后人就消失了。大庆还特意找客户核实，人家说钱确实给王波了。大庆和我弟还找到王波家里，他家里人也不知道他去哪儿了。"

"王波当天去见的那个客户你知道是什么人吗？"韩印问。

"我也没细问，好像大庆跟那人很早就认识。"肖娟说。

"你再仔细想想，关于那个客户，陈大庆还提过什么？"韩印把身子向前凑了凑，紧着追问道。

"我想想啊。"肖娟敲敲额头，陷入一阵思索，须臾，斟酌着说，"我记得那之前大庆提过一个客户，说是家里挺有钱的，人好像很古怪，也可能是谨慎，他从来都是打公用电话下注，然后周一在一家网吧结账，不知道是不是王波最后收账的那个客户。噢，对了，我弟也认识他。别的我真想不起来了。"

"嗯，"韩印若有所思地点点头，沉吟了一下，问，"你弟弟和陈大庆还有王波，从事赌球活动期间，有没有那种输得特别惨的客户，欠赌资还不上做了出格的事？"

"我倒是听说有几个想赖账的，不过具体的我说不上来，反正都是王波出面摆平的。"肖娟紧下鼻子，撇撇嘴说，"王波那人打架特狠，说是身上有人命案子，大庆平时也不太敢招惹他。"

"王波是怎么加入进来的？"叶曦问。

"最早王波经常跟一帮人来酒吧喝酒，慢慢就跟大庆和我弟混熟了，有一次酒吧里有人闹事，王波帮着大庆和我弟把那帮人打跑了，后来大庆就把他收了，专门负责收账、催账。"肖娟说。

"那你们欠的那些钱后面怎么解决的？"叶曦问。

"就怪你，我当时说报警你偏不让，我们家大庆准是被黑社会打死的。"可能说到还钱的问题，让李丽华想到了什么，待在一旁抽泣，半天没出声的她，突然情绪激动地数落起肖娟来，"早报警说不定警察把那些黑社会抓起来，我们家大庆就没事了。"

"对不起，对不起阿姨，这个事是怪我，可我当时也是为大庆着想。他干赌球买卖也是犯法的事，我那时以为大庆和我弟弟只是暂时出去躲债了，没准风头过了就回来了。"肖娟紧着解释几句，末了，话里也带丝怨气，"当初大庆向你借钱周转，你不也一分没给吗？到最后还不是我把酒吧兑出去还的账！"

"你们都冷静点。"一直没吭声的齐兵劝道，然后冲向肖娟问："那个所谓的黑社会大哥叫什么？"

"叫李海龙，说是当时在道上很有名。"肖娟说。

"嗯，我知道了。"齐兵点点头，扭身冲韩印和叶曦低声说，"确实有这么个人，黑社会团伙的老大，前两年已经被收押了，要不要审审他？"

"可以试试。"叶曦说。

韩印没应声，沉默了一会儿，又让肖娟再仔细回忆回忆——有关王波最后所见的客户，以及陈大庆想要借钱周转的那个朋友的细枝末节，显然他对这两个人更感兴趣。

◎ 第八章　梦中侧写

自打接手案子进驻江平市，连着几天总共才睡了五六个小时的觉，韩印本以为自己头换上枕头就能睡着，但实际情况和以往一样，一进入办案状态，他便开始严重失眠。脑海里总是被各种案件信息塞满，如过电影般循环反复地流转着，始终无法停歇。

受害者研究：青年男性，年龄相近，遇害时一个 25 岁，两个 23 岁，同为高中学历，长期混迹于社会和法律边缘地带，合伙从事赌球活动，首个受害者曾在网戒学校工作过，有重伤他人致死前科。

凶器：双刃匕首。

案发现场：南山——为抛尸现场，非第一作案现场。

时间线：王波，遇害时间大致为 2010 年 6 月，为本案首个受害者；陈大庆、肖刚，遇害时间为 2010 年 9 月。凶手两次作案，间隔 3 个月左右，直至 2011 年 8 月南山被圈进植物园之前，未再有埋尸举动。至于此后有无作案，尚无法证实。

犯罪手法：使用匕首刺杀受害者背部和前胸，针对每个受害者的刺杀动作均在两次以上，刺杀部位分布无规则、无特别喜好。无约束、无下毒迹象。

犯罪标记：单就"植物园埋尸案"来说，凶手应该作案两次，第二次作案有两名受害者，这两名受害者尸体上有被布条蒙眼迹象？凶手两次作案后，于同一地点掩埋尸体，尸坑分布似乎带有某种规则性或寓意。

随着线索逐渐增多，先前的一系列判断有部分得到印证，也有推测失误的地方。尤其陈大庆和肖刚系同时遇害，让支援小组比较意外，也意味着先前对犯罪手法的解读有偏颇之处。对于王波被偷袭刺杀致死的结论是可以确定的，问题是凶手第二次作案要同时弑杀两人，显然靠偷袭手段是完成不了的，所以韩印现在倾向于顾菲菲那晚在档案室里提过的一种可能性，凶手很可能把陈大庆和肖刚用酒灌醉了之后才下的杀手。如此，必须还要纠正先前的一个过于主观的判断，那就是布条蒙眼动作出现的时间点——先前支援小组成员普遍认为这个标记性动作，是凶手在完成刺杀动作之后附加的，但现在出现了"醉酒"因素，便又多了一种可能性，凶手完全可以趁着两名受害者酒醉不省人事之时，用布条罩住他们的双眼。这也是为什么当这个标记性动作在韩印脑海里浮现之时，会被他打上一个大大的问号。

犯罪手法和犯罪标记若重新解读，所得出的犯罪侧写是截然不同的。比如，按先前的推测，凶手所有作案均采取偷袭的方式，那么他多刺受害者几刀是可以理解的；然而受害者若是已经在酒精的作用下无力反抗，反复多次的刺杀动作便属于过度杀戮，意味着凶手杀人的瞬间，意识是极度愤怒和混乱的。再比如，标记性的蒙眼动作出现在受害者死后，则有可能映射的是凶手寻求"忏悔"的心境；而蒙眼出现在受害者死前，则有可能代表着某种"惩罚"。如果让韩印现在选，他认为后者更接近于凶手的真实心理，因为惩罚比忏悔更具有毁灭性，对应了凶手杀人瞬间极度愤怒的情绪。

那么愤怒的来源是什么？如果从心理层面上解读，愤怒是缘于恐惧；如果从现实意义上讲，愤怒往往缘于仇恨。而愤怒一再地累积，最直接的转化，便是通过暴力寻求释放。至于眼下的案子，三个受害者有着紧密的关联，性别、年龄、个性、经历方面同质性很高，而凶手的作案时间又相对集中，利用两次作案完成对三个受害者的杀戮之后，即停止作案。鉴于以上特征，韩印认为：眼下的案子，凶手的愤怒源自内心累积的仇恨，表明凶手与三个受害者在现实中存在利益的交集，也许与赌球有关，也许与别的什么有关。

犯罪侧写：凶手，青壮年男性，思想尚未完全成熟，与受害者有可能很熟悉，彼此交流顺畅，不易引起防范，同龄人的可能性较大。凶手集中抛尸于南山上，且尸坑分布具有某种寓意，意味着他对南山的抛尸地有某种情结，应该是土生土长的本地人。杀人到掩埋尸体的过程中，凶手体现出的意识混乱和一定的妄想性，可能缘于某种精神障碍。而大多数精神障碍都伴有失眠和厌食的问题，所以凶手体态应该偏瘦。受害者王波是在向客户收账的过程中失踪遇害的，受害者陈大庆和肖刚是在借钱周转的过程中失踪遇害的，三个人的死都与钱有关，但凶手在整个作案中并未做出与金钱有关的标记行为，所以韩印认为钱对凶手来说只是诱饵。由此推测，凶手的经济状况应该不错，有自己的私家车，以便于抛尸。当然了，韩印能这样想，是因为他判断王波最后见到的客户，与陈大庆和肖刚想要借钱周转的人，是同一个人。

韩印在脑海里把"植物园埋尸案"又整体捋顺一遍，甚至还形成了犯罪侧写的初步轮廓，睡意便更无影无踪了。他翻身下床，给自己倒了杯水，端着水杯踱步到窗前。窗外，夜色正浓，微风徐徐，空气清爽醒脑。韩印禁不住又开始揣摩起林峰遇害的案件来……

"林峰案"首先要解决的是作案动机的问题，是图财害命，还是正好相反，主旨为杀人，窃取财物只是顺手牵羊，或者借此扰乱警方办案视线的手段？

现场勘验和尸检报告显示：现场没有暴力闯入和撬压门窗潜入痕迹，受害者身上没有防卫伤，但有被下药的迹象，凶器上有多组受害者的指纹，说明折叠水果刀是属于受害者的。那么综合以上证据判断：凶手与受害者应该是相识的关系，而且盗窃财物是有预谋的，只是得手后开始后怕，遂临时起意、杀人灭口，借用了受害者的水果刀，戳进其脑袋里，最终导致受害者死亡。而在这之前，凶手从受害者衣物上剪下一条布条蒙住了受害者的双眼。这是一个明确的犯罪标记性动作，如果延续上面"相识关系"的判断，可能映射的是凶手"内疚"的心理。这也表明凶手有心理畸变和妄想的一面，正常人不会有这样的举动。

当然，梳理"林峰案"，是为了鉴别它与"植物园埋尸案"的关联性。从判断连环案件三要素的层面上说，两案的犯罪标记只能说部分相似。为什么这么说呢？韩印认为"植物园埋尸案"中除了布条蒙眼的动作，埋尸方式本身也是一种标记性动作。韩印经常说，连环杀手连续作案中的犯罪标记性动作是不会变的，当然可以升华，用更完美的手段来阐述标记性动作映射的心理需求。但"林峰案"显示的是一种退化，是模仿吗？还是说凶手对犯罪活动意兴阑珊了？或者说大家想多了，两案其实根本就是八竿子打不着的关系？韩印一时也无法做出有效判断。

犯罪手法上，两案似乎有那么一点点异曲同工之处。按照线索更新之后韩印的判断，"植物园埋尸案"的凶手，很可能事先用酒灌醉了受害者，然后才做出刺杀动作。而"林峰案"中，也有凶手使用安眠药令受害者产生昏迷之后，才实施刺杀动作的情节。但除此之外，使用的凶器，刺杀的部位、次数，均截然不同。同样也是令韩印难以下结论。

受害者选择方面，林峰年龄是符合的，但也仅此而已，其余的什么学历、经历、生活环境、经济条件等方面，与陈大庆等人均是大相径庭。更为关键的是，"植物园埋尸案"中的三名受害者，不仅彼此有着紧密的关联，而且与凶手同样有着某种交集，那么林峰会与陈大庆等人产生交集吗？

将"林峰案"在大脑里过了一遍，不仅未让韩印看清事实，反而心里更模糊了。如果以事实和经验为依据，两案很难说有多大关联，但隐隐的，韩印又总觉得可以有一种因素，将两案的隔阂打通。这种若即若离的感觉，实在让韩印心里太难受了。

韩印站在窗边惆怅了许久，决定暂时将"林峰案"抛在一边，抓紧时间完善"植物园埋尸案"的犯罪侧写报告，争取天亮之后交给专案组。

　　早间例会时，韩印正式将侧写报告交到齐兵手上，也相应地做出一番解释说明，以让专案组方面对侧写报告有更透彻的理解。接下来，专案组需要在陈大庆等三个受害者的社会关系中，寻找符合侧写范围的嫌疑人。

　　散会之后，韩印把杜英雄和艾小美叫到身边，吩咐两人再去找林峰的父亲林德禄谈谈。要求两人将有关林峰的信息资料，但凡林德禄能想到的，都事无巨细地记录下来，看能否找到与陈大庆等人的关联。

　　顾菲菲则表示要去技术处鉴定科一趟，先前从孙阳家搜集到的物品现在都用不上了，她想整理一下，还给孙阳的父母。孙阳已经去世，他的遗物对他父母来说是个念想。一旁的叶曦表示要帮忙一起整理，便和顾菲菲一道走了。

　　至于韩印，他哪儿也不准备去，想留下来再仔细研究研究"林峰案"的卷宗。

◎第九章　黑色轨迹

如果"林峰案"与"植物园埋尸案"存在关联，那么该案凶手不敢说一定是连续杀死陈大庆等人的凶手，至少也会存在一定的牵扯，所以韩印除了让杜英雄和艾小美着手把受害者信息精细化之外，他自己也想再钻研一下"林峰案"卷宗档案，对该案凶手做一番侧写，或许可以借此打开通向"植物园埋尸案"的突破口。

杜英雄和艾小美听从顾菲菲的建议，已经把林峰遇害前后，出现盗窃情节的案件，整理出了一份报告。报告现在就放在韩印手边，但他暂时还不想看。因为他的这份工作，是需要通过剖绘案情特征和罪犯行为，去塑造出一个嫌疑人形象，然后去与嫌疑人群对比，而不是事先带着条条框框和某些心理暗示，去寻找嫌疑人。

此时，韩印将一张张存证照片依次排开，陈列在桌上，双手轻轻按在桌沿上，俯身细细审视起来。很多时候，不能亲临犯罪现场，这些现场存证照片便是犯罪行为科学分析的根基，犯罪侧写专家不仅要把静止的照片行动化，更为关键的是要透析行动人的状态和需求。

那么眼前这些照片让韩印透析到了什么呢？凶手应该没有太丰富的社会阅历，缺乏一定的眼光和品位，照片中明明显示出现场还有一些陶瓷和玉器的摆件（事后林父证实皆为贵重真品），即便一般人辨不出真假，通常小偷也不会放过它们。而本案凶手，却只带走了笔记本电脑、手机等电子产品，且看不出现场被大肆翻动过，似乎目标很明确。会不会是一个年纪很轻的人？

韩印心里面琢磨着，眼睛在照片中漫无目标地睃巡，当视线接触到受害者尸体照片上时，突然间有种灵感在脑海中闪现，但瞬间又消失得无影无踪。韩印赶忙拿起那张照片，举到眼前直直地盯着，竭力想要搜索出刚刚触动他心弦那一刻的感觉。而就在这时，顾菲菲手拿着一个牛皮纸档案袋出现在办公室门口。

见韩印正对着手中的照片发呆，顾菲菲走过来不由分说道："走，咱们去见个人。"

"见谁？"韩印把照片随手放到桌上，机械地跟在顾菲菲身后，一脸莫名其妙地问，"叶曦去哪儿了？"

"跟齐队去学校调查了。"顾菲菲一边快步走着，一边简单应道。

"什么学校？"韩印紧赶几步追问。

"上车详细说。"说话间两人已经来到支队大院停车场，顾菲菲拉开车门快速坐进去，等着韩印从另一边坐到副驾驶座位上，将自己手中的牛皮纸档案袋递给他，随即又把手机拿出来设置好地图导航，便发动起车子，"你看看档案袋里的照片吧。"

"什么照片？"韩印满脸疑惑地打开档案袋，从里面抽出一张长条形的大照片，举到眼前——是一张学生毕业合影，照片上方印着几个红色大字"江平市第三十四中学高二三班"。韩印把视线又向前凑了凑，便看到站在队伍前列、与女生站在一排、矮个子的"孙阳"。

"这是孙阳的高中毕业照？"韩印视线停留在照片上，"是你刚刚整理他遗物时发现的？"

"对，先前没注意看，"顾菲菲一只手握着方向盘，腾出一只手指向照片中站在后排的两个人，"你看看他们是谁？"

韩印推推鼻梁上的镜框，定睛看了看，迟疑着说："这两人有点像陈大庆和肖刚？"

"那边有名字，"顾菲菲又指了指照片左侧部位，那里按照队列顺序标印着学生的名字，"确实是他俩。"

"陈大庆、肖刚、孙阳是高中同学，前两者又和王波是朋友、生意伙伴，后者则被王波在网戒学校活活打死，而陈大庆、肖刚、王波最终又被同一个凶手杀死。"韩印脑子一时也转不过弯，自言自语道，"太乱了，这中间到底是什么关联呢？"

"别急，还没完呢。"顾菲菲卖关子似的用手点了下照片中站在孙阳身边的一个女生。

韩印随着她的手势看了眼，然后把视线挪到照片左侧去找女生的名字——"吕晶"。韩印心里蓦地咯噔了一下，那个站在孙阳身旁的女生叫吕晶，南山上掩埋尸体的"晶"字形尸坑，难道是为了这个女生而设？难道所有的谜团将会在这个女生身上找到答案？

"咱们现在是去找吕晶？"韩印恍然大悟道。

"在身份证登记系统中搜索到她的地址。"顾菲菲解释道，跟着又补充，"照片和年龄都匹配，应该就是她。地址也是几年前更换二代身份证时登记的，现在应该不会变。"

"叶曦和齐队是去这些孩子当年读书的三十四中学调查了吗？"韩印问。

"我俩在走廊里遇到齐队，齐队听我们说了照片的事，便提议分头行动。"顾菲菲解释说。

"对了，"韩印稍微扬了扬声，"你刚刚提到二代身份证时提醒了我，二代身份证更换时有指纹录入这一项，咱们是不是可以把留在杀死林峰凶器上的那两枚未知身份者的指纹，放到身份证指纹数据库中做比对呢？"

"你这建议算是个补漏，身份证指纹数据库是 2012 年之后才开始建立的，先前调查'林峰案'时，办案人员应该没比对过。"顾菲菲点了下头，犹豫一下，"不过同理，二代身份证的指纹录入，也是从 2012 年之后才开始的，就怕未知嫌疑人早在这之前便更换了新的身份证，不过还是可以试试。"

大概四十分钟后，手机地图导航精确地把两人带到了目的地。是一个比较老的住宅小区，楼道口连防盗门也没有。

两人踩着脏兮兮的台阶来到五楼的楼梯间，便听到一阵节奏感强劲的音乐从一间屋子里传出，循着音乐两人看到门上标注的房号，正是他们要找的人家。两人敲了好一阵的门，屋子里的音乐声才变小，然后便听到一阵似乎是高跟鞋踩在地板上的咚咚声由远及近。

门终于打开，一个穿着低胸蕾丝短裙、黑丝袜、高跟鞋，一脸浓妆的女子，出现在两人眼前。冷不丁把两人看得一愣，尤其韩印，根本没想到突然间眼前会冒出如此一个身着性感衣物的女子，便下意识尴尬地把脸扭到一边。

艳妆女子倒没有丝毫的介意，挑着眉问："你们找谁？"

"你是吕晶？"顾菲菲反问道。

"对啊。"艳妆女子干脆地答。

"我们是警察，找你了解点事。"顾菲菲亮出警官证说道。

"不，不是吧，是我被人举报了吗？我可没做黄色直播，没露过点啊！"吕晶一听来人是警察，即刻便慌了，一边向屋子里面退着，一边语无伦次地说道。

韩印和顾菲菲就势走进屋子。看到传出音乐的房间里窗帘紧闭，电脑桌上有一台大屏幕电脑，两侧分别立着摄像头和麦克风，靠近墙角还立着一盏小型的摄影灯。这么稍微一打量，韩印和顾菲菲心里大概明白吕晶是干啥的了，敢情她就是所谓的网络美女主播，怪不得大白天在家里穿得这么撩人。

顾菲菲还好，主要是韩印比较尴尬，眼睛一直找不到合适的地方放。顾菲菲不禁在心里暗暗发笑，心说要不要这么纯情？不过一副窘态的小男生模样还挺可爱。暗笑一阵后，顾菲菲拾起放在沙发上的睡袍，扔给"做贼心虚"的吕晶，声音冷冷地说："把睡衣披上，把音乐关掉，回来坐下。"

吕晶顺从地按照顾菲菲说的裹上睡袍，关掉音乐，然后乖乖地回到客厅，坐在侧边沙发上。屁股刚挨到沙发上，便慌不迭地解释道："警官我真的没做违法的事，顶多就打打擦边球，跳跳舞，发发嗲，勾引勾引个人，要点礼物啥的。"

"你别紧张，我们找你跟你做网络直播无关，是想请你协助我们调查一个案子。"吕晶穿上衣服，韩印感觉呼吸和说话都自如多了。

吕晶微微耸了耸肩，看得出是长舒一口气，态度也没那么小心翼翼了，跷起二郎腿，懒懒地说道："想让我协助你们调查什么？"

"你记得孙阳吗？"顾菲菲问。

"记得，他是我高中同学。"吕晶说。

"陈大庆和肖刚呢？"顾菲菲问。

"也是我高中同学，怎么突然一下子问起他们仨了？"吕晶表情略微有些诧异。

"他们都被杀了。"顾菲菲说。

"啥，都死了，谁干的？"吕晶张着大大的嘴巴，很吃惊地问。

"我们还在调查，不过我们认为也许这其中有你的因素。"韩印说。

"我，怎么可能？高中毕业后，我和他们就没再联系过。再说，你们觉得我有能力杀人吗？"吕晶使劲摇着头，辩解说。

"你别急，我们没怀疑你是凶手，我们只是认为你、孙阳、肖刚、陈大庆之间可能发生过什么事情？"韩印进一步提示说，"那应该是一个对你们几个当年的生活和学习乃至整个人生，都影响蛮大的事件。在你的记忆里，有没有这样的事情发生？"

韩印话音落下，吕晶似乎下意识地瞥了眼沙发对面的电视柜，接着从放在桌上的香烟盒中抽出一支香烟点上。抽了一口，吐出一个大大的烟圈，眉宇间不经意地露出一丝焦躁和落寞，苦着脸道："陈大庆和肖刚当年是班级里的恶霸，很多同学都被他俩欺负过，像什么打架、抢东西、逼着女生和他们约会等坏事经常做，班里从上到下包括老师都忌惮他们三分。

"孙阳那时候是我们班个子最矮的男生，甚至比许多女同学都要矮得多，皮肤很白，说话声音很轻，举手投足都柔柔弱弱的，样子很像女生。也就因为这一点，他便成为陈大庆和肖刚经常捉弄的对象。说人家是娘炮、小骚货、小变态等等，这些言语上的羞辱也就罢了，有好几次他俩抢了女生的化妆品硬是给孙阳化了妆，化完还不准擦。更恶劣的是，他俩但凡在厕所里遇到孙阳，就会去扒孙阳的裤子，扒光了还让别的同学摸他，弄得孙阳有一段时间下课都不敢去厕所，陈大庆和肖刚还大言不惭地把这事当成段子在班里讲。"

"当然，我觉得对孙阳伤害最大的，也是我被牵涉其中的那次。"吕晶一时哽咽难言，眼泪开始在眼圈里打转，狠嘬了几口烟，控制了下情绪，才接着说，"那是高二下学期的一天，下午第一节课是体育课，那一课的内容是练习仰卧起坐和引体向上。事情就出在练习引体向上的环节，该到孙阳做的时候，他拖拖拉拉坐在地上不愿意起来。老师问他为什么，他支支吾吾也没说出个理由。后来陈大庆和肖刚跑过去硬把他拉起来搡到单杠前，孙阳也只好硬着头皮把自己挂上单杠，结果大家猛然看到他裆下那玩意儿……竟然非常坚挺地支着……

"陈大庆便起哄，说孙阳想要流氓，肖刚也跟着附和。孙阳蹲在地上捂着自己下面，辩解说自己也不知道为什么会这样。陈大庆和肖刚便不依不饶指责他想要流氓还不敢承认，然后两人一个按住孙阳，另一个把孙阳外面穿的运动裤扒掉，于是很快孙阳下面便只剩下个三角裤衩，下体支着便更明显了，场面特别难堪。当时很多同学都抱着看热闹的心态，也有敢怒不敢言的，体育老师又是个刚来不久的女老师，红着脸一时也不知道该怎么处理。我看孙阳屈辱无助的样子特别可怜，实在忍不住，就跑过去把自己的运动外套脱下来，盖住他的下体，然后陈大庆和肖刚就和我推搡起来。

"那时是春天，大家都穿得很单薄，我脱掉运动外套，里面只剩个半袖T恤，也不知是故意还是无意，推搡间陈大庆拽着我胸前的衣服用力扯了一下，结果把我的T恤和胸罩一同扯烂了，一瞬间我的胸部在众目睽睽下几乎全部暴露出来。我顿时蒙了，就那么袒胸露乳傻傻地站着，不知道该怎么收场。好在我们班有个男生也看不过眼，跑上来和陈大庆、肖刚纠缠在一起，这才有好心的同学趁乱把我和孙阳送回教室。事后，陈大庆和肖刚到处炫耀，我们才知道，原来那天中午吃饭的时候，趁着孙阳没注意，两人也不知道从哪儿弄到两片性药，磨成面偷偷倒进孙阳的水杯里，结果孙阳一点没察觉，愣是全给喝了。”

“这个事情后来怎么处理的？”顾菲菲拿出一包纸巾，递给红着眼睛的吕晶。

“陈大庆和肖刚给我和孙阳道个歉，事情便不了了之了。”吕晶凄然笑笑，然后说，“事发后老师找我和孙阳谈话。先跟孙阳谈的，大意就是一个巴掌拍不响，孙阳不应该有不健康的思想，要不陈大庆和肖刚也没机会胡闹。然后又劝我，说我是班干部，胸怀要放大点，说陈大庆不是故意要撕坏我衣服的。还说眼瞅着就要进入高三，快到高考的冲刺阶段，这个事情要是闹大了对谁都没有好处，最好还是冷处理。现在想想，真可笑，明明是我们被坏人欺负了，倒好像我们给他们添麻烦了。”

“这都什么老师这是，”顾菲菲愤愤地说，“你们没跟父母说这个事？”

“孙阳本来胆子就小，老师那么一说，他也就没敢讲，我倒是没忍住，跟爸妈说了。”吕晶摇了摇头，语气中带着不屑和无奈道，“说了又怎么样？学校不想担责任，一方面，联合老师和班里的一些同学，暗地里引导舆论说衣服是我自己不小心扯开的；另一方面，采取息事宁人的态度，劝我父母别把事情搞复杂了，说都是孩子难免犯错，给人家孩子一个机会，也是给自己孩子一个机会。没完没了地追究下去，只能影响孩子们的学业，为这点小事耽误孩子一辈子的前途，不值得。总之，最后我父母妥协了，这个事情就这么稀里糊涂地过去了。”末了，吕晶似乎又下意识地向电视柜方向望了一眼。

这次被韩印注意到了，顺着她的视线，韩印看到电视柜旁边的五斗柜上摆着一个相框。他起身走过去，把相框拿到手中，看到里面镶着的是一个穿着运动装、洋溢着青春气息的少女的照片。当然照片中的女孩就是吕晶，看起来她那时也就是高中生模样的年纪，想必刚刚提到高中的过往，令吕晶对这张照片生出一番感念。不对，韩印身子突然定住——照片背景是在一个山林里，而且是楠树林，很像植物园中的抛尸地。

韩印快步坐回沙发上，把相框递给顾菲菲，又在她耳边低语了一句，然后向吕晶问道："你这照片是在南山照的？"

"对，高一学校组织到南山春游时候照的。"吕晶说。

"给你照相的人是谁？"顾菲菲盯了会儿手中的相框，抬头问道。

"不知道。"吕晶干脆地说。

"不知道是什么意思？"顾菲菲一脸诧异，"那这照片是哪来的？"

"是别人快递给我的，对方留的地址和电话都是假的，我觉得挺好看的，就找了相框装起来。"吕晶说。

"是什么时候的事？"顾菲菲追问道。

"好像是 2011 年吧，"吕晶皱眉摇头，"具体时间我记不清了。"

"这么说照片是有人在你们春游时偷偷抓拍的，对于这个人你心里其实已经有人选了对吗？"经吕晶这么一解释，韩印立马反应过来，吕晶刚刚对照片的一瞥，并不是有什么感慨，而是想到了一个人，那个给她照这张照片的人。

"我觉得可能是尤晓东。"吕晶犹疑着说，"其实说起来，尤晓东也牵涉到我和孙阳被欺负的那件事中。刚刚说的冲上前去为我和孙阳解围的就是他，而且我爸妈当时去学校讨说法时，学校和老师都帮着陈大庆和肖刚说话，班里有几个同学为了自己的利益也跟他们站在同一阵线，其余的同学不愿意惹麻烦上身，大都保持沉默，只有尤晓东站出来向我爸妈证实了我说的是事实。虽然并没有改变最后的结果，但我也挺感激他的，当然也觉得特别对不起他。他站出来了，而最后我却妥协了，他落了个里外不是人。学校和老师说他不顾全大局，找了他不少麻烦，还被陈大庆和肖刚他们报复，挨了一顿揍。我想他愿意这么为我付出，大概是一直暗恋我吧。"

"他的近况你知道吗？"顾菲菲问。

"不知道。"吕晶补充说，"其实在学校我们交流也不是特别多，他那个人当时挺傲气的，学习成绩也不错，不过后来高考成绩也不太好，好像最后上了一个高职学校。"

"噢，是这样啊。"顾菲菲和韩印对了下眼色，沉吟一下，摆弄着手中的相框，"你这照片我们先借用了，等取完证以后再还给你。"

"随你们便吧，不过我估计你们啥也找不着，那照片我用湿抹布前前后后都抹过。"吕晶解释说，"我原来养过一只猫，有一天它捣乱时把相框碰到地上摔碎了，还在上面拉了泡屎，你们拿的这个相框是我把照片清理干净后换的。"

"我们试试吧。"顾菲菲笑了笑，坚持道。

"你听过林峰这个名字吗？"本来已经想结束问话了，韩印又想起"林峰案"，便试着随口问了一句。

"知道啊，他也是我们高中同学，不过高二下学期结束，他就转到国外读书了。"吕晶说。

读完高二便转走了，怪不得毕业照上没有他，这小杜和小艾也是马虎，这么重要的信息先前怎么未了解到。韩印在心里暗念一句，转而继续问吕晶说："你和他关系怎样？他也牵涉到你们那次被霸凌的事件中吗？"

"没有，跟他没关系，不过他追过我，我没答应。"吕晶直截了当说道。

尤晓东和林峰都喜欢过吕晶，会不会……顾菲菲心思一动，把手机拿出来，调出一张照片。照片显示的是一把折叠水果刀，也就是当年刺死林峰的凶器，顾菲菲把照片扩大，把手机举到吕晶眼前："你见过这把刀吗？"

吕晶睁大眼睛，盯着手机屏幕，迟疑一下，说："这……这很像是我送给尤晓东的那把刀。当年的事件过后，陈大庆和肖刚总找他麻烦，我看着挺着急的，有天也不知道怎么想的，大概是脑袋短路吧，也没想过后果，就送了把水果刀给他防身。"

"那你拒绝林峰是因为尤晓东吗？"顾菲菲问。

"不是，无论谁追我，我都不会接受。我那时是班里的学习委员，对未来有很明确的规划，一心想考一所重点医学类院校，将来当医生。只不过出了那档子事之后，我很长时间都提不起精神学习，脑袋里想的全都是尽快脱离那所学校，所以最后高考成绩并不太好，只考上一所大专。"吕晶哼了哼鼻子，换上一副颇为自得的表情，"其实现在想想没当上医生也无所谓，我现在这样也很不错，赚的钱可比当医生的多多了。"

"确实是，你现在吃饭睡觉、打嗝放屁都有人愿意花钱看，再穿得性感点，扭扭屁股、抖抖胸，钱来得更快，对吗？"顾菲菲讪笑一下，冷着脸说。

"你真的喜欢你现在的生活状态？"虽然韩印也很看不上吕晶玩世不恭的姿态，但以他一贯的涵养，不会说出多么刺痛别人的话。

"很好啊！我不偷不抢，凭自己本事赚钱，怎么了？看你俩这态度是不是特别瞧不起我们这些做网络主播的？"吕晶撇撇嘴，反击道，"别装了，现在都什么时代了，生活好的定义就是有钱。你挣到钱了你就是成功者，甭管你怎么挣的。你看看网络上，甭说我们了，那些专家、教授、大艺术家、大明星，不也都极尽所能，炒作各种人设圈粉赚钱吗？问题是他们已经很有钱了！还有一些所谓的网络大佬，动辄消灭这个、颠覆那个的，不也就是用一个个故事和金钱堆砌起了空中楼阁，然后再去掏空股市坑害股民吗？可是他们却个个被尊为创业先锋、励志典范，有谁会在乎他们风光的背后，也有我们这些在你们眼中的龌龊女人的贡献。我们直播的平台哪儿来的？不都是他们提供的吗？"

吕晶这一番话，虽然听上去有些偏激，但确实说到时下一些不良的社会风气，让韩印瞬间对她有些刮目相看，也不禁让韩印想到作家王朔先生说过的一句话——什么是成功，不就挣点钱，被傻×们知道吗？！

◎第十章　最佳嫌疑

果然，吕晶提供的照片上并未采集到有效指纹，而这张照片背后的故事则更值得探究。

照片的拍摄地和植物园埋尸地点是同一个地方，照片中主人公名字中的一个字，与"晶"字形尸坑不谋而合，并且她还与其中两个受害者是高中同学，关键是照片的拍摄者真的是吕晶提到的尤晓东吗？

尤晓东为1987年生人，2003年办理了一代身份证，至2013年正好到期，故申领了新一代的指纹身份证。通过在身份证指纹数据库中检索，证实留在杀死林峰的那把折叠刀上未知身份的指纹正是属于他的。同时通过调阅身份证登记信息，也锁定了尤晓东的居住地址。杜英雄和齐兵立即带着人手上门实施传唤，却只见到了他的妻子——准确点说是前妻。据尤晓东前妻说，他们一年前离婚了，房子留给了她和孩子，尤晓东现在独自在外面租房子住，工作是在一家汽修厂当修理工。随后，尤晓东前妻提供了尤晓东的手机号码、租住地以及他父母的居住地址。

出了尤晓东原来的家门，杜英雄和齐兵带着人马直接杀到尤晓东工作的汽修厂，结果汽修厂方面说两个月前已经把尤晓东辞退了。原因是尤晓东有赌博嗜好，经常通宵打麻将，白天上班时便找地方偷偷睡觉。为谨慎起见，齐兵派侦查员前往尤晓东父母家调查他的行踪，他和杜英雄则奔向尤晓东租住的出租屋。路上齐兵试着拨打尤晓东的手机，但对方已经关机，齐兵把号码转给技术处，吩咐技术处对该号码实施监控。

支援小组这边也没闲着，几个人围坐在长条桌前继续钻研线索。

虽然"植物园埋尸案"真相尚不明朗，但隐约已经露出一丝端倪，不出意外的话，谜团最终会指向多年前那起校园霸凌事件。

孙阳作为校园霸凌事件的受害者之一，惨遭网戒学校辅导老师王波殴打致死，而时隔几个月干波调刺身亡，尸体与霸凌事件两位施害者陈大庆和肖刚的尸体，以晶字形的分布，一同被掩埋于南山上的楠树林中。如此看来，凶手似乎有意在为孙阳和吕晶报仇雪耻，那么他和他们会是怎样的关系呢？

实质上，如果深究起来，尤晓东也是当年那起霸凌事件的受害者。他因为伸张正义，敢于说出真相，不仅遭到老师和学校的排挤，也遭到陈大庆和肖刚的打击报复。从心理层面说，尤晓东曾是一个刚正不阿、坚持正义的热血青年，他相信这个世界是黑白分明的，相信正义一定会战胜邪恶，但他在霸凌事件之后的遭遇却让他看到了真实世界的残酷。不仅正义被妥协掉，反而大多数人却选择了沉默，甚至站在了他认为是邪恶的一方。尤其那里面有他的好同学，有他喜欢的女孩，有他尊敬的师长。对一个人生观和价值观尚不成熟的青年人来说，心性潜移默化地发生转变，是非常有可能的。如果踏入社会又一再遭受挫折，他就很可能濒临反社会人格的边缘，面对挫折失败不去反思自己的缺陷，反而认为是别人的犯错和世界的不公致使他境遇难堪。如此的心理蜕变，是有可能造就一名偏执型的连环杀手的，只是为什么他会在那个时间点爆发，是因为孙阳的死吗？可是他又怎么洞悉了孙阳被殴打致死的真相？

吕晶的出现不仅为"植物园埋尸案"找到了极有价值的突破口，也让韩印觉得案件和"林峰案"的关联不再是那么若即若离，尤晓东的出现则实实在在打破了两案的隔阂。目前的线索，显示出这么几个信息：林峰也曾就读于江平市第三十四中学，与吕晶、孙阳、陈大庆、肖刚、尤晓东，做过一段时期的同学。他是霸凌事件的经历者和沉默者，他和尤晓东一样追过吕晶，吕晶送给过尤晓东一把水果刀，但这把水果刀最终插进了林峰的脑袋，而尤晓东现在是"植物园埋尸案"最大的嫌疑人。

尤晓东和林峰是同学关系，林峰把他放进家里很正常，他给林峰喝什么林峰也不会防范。林峰看过吕晶袒露双乳的模样，也贪图过吕晶的美色，所以尤晓东要像惩罚陈大庆和肖刚一样，在他昏迷之后，蒙上他的双眼，用吕晶给的折叠水果刀刺死他。尤晓东和林峰同岁，案发当年也仅仅 24 岁，他和林峰同样喜欢当年那些盛行的电子数码产品也能说得通，而且那把凶器上的指纹是属于尤晓东的，可是这次他为什么那么大意，留下了指纹呢？

带着一脑子疑惑，韩印再次把卷宗里的存证照片翻出来，一张张摆到桌上。上一次他观察这些照片时，曾经有过灵光乍现的瞬间，只可惜没有及时捕捉到具体的指向。但他有一点点印象，那一刻他心里有点小兴奋，似乎发现了对案件调查会起到推进作用的线索，所以他想试着把那种感觉从灵魂深处再搜寻出来。

尤晓东租住在一栋小高层的楼房内，杜英雄和齐兵按了按电梯按钮，等了会儿，发现没反应，估计是坏了，只好走安全通道的楼梯。好在尤晓东住的楼层比较低，只有三层而已。

两人来到尤晓东租住的房门前，使劲敲了一阵门，但里面始终没有回应。两人正合计着这小子到底是猫在屋子里故意不出声，还是真的没在家之时，便看到两个穿制服的警员，簇拥着一个着便衣的小伙子，从下面楼梯走上来。

两人还未问话，刚走上来的两个警员中的一个，倒先虎着脸问道："你们俩鬼鬼祟祟在干吗？和里面的住户什么关系？"

"你们俩派出所的？"齐兵正一肚子火，皱着眉头，看了眼两人的警衔，没好气地说，"不认识我？"

一听这口气，两个民警中年龄稍大的那个，赶紧仔细打量齐兵几眼，忙不迭赔着笑说："您是齐支队长吧？我们这些小民警见您的机会不多，一时没瞧出来，实在不好意思。"

"你们干吗来了？"齐兵大概也觉得自己刚刚太过严厉，便缓和语气道。

"噢，我们是配合网警执行任务。"年龄大的民警指指身旁的小伙子，"这是网警支队的小刘。"

"您好齐队，我是网警支队的刘明。"着便衣的小伙子赶紧向齐兵伸出双手，礼貌地握手致意，并解释道，"前段时间我们监查到网络上有人散播谣言，说本市即将有大暴风雨降临，雨量和风力都将远远大于 4 月 1 日那场强暴风雨，政府方面一心追求维稳，不顾老百姓死活，内部下令不得对公众透露汛情。此则谣言被各社交平台的私人用户大肆转发，给社会和政府带来极其恶劣的影响，后来我们通过排查 IP 地址，最终锁定这间房子的住户是始作俑者。"

"手续带齐了吗？"齐兵问。

"带了，拘传证和搜查证明都带了。"网警刘明打开公文包，取出两页纸。

"行了，收起来吧。"齐兵点点头，冲杜英雄使了个眼色。

杜英雄心领神会，从裤兜里掏出钥匙包，取出专用工具，转瞬便把门打开了。几个人随后进了屋子，看到房子是一室一厅的，外加个阳台厨房，尤晓东确实不在里面。

齐兵吩咐民警和网警也帮着挨个角落翻翻，看能不能找到匕首之类的锐器。但里里外外搜查了半个多小时，毫无收获。

杜英雄转悠到阳台厨房，看到洗碗池边有一个垃圾桶，便随手从筷笼里抽出一支筷子，蹲到垃圾桶旁翻看起来。

"这小子没跑远，垃圾桶里有鲜奶包装袋，日期是昨天的，估计手机可能是没电了，咱们下去到车里等等看吧？"杜英雄拍拍手，从厨房走出来说。

"行。"齐兵点下头，转而对网警刘明说，"辛苦了，你们回去吧，这个尤晓东我先查，要是身上没什么事再转给你们。"

"没问题，您怎么着都成。"网警说道。

顾菲菲见韩印一脸沉闷，弓着身子盯着桌上的照片，足足半小时没换姿势，显然遇到瓶颈了。她便体恤地走过来，轻轻拍了下他的肩膀，以示安慰。韩印转头，两人对视笑笑，身子轻轻倚在一起，共同打量起照片来。

陪着韩印默默观察了一阵，顾菲菲长出一口气，有些泄气地说："真没看出有什么疑点，还是等找到尤晓东看他怎么说吧。对了，英雄和齐队可走了好一会儿了，怎么也没个消息？"

"是，有两个多小时了，"韩印抬腕看了眼表，"可能……"

"等一下，"韩印话音未落，顾菲菲视线突然定住了，指了指他腕上的手表，随即迅速转身将几张记录受害者死状的照片挑选出来，分别举到眼前细细观察一阵，然后把照片陈列在韩印身前，"你看，手表。林峰腕上的手表还在，这是一个国际大品牌，最便宜的差不多也得近十万块钱，以林峰的家世他不可能戴高仿品，既然案件中有盗窃情节，那这么值钱的东西凶手怎么会放过？"

听到顾菲菲略带兴奋的声音，艾小美和叶曦也围聚过来，艾小美试着说："会不会那家伙不识货，韩老师之前不也说过他没什么见识吗？"

"除此，还有另一种可能性，"韩印眯缝着眼睛，眼神显得格外深邃，若有所思道，"有没有可能林峰被杀和财物被盗并不是同一天发生的？"

"你是说盗窃案件是之前发生的，当时林峰并不在场？"叶曦问。

"还有一点，林峰父亲说过林峰不知道什么时候给家里换了把新锁，会不会是因为林峰发现家里丢了东西所以才换的锁？"艾小美跟着提示道。

"这就更能佐证我刚刚的观点。"韩印点头道。

"不对啊，手表是随身携带，手机应该也是，但手机被凶手带走了啊！"艾小美一脸矛盾。

"手机有两年没有通话记录，说明林峰根本没在用，倒是有可能也放在家里。"叶曦说。

　　"那林峰总得还有个手机吧，现在哪有不用手机的人？"艾小美说。

　　"这个问题确实有点解释不通。"顾菲菲稍微点下头，斟酌了会儿，接着说，"我有一个想法，咱们先抛开手机的问题，遵从韩老师刚刚的观点，如果'林峰案'中剔除盗窃财物的情节，再剔除关于折叠水果刀的指纹问题，现场基本就没有第二个人出没的迹象，那案件的性质就会有另一种走向。说实话，也是我第一次看到这个案件时最直观的感受，林峰也有可能是'自杀'的。"

　　"顾姐，别忘了林峰体内还有安眠药的成分，可是现场没有发现药物包装，如果是自杀，他有必要毁灭证据吗？"艾小美提醒说。

　　"你也别忘了，我说过那安眠药的成分即使过了很多年依然可以检测到。"顾菲菲说，"也许服用安眠药和盗窃情节一样，并不是跟林峰之死发生在同一天。"

　　"那也就是说林峰有过严重失眠的问题……有先进的智能手机，但他偏偏不用……家里遭小偷洗劫，不去报警，只自行换了新锁……"韩印一边思索，一边喃喃自语。

　　"林峰曾和母亲在国外一同出过车祸，结果母亲死了，他活下来了，他父亲也说过很长时间他都走不出车祸的阴影，你刚刚说的这几点，会不会意味着他精神上出现了问题？比如，创伤后应激障碍，或者抑郁症什么的？"叶曦受到韩印的启发说道。

　　"他服用过一段时间的安眠药，后来放弃了，是担心有人给他下毒？他长期不使用手机和座机电话，是因为忌惮手机有辐射，或者是觉得所有电话都不够安全，会被跟踪和监听？丢了心头喜好之物却不报警，是因为对警察不够信任？"韩印继续自言自语推敲着，随后兀自点点头，"如果把这种种细节和疑问综合起来演绎推理一下，或许林峰患有抑郁症，进而加重出现迫害妄想症。而这种病患的自杀行为大多是突发性的，故没有留下只言片语也很常见。"

　　"迫害妄想症？若是这样解释的话，我有个更大胆的想法。"叶曦使劲伸长了手臂，从桌子远处拿过来一份文件，拿在手中扬了一下，"我刚刚一直在研究你的这份侧写——本地人；与受害者同年龄阶段；有可能与受害者熟识，相互交流顺畅；有某种精神障碍；失眠、体形偏瘦；经济状况优越，有私家车。你有没有觉得，如果把林峰患有迫害妄想症这一细节考虑进去，那他是不是和你侧写的嫌疑人形象极其吻合？"

"还真挺接近的，"艾小美略微仰了下头，思索着说，"那作案动机呢？"

"迫害妄想症最大的特征，即是患者总觉得被别人算计、陷害，甚至伤害，所以每天都活在恐惧当中，内心极其痛苦。他们往往会抓住一些极为微小的事件，充当被蓄意谋害的证据，随之恐慌的情绪逐渐蔓延、加剧，外在最直接的反映便是猜忌和愤怒，甚至会产生杀人的冲动。"韩印详尽解释了病症特征，接着进一步结合案件展开观点，"'植物园埋尸案'的特征显示，凶手作案是意在为孙阳和吕晶报仇雪耻，'布条蒙眼'的标记性行为，是映射陈大庆和肖刚当年对吕晶粗暴猥亵的行径，问题是林峰案也出现了这样一个标记性动作。假设林峰因为精神出了问题，杀了人，又自杀，那么他在自杀中体现出的标记性动作，只能解读为他在实施自我惩罚，以达到自我救赎的妄想。但我们现在知道，除了喜欢吕晶之外，林峰并未牵涉到霸凌事件当中，他不应该遭受与陈大庆和肖刚一样的惩罚。所以我不排除林峰是'植物园埋尸案'凶手的可能，但证据有自相矛盾的地方。"

"说得也是，"叶曦咬咬嘴唇，"'林峰案'中确实有很多疑点无法捋顺清楚，包括那把凶器，咱们也说不清它是怎么从尤晓东手中又到林峰手中的。"

"不管怎样，还是得先找到尤晓东。"顾菲菲说。

天刚擦黑，一个瘦高个的男人，头上戴着一顶长舌帽，低着头从杜英雄和齐兵的车旁走过。接着，男子在楼道口稍微驻足，鬼鬼祟祟东张西望了一番，才又压了压帽舌走进楼里。

在车里蹲守了一个多小时的杜英雄和齐兵，相互对了下眼神，赶紧打开车门，下了车，相继跟进楼里。

男子格外谨慎，走上三楼，似乎听到楼下身后有响动，在楼梯口踌躇了一下，装作自己并不住在这一楼层的样子，继续迈步向楼上走去。

杜英雄和齐兵也未停步，继续快步跟上。

男子扭头瞥了两人一眼，突然加速向楼上飞奔起来。

"是尤晓东，这小子看来是要奔天台去，追！"杜英雄冲齐兵喊了一嗓子，便追了上去。

"我的天，这么费劲，一共多少楼来着？"两鬓已生出白发，身材也略微发福，齐兵跑起来已经没有当年小伙子时的劲头。

"共17层。"杜英雄说话时，人已经超了齐兵半层楼。

齐兵真是硬着头皮跟着追到顶楼，又顺着墙上的扶梯爬到天台，整个人都快要站不稳了，弓着腰，双手按着膝盖，大口喘着粗气。

此时，尤晓东站在天台围墙边正嚷嚷着："都别过来……我真没钱……两位大哥再容我几天，我一准把钱都还上。"

"钱什么钱？我们找你……"杜英雄稍微往前凑了凑。

"告诉你们别过来啊……再往前……再往前我真跳下去，你们也拿不着钱……对大家都没好处！"没让杜英雄把话说完，尤晓东便叫嚣着说。

齐兵大概明白是怎么回事了，好容易磨蹭到杜英雄身边，手搭在杜英雄肩膀，上气不接下气地说："哎呀，不服老不行，身子骨快要散架了，这兔崽子准是赌博输了借了高利贷，把咱们当成要账的了。"

"你别冲动，我们是警察，来找你协助调查吕晶的事。"杜英雄从兜里掏出证件亮了亮，知道尤晓东喜欢过吕晶，便没提林峰等人的茬。

"吕晶？"一听对面是警察，又提到吕晶，尤晓东果然放松下来，随即又紧张地问，"她……她怎么了？"

"来，来，你看看这个人是不是吕晶。"齐兵是老油条，不想与尤晓东再纠缠下去，便心生一计，从兜里掏出手机，划开屏幕，装模作样地调出一张照片，摇晃着举到半空中，瞬即偷偷向杜英雄递了个眼色。

　　果然尤晓东被齐兵的手机吸引，伸长了脖子，身子也离开天台围墙有一段距离。说时迟，那时快，杜英雄瞅准时机猛地扑向尤晓东，抓住他的领口，顺势就是一个大背跨。

◎第十一章　心碎之痕

审讯室里，尤晓东单手揉着腰，龇牙咧嘴地坐在审讯椅上，对面坐着杜英雄和齐兵。

隔壁观察室里，专用单向玻璃背后，江平市局几位主要领导都到场了，和支援小组一道，关注着这场审讯。

审讯之前，支援小组和齐兵开过一个小会，介绍了更新线索之后的一些判断。把对于尤晓东、林峰两人身上的疑惑和推测都详细做了说明，以便审讯时齐兵和杜英雄对于尤晓东有可能反馈回来的信息做到心中有数，从而有效引导其说出全部事实真相。

"这个人你认识吗？"杜英雄举着一张照片问。

"林峰，我高中同学，后来到加拿大留学了。"尤晓东只看了照片一眼，便干脆地说道。

"你们关系怎么样？"杜英雄问。

"读书的时候一般，他从国外回来之后我们俩处得挺好的。"尤晓东解释说，"那时我在一家修车厂当小工，也不知道他得罪谁了，有一阵子车门总被人划，也总来我们修理厂补漆，我们俩就混熟了，后来经常一起出去喝喝酒啥的。"

"具体是什么时间？"杜英雄问。

"应该是 2010 年开春的时候。"尤晓东说。

"认识这把刀吗？"杜英雄又举起一张照片问

"认识，是吕晶在高中时送给我的。"尤晓东认真看了眼，答道。

"那你这把刀怎么会跑到林峰脑袋上？"齐兵亮出林峰被杀的照片。

"啥，这是林峰，他被人杀了？"尤晓东张大嘴巴，惊讶地说，"我说我从国外回来，这小子怎么没影了呢，原来是死了。"

"你也出国了？什么时候的事？"杜英雄问。

"我去德国出了两年劳务，2011 年 9 月中旬走的。"尤晓东指了指英雄手边的照片，"那把刀是我走之前送给林峰的。"

"这三个人你认识吗？"杜英雄分别亮出三张照片。

"认识，陈大庆、肖刚，都是我高中同学，还有那个叫王什么，噢，对，叫王波，是大庆的马仔。"尤晓东同样只瞄了一眼，便说道，"他们仨那会儿干着坐庄赌球的买卖，偶尔我也赌两把，后来王波坑了大庆一笔账跑了，再后来大庆和肖刚因为欠了黑社会的钱也跑路了。"

"你怎么知道得那么清楚？"齐兵问。

"大庆跟我说的，说让王波去网吧找林峰收账，结果这小子就没影了，后来大庆找林峰核实，林峰说钱确实给了王波。还有大庆和肖刚跑路前找我借过钱，我手头向来都紧，哪有钱借给他们？后来他俩说要去找林峰周转，然后就走了。再后来我问过林峰，林峰说那几天有点感冒没去网吧，没见到大庆和肖刚。"尤晓东解释说。

"你一口一个大庆叫着，你们什么时候变得这么亲近了？你高中那会儿跟他和肖刚不是针尖对麦芒吗？"齐兵问。

"咳，看来你们都知道那档子事了。"尤晓东紧着鼻子说，"其实没那么严重，那时大家都小，不懂事，毕业之后进入社会，才觉得同学情谊特别难得。正好有一次我跟几个朋友去一家酒吧遇见他俩，肖刚说酒吧是他姐开的，还说陈大庆已经是他姐夫了，非要给我们免单，后来就经常联系了。"

"你刚刚说王波找林峰收账，林峰也参与赌球？"杜英雄问。

"他和我一样只是偶尔玩玩。"尤晓东说。

"你知道林峰从国外回来后，是怎么联系上陈大庆和肖刚的吗？是林峰主动的吗？"杜英雄接连问道。

"不，是陈大庆和肖刚知道他家有钱，想拉拢他下注赌球。"尤晓东使劲摇摇头，说，"一开始他们都不知道林峰回来了，有一阵子我赌球输了不少钱，实在赔不起，只好跟林峰借钱把账还了。后来大庆问我一下子从哪儿弄那么多钱，我实话实说是跟林峰借的，然后他说让我联系林峰，找机会一起聚聚。"

"你和林峰平常怎么联系？"杜英雄问。

"林峰那时也不知怎么了，整天神经兮兮的，动不动说有人要谋害他，说划他车就是先兆。还说有人通过手机监听和追踪他，所以从来不用手机。平时他想约我喝酒，便直接来厂里等我下班。我要是想找他，就去体育场旁边有个叫宏声的网吧，他几乎每天都在那家网吧玩，去那儿一准能找到他。"尤晓东突然愣了一下，瞪大眼睛说，"你们这又问林峰，又问陈大庆和肖刚的，不会是他们都被杀了吧？难道真的是吕晶和孙阳干的？怪不得当年林峰说吕晶和孙阳要报复他，吓得他整宿整宿睡不着觉，连吃安眠药也不管用，出门时身上还总带着刀。"

"吕晶和孙阳干吗要报复他，当年的霸凌事件他不是没参与吗？"杜英雄问。

"他不但参与了，还是始作俑者。"尤晓东苦笑一下，说，"这也是我去德国前找他喝了顿酒，他喝多了才说的。林峰当年和我一样喜欢吕晶，他曾经向吕晶表白过，但被吕晶婉转拒绝了。但他不死心，也搞不明白吕晶为什么不肯接受他，后来就瞄上孙阳了。其实孙阳特别无辜，他性格像女孩子，总愿意跟我们班女生黏糊在一起，包括吕晶他们那些女生也愿意带他玩，开玩笑都说当他是好姐妹。也巧了，那一阵子吕晶和孙阳放学经常一起走，被林峰撞到过几次，他就开始胡思乱想，觉得吕晶不喜欢他是孙阳在背后捣鬼，就想报复孙阳，想让他当众出一次丑。后来他偷了他爸两片"伟哥"，带到学校，然后给了陈大庆和肖刚一人一千块钱，让他俩捉弄孙阳，只是事情发展超出了他的想象，牵连吕晶也遭受到极大的伤害。林峰说那是他从小到大做的唯一一件对不起良心的事，所以总觉得会遭到报应。"

"对了，你刚刚说林峰出门总带着刀，那把刀什么样？"齐兵问道。

"是一个有二三十厘米长的匕首，外面带个金色的刀鞘，说是他爸去蒙古时带回的纪念品。"尤晓东冲自己衣服里面比画了下，"平时衣服穿多的时候他把刀放在衣服内兜里，夏天放在背包里，不过后来他家遭了小偷，刀被小偷顺走了。"

"你不说他天天带在身上，怎么会被偷？"齐兵问。

"大概是我走那年的 8 月份，林峰住在外地的叔叔去世了，他和他爸去送殡，坐飞机没法带刀，便扔在家里。结果就去了两天，家里的那些笔记本电脑啥的连同刀都被盗了，所以我临走前才把吕晶送我的刀转送给他。"尤晓东说。

"那个王波，你和林峰跟他接触得多吗？"杜英雄问。

"一般吧，我不怎么喜欢他，他那个人总咋咋呼呼的，一喝多了就吹嘘自己弄死过人，反正我是不相信。"尤晓东撇了撇嘴角，"不过林峰第一次和他喝酒还真被唬住了，刨根问底和他聊了半个晚上。"

"那你知不知道，王波弄死的那个人就是孙阳？"杜英雄问。

"啥，真的假的？"尤晓东再一次露出惊讶异常的表情，"我倒是听说过孙阳在什么网戒学校逃跑了，一直没有音信，怎么会死了呢？"

"你听谁说的？"杜英雄问。

"听我高中时的班主任说的，他说孙阳他爸去过学校，问老师孙阳读高中时跟谁关系比较好，可能觉得孙阳躲到同学家了。"尤晓东身子又定住了，倒吸一口凉气道，"噢，我想起来了，那晚喝过酒后，第二天林峰特意到厂里问我孙阳的事。我还纳闷他怎么知道的，难道是王波说漏了嘴？也就是说那时林峰就知道王波把孙阳弄死了？"

"你邮寄过一张照片给吕晶吗？"杜英雄问。

"没有！"尤晓东说。

一场审讯下来，所有线索都指向林峰，问题是他已经自杀了，如何取证是个大麻烦事。顾菲菲提议说："能找到林峰当年开的车也行，如果清洗程度不高的话，可以试着在后备厢里做一下血迹反应测试。"

"没可能了。"艾小美直截了当说，"我问过他父亲，说是车后来给他继子开了，结果那孩子开车到湖边钓鱼，忘了拉手刹，车溜到湖里直接报废了。"

"继子？当年多大？"韩印像突然想到什么，略微提高音量问道。

"我听林峰他爸提过一嘴，好像比林峰小个两三岁。"艾小美想了下说。

"继子，年轻人，喜欢电子产品，与林峰关系紧张，继父林德禄偏宠亲生子林峰，送其林林总总新型先进的电子产品，尤其还送了辆车，因此招致继子的不快和嫉妒。林德禄有林峰家的钥匙，继子完全可以偷配一把，他同样知晓林德禄和林峰赴外地送殡的时间，然后趁机潜入林峰住的老房子里实施盗窃。他得不到的，林峰也别想痛快得到。还有林峰的车经常被划，说不定也是那个继子干的。"韩印一边推敲，一边说道。

"这思路靠谱，可以跟那继子接触接触，如果运气好的话，说不定还能找到凶器呢！"齐兵拍着桌子说。

"那林德禄这个继子现在干啥，在不在本市？"顾菲菲望向艾小美问。

"不太清楚，先前也没想到他跟案子有关系，没深入问过。"艾小美解释说。

叶曦抬腕看了下时间，已经接近午夜了，她用征询的目光望向韩印和齐兵："现在动，还是明早动？"

"事不宜迟，现在就去找林德禄，麻烦他配合我们把他继子找出来。"齐兵斩钉截铁说。

◎尾声

正如韩印判断的那样，划花林峰的车，盗走林峰喜爱的电子产品，确是林德禄继子所为。他其实也不是真想拥有那些东西，只是嫉妒和愤愤不平林德禄厚此薄彼的行径，所以他从林峰家偷走那些东西之后，直接扔到家里阁楼上的一个破箱子里，便再未动过。还有，当日他还顺手在林峰衣柜里拽出一个旅行包，用来装赃物。他当时并未仔细摸查，其实那包的夹层里装着几个皮夹和手机，以及一把匕首。最终，皮夹和手机被证实分别属于陈大庆、肖刚和王波，而那把匕首上同样被证实残留有这三人的血迹。

毫无疑问，林峰即是杀死陈大庆、肖刚、王波，以及他自己的凶手。

林峰母亲遭遇车祸意外丧生，令其身心备受打击，置身于举目无亲的海外，林峰逐渐陷入焦虑和抑郁的情绪当中。随后他被父亲林德禄带回国内，而林德禄不仅未及时帮助林峰做有效的心理疏导，反而一段时间后又再度组织家庭，令林峰感到被父亲背叛，内心的孤独感和与世隔离感愈加强烈，偏执妄想的思想逐渐成形，并蔓延到现实生活当中。

与高中同学尤晓东的邂逅，令林峰不可抑止地将深埋于心底多年的霸凌事件再度在脑海中上演，于是他的迫害妄想开始有了主题——因为年少无知时策划的校园霸凌事件，他会遭到受害者，乃至老天爷的报复。而当他异父异母的兄弟，一而再再而三地划花他的车子，又为这一主题提供了佐证，致使他心底的恐惧感更加剧烈。

孙阳之死，是林峰开始连环杀人的直接性刺激源。当王波酒后吐露出孙阳失踪事实真相之时，令林峰产生了某种妄想，认为如果能帮助孙阳和吕晶报仇雪恨，他就会免于被他们二人报复和被老天报应。也许因此他能得到短暂平静的时光，但一旦再次出现能令他产生与妄想主题有关的心理暗示的话，他的病情就会急剧加重。

而现实是多重的致命打击接踵而至。先是作为埋尸地点的南山，被纳入植物园升级改造范围；接着家里遭到小偷光顾，凶器不知所终；再之后自己唯一能说知心话的朋友，也离开他远赴国外。相应地，尸骨有可能在植物园的改造过程中被挖掘出来；那把杀人凶器或许已落入警方之手；这世界也再无可倾诉衷肠之人。如此三重焦虑，三重恐惧，致使林峰精神彻底崩溃、分裂。他恍然间想到，自己也应该受到惩罚，只有惩罚了自己，才能得到彻底的救赎，于是他拿起尤晓东转赠他的那把水果刀，毫不犹豫地刺向自己的脑袋。

实事求是地说，在韩印多年的办案生涯中，相对来说本案是最为波澜不惊的，但对其内心的触动不亚于任何案件。

一宗校园霸凌事件，改变了很多人的命运。如果没有那次事件，孙阳便不会把自己隐藏在虚幻的网络世界无法自拔，以至于在网戒学校被活活打死；吕晶或许已经成为一名医术精湛的医生，而不是成为走在灰色地带靠搔首弄姿谋生的网络主播；尤晓东也不会那么愤世嫉俗，更不会成为一个整天对他人恶语相向和蛊惑造谣的"键盘侠"；肖刚和陈大庆此时仍然是两条鲜活的生命，而不是深埋于地下的两具尸骨；林峰或许已经成为一名海外归来的精英学子，而不是一个连自己都杀的连环杀手。

而比事件本身更可悲的，是周围人的沉默、妥协与推却。对人生观、价值观和世界观尚未成熟的年轻人来说，犯错并不可怕，可怕的是没人告诉他们这是错的，没人教给他们什么是对的！不仅如此，那些大人推卸责任、随波逐流的姿态，面对得失心的丑陋嘴脸，却一再上演。

　　韩印真的无意鞭挞和指责任何群体和行业，而且他相信本案中涉及的不良社会现象，只是极个别的案例。韩印本身也是一名老师，他能够理解作为一名老师需要面对几十个孩子，还有他们背后更多的家长，以及校方绩效考核和职称评定的种种压力；他也能够理解孩子的家长要背负着生存和想要给家庭创造更好生活的重担，无暇顾及孩子内心的成长和蜕变，但是教给孩子们分辨是非对错、正邪善恶，教导孩子们什么应该摒弃，什么应该坚持，难道不是最基本的吗？

　　生活没有如果，唯有向前。一个良性的社会，其实不需要人们多付出什么，只需要每个人担负起自己该担负的责任，做好自己该做的事就足够了！

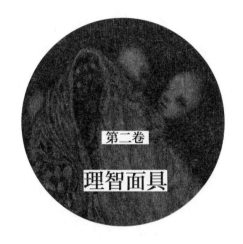

第二卷

理智面具

　　我具有人类的一切特征，发肤血肉，但没有一个清晰可辨的表情，除了贪婪和厌恶，我内心深处发生了可怕的变化，但我不知道为什么，我属于黑夜的嗜血恶性蔓延到了白昼，我感到垂死的气息处于狂怒的边缘，我想我理智的面具就快要脱落了。

——《美国精神病人》

◎楔子

　　夏夜，天色昏昏沉沉，月亮躲在云层背后，只偶尔露出小半张灰白的脸。城市马路上，车辆川流不息，行人熙来攘往，大多脚步匆匆。

马路边，光亮惨淡的路灯下，站着一个身材高挑，装扮艳丽的女孩。她粘着长睫毛的双眸，时而盯着手机屏幕，时而东张西望，似乎在等着什么人。尤其有轿车从身边经过时，她便会低眸冲车里打量几眼，想必她要等的人是开着车来的。

果不其然，不多时，一辆几乎与夜色融为一体的黑色轿车，打着右侧转向灯，缓缓停靠到女孩身前。女孩随即弯下腰，冲着车窗玻璃挥挥手，便满脸愉悦地打开副驾驶一侧的车门，坐上了车。

岂知，当黑色轿车吐着白雾逐渐驶向远处，地狱之门也离女孩渐行渐近……

黑漆漆的山谷中，昆虫鸣叫不止，吵吵嚷嚷、此起彼伏，显然与人类的沉寂截然相反，夜晚才是它们焕发活力的天地。

但这个夜晚，山谷中多了一位不速之客。随着一阵粗重的喘息声，一个身着黑衣的男子，兜帽扣在脑袋上，怀里抱着一个女人，步履蹒跚地出现在夜色中的山间小路上。那怀里的女人，脑袋和双臂绵软无力地垂着，双目圆鼓鼓地怒张着，满脸惨白，似乎已然香消玉殒。

黑衣男子的脚步越来越沉重，看起来力气快要用竭……终于，他放下了怀里的女人，脚下随之一个踉跄，身子便扑倒在地。他没有急着爬起来，只是把身子换成仰躺的姿势，守着一旁的女尸，望向黑洞洞的天幕，胸口微微起伏着，嗓子里发出低沉的闷哼声，分不清是在哭还是笑。

◎第一章　踏上征途

刑事侦查总局，重案支援部。

电梯门打开，陆续走出几个人，最后走出来的是叶曦。她扎着马尾辫，斜刘海，穿着白色打底 T 恤，外罩深蓝色牛仔衬衫，搭配九分小脚牛仔裤，白色休闲鞋，一副干练打扮，看起来颇为英姿飒爽。

支援部负责人吴国庆，依然在走廊尽头那间没有任何门牌标志的办公室中办公。看到敲门进来的是叶曦，原本严肃的面孔，便多了些慈爱的笑容。叶曦虽然才调来不久，但他看得出这孩子人品、性格以及工作能力都特别优秀，心下甚为喜欢。

"坐，坐。"吴国庆指了指会客沙发，一脸关切地问道，"怎么样，对咱们这儿的工作环境都熟悉了吗？和小组同事之间关系处得怎么样？住处的问题解决了吗？生活上有没有什么困难？"

"谢谢吴老师关心，都挺好的，您甭劳心挂记，有困难我会主动找您的。"叶曦使劲点着头，笑盈盈地说。

"那就好。"吴国庆也点点头，旋即收起笑容，从桌上拿起一份卷宗递向叶曦，"喏，这是分给你们组的最新任务。"

叶曦欠身接过卷宗，翻开看到：

本年 6 月 17 日上午 10 时许，胶东省文安市旅游中专两名学生，在学校附近一座山（焦金山）上游玩时，在半山腰一处草丛中发现一具裸体女尸。

　　法医尸检显示：受害者年纪在 20 岁至 25 岁之间，系被大力扼颈，导致呼吸道闭塞，引发呼吸障碍死亡，死亡时间为 6 月 15 日晚至 6 月 16 日凌晨之间。受害者面部有多处软组织挫伤，四肢有表皮脱落和划伤痕迹，说明案发当时受害者和凶手之间曾有过一番搏斗。受害者下体未见过度损伤和暴力侵害迹象，但相关鉴定表明，受害者死前有过性生活，性生活中另一方当事人戴了安全套。

　　现场勘验显示：尸体呈仰卧体位，全身赤裸，胸口处留有一个被锐器刻下的"×"符号，口中塞满泥土和杂草，过肩的长发被锐器割得七零八落，碎发散落在尸体周围。受害者衣物被卷成一个卷，连同一个黑色的小背包，放置在尸体右侧约一米处的草丛中。包内有一包面巾纸、一串钥匙和少许现金，未见身份证和手机。现场未搜索到任何与凶手有关的物证，相关数据库中也未搜索到与受害者相匹配的指纹和 DNA，故文安市警方于近日发出尸源协查通报，截至目前还未获得有效反馈信息。

　　大致看过案情简报，合上卷宗，叶曦犹豫了一下，斟酌着问道："吴老师，这种规格的案子，似乎没必要咱们去接手，这次为什么……"

　　"我知道你的意思，从情节上看这案子算不上多重大，但凶手在尸体上动了不少手脚。"吴老师笑着压了下手，示意叶曦不必再说下去，跟着解释道，"主办这案子的刑警曾经听过韩老师的讲座，他觉得凶手在作案过程中的一系列行为特征，很符合韩老师提到的心理畸变犯罪，便联系上韩老师，就案子进行了沟通。韩老师肯定了他的判断，认为案件有可能不是孤立的，并且凶手很可能会继续作案，所以建议他寻求咱们支援部的帮助。"

　　"明白了。"听到是韩印推荐的案子，作为其头号粉丝的叶曦，当然不会再有任何的含糊，立马从沙发上站起身，干脆地说道，"我这就去安排行程。"

　　物证鉴定中心，法医病理损伤检验处。

　　做回专职法医，顾菲菲属于重操老本行，处里的同事在以往的办案过程中也都有过接触，所以新岗位对她来说可谓是驾轻就熟、游刃有余。

就在刚刚，她和同事一起对一宗在地方颇有争议的人身伤害案件检材进行了全面复检，整个过程持续四个多小时，这会儿刚坐下连口水都没喝上，便接到叶曦的电话。她看了看自己的工作日程表，给叶曦做了回复。

十五分钟后，一辆深蓝色商务车在物证鉴定中心银白色大楼门前停下。旋即大楼自动玻璃门打开，顾菲菲穿着白色立领雪纺衬衫，搭配黑色铅笔裤，银色细跟高跟鞋，手里拖着一个小巧的拉杆旅行箱，神采奕奕地走出来。

上了车，叶曦、杜英雄和艾小美早已候在车里，顾菲菲微微翘了下嘴角，露出一丝微笑，算是和所有人打过招呼。待她坐定，叶曦轻声冲前面的司机吩咐道："好了，人到齐了，去机场吧。"

北方某警官学院，大阶梯教室。像以往一样，韩印喜欢站在第一排座位前，近距离与他的学生们做最直接的交流。

"最近有部叫《心灵猎人》的热门美剧相信大家都看过了，实质上它是根据美国 FBI 前著名侧写专家约翰·道格拉斯自传改编而成的。与剧情中讲述的一样，正是缘于约翰·道格拉斯和他的搭档罗伯特·K. 雷斯勒，深入到美国各大监狱，与在押的数十名连环杀手进行访谈，才总结出一套'犯罪侧写'参与案件侦破的体系。简而言之，是在归纳和演绎相似犯罪行为的基础上，推定出未知犯罪人的人口统计学变量、地理位置、生活环境、身份背景信息等特征，所以犯罪侧写被认定为更适用于侦破系列犯罪和追捕连环杀手的案件上。

"说到'连环杀手'这一术语，是刚刚提到的时任美国 FBI 行为科学部主管罗伯特·K. 雷斯勒首先提出的，同时赋予它的定义为至少谋杀三人以上的犯罪人。时隔不久，他的搭档，也是刚刚提到的约翰·道格拉斯，提出了'犯罪标记'这一术语。"

"其实，有关犯罪侧写、连环杀手、犯罪标记这三个知识点，先前的课上咱们都着重讲过，那么今天我为什么把它们同时提出来呢？是因为这节课我们要抛开它们教条上的概念，以发展的眼光去探索它们实际的应用。"

"首先，开宗明义，我要说的是：当我们完全、系统学习了犯罪侧写这门学科之后，比起在侦破恶性系列案件上的功用，我更希望同学们能把你们的所学着眼于预判犯罪，识别犯罪倾向，将犯罪的连续、蔓延及早扼杀与遏制。直白些说，我们要关注的是犯罪行为的趋势，哪怕是一起轻微的案件，或者单一人身伤害案件，当案件情节中出现了犯罪标记行为的倾向，我们都要严加关注。好，下面咱们来具体讲述……"

不知不觉，走廊里响起了下课铃声。与此同时，韩印走回讲台上，看到放在讲课桌上被设置为静音模式的手机屏幕上，显示有五通未接电话。点开之后，看到号码显示都是来自叶曦的，他知道自己恐怕又要暂别课堂一段时间了。

◎第二章　受害者 ×

6月21日，距离尸体被发现已过去4天，支援小组和韩印前后脚赶到文安市。

案件被文安市刑侦支队分派给刑侦一大队负责侦办，大队长陈铎身材魁梧，脸色黝黑，一副硬汉模样，但言谈举止显得彬彬有礼，可谓粗中有细。他曾经在省厅组织的一次业务培训会上听过韩印的讲座，感触颇深，所以这次有幸能与包括韩印在内的支援小组合作办案，令他倍感雀跃。

一番客套寒暄，陈铎便把话题转到案子上："一个好消息，一个坏消息。好消息是有人来认尸了，就在刚刚——半小时之前，我们给她做了笔录。来认尸的也是个女的，叫王爽，外省人，与受害者是同乡，案发前两人一同租住在黄河街道梧桐小区的一栋单元楼里。据王爽说，受害者叫陈美云，24岁，5年前她和陈美云背井离乡来到本市打工。最初两人在一家洗浴中心做按摩师，后来洗浴中心倒闭，两人也嫌做按摩师太辛苦，又不愿意回地处偏僻农村的老家，便继续留在本市学着做起网络上盛行的微商来。两周之前，王爽母亲突然生病，她便回老家待了一段时间，昨天才刚刚回来。由于在出租屋中未见到陈美云，打她手机也一直显示关机，家里又像好几天没住过人的样子，觉得事有蹊跷，所以今天一早到辖区派出所报了失踪，结果派出所便把她带到队里来认尸。"

"至于坏消息，是我们根据韩老师的建议，集中梳理了本市近几年有关成年女性失踪的案例。说来也惭愧，这方面案子先前并未引起我们足够的重视，也从未做过横向联系，但这一次集中梳理后才发现，相关案例未侦破完结的竟然多达 5 起。我们从中筛选出 3 起，时间跨度从前年 8 月份至去年 10 月份，接下来我们会做深入调查，希望能找到与眼下案子的交集。"

"筛选的依据是什么？"顾菲菲插话问。

"主要是年龄和性别，这三起案子中失踪者都是非常年轻的女性，排除的那两起失踪案，失踪者都是男性。"说着话，陈铎望向韩印，"关于焦金山的案子，先前我与韩老师沟通过……"

"好，我来解释，顺便也向各位汇报一下我的思路。"韩印微微点头，语气谦和地说道，"从尸体上看，显而易见，凶手在扼死受害者后，做出一系列与杀人无关的动作。包括用锐器割碎头发、往嘴里塞泥土和杂草以及用锐器在胸前刻下一个'×'符号。以我的专业来解读，这一系列动作一定映射着凶手的某种心理需求，是烦琐的，且相当具体，表明凶手的妄想思维和执行力已经处在一个比较成熟的阶段，不会是初次作案的人所能达到的高度，想必本案应该不是单一案件，我认为我们将要追捕的是一名变态连环杀手。

"连环杀手选择'受害者'，不论是随机的，还是有预谋的，他们身上往往都具有相似的吸引连环杀手的特质，也就是说受害者大都是固定的类型。当然现实中也不乏无差别连杀数人的杀人狂，通常他们被称之为屠杀型杀手，与具有冷却期、间歇作案的连环杀手，还是有区别的。说回眼下的案子，受害者为女性，胸部和生殖器官是她们区别于男性的显著特征，但凶手在整个作案过程中并未对这两方面做任何的侵害动作，也没有表现出过度杀戮迹象，表明两点：一、凶手的侵害行为与性压抑无关；二、凶手的侵害行为针对的不是全体女性，只是女性中的某一特定群体，也就是我刚刚提到的某一固定的类型。这一类型有可能是单一因素组成的，比如年龄、相貌、品行、婚姻、工作等方面中的某一项，或者是这其中几项的组合。目前，咱们手上有的是一名年仅 24 岁的女受害者，所以我建议陈队先筛选出有关年轻女性的失踪案件，接下来随着对陈美云背景调查的深入展开，再做相应的修正和补充。"

"这样吧，把那 3 起案子的资料也给我们一份，咱们共同来做排查认定。"叶曦冲陈铎说道。

"早准备好了。"陈铎使劲点着头说。

焦金山位于文安市西城区，海拔仅 163 米，山上山下走个来回，也用不了多长时间。而且也并未如韩印想象的那般僻静，周边有好几个人口密集的居民住宅小区，还有几所学校，最近的一个居民小区，距离山体只隔着一条马路而已。

登山道有两条。从东南坡起登，有一条带护栏的木栈道，由山底一直蜿蜒至山顶，系当地街道为方便市民登山健身所修建的。西山坡也有一个登山口，但山势比较陡峭，山路也是狭窄原始的土路，所以自打五年前有了东南坡登山栈道，几乎没人再走这条路，入口也差不多被杂草封死了。当然除了上个周末，那一对想要避开人群，一边上山，一边打情骂俏的学生情侣。

陈铎引导着韩印和杜英雄，从西山坡登山道，登到半山腰处的案发现场。现场在一条土路附近，两边是茂密的松林，尸体被学生情侣发现时，仰躺在土路边的杂草丛中。

杜英雄双手叉腰，环顾四周说道："凶手完全可以把尸体抛到更深的丛林中，那样的话一时半会儿都很难被人发现。"

"除非他的主观意识就是想让尸体曝光，只不过需要一个相对僻静的地方，来完成自己在受害者身体上的宣泄动作。"韩印皱着眉说，"再一个应该也是出于自我保护，不敢把尸体随便抛弃到大街上，又或者说他还不够自信、大胆。"

"如果是这样的话，岂不是跟您先前的说法自相矛盾。"陈铎一脸疑惑道，"如果凶手先前有过相同的作案经历，那么为什么我们没有发现尸体？"

"确实是个疑问，或许是我过于理论化了，但凶手潜在的危害性也很明显，继续作案的概率很大。"韩印微微笑了下，语气一转，"还有，那 4 起失踪案仍要跟进,一段时期内连续有多名年轻女子失踪,本身就很不寻常,无论与这里的案子有没有关联,都应该深入地追查下去。"

"那好,我听您的。"陈铎干脆地说。

支队技术处,法医科。

一位中年模样的女法医与顾菲菲握了握手,自我介绍叫刘杰,接着便把顾菲菲带到存储尸体的冰冻室。

刘法医从一排冷藏柜中抽出一个抽屉,一具半身留着 X 字形缝合线的女性尸体便呈现在顾菲菲眼前。刘法医紧跟着介绍道:"……检验胃内食物,部分呈食糜状,尚残存部分肉类和蔬菜,以及碳水化合物成分,受害者应该是在末次进餐后 3 ~ 4 小时内死亡的。通常普通人晚餐时间大都在 5 ~ 7 点之间,所以受害者精确些的死亡时间大致为 6 月 15 日晚 8 ~ 11 点之间。此外,固化的尸斑状态与案发现场的地势完全吻合,表明凶手应该是在扼死受害者当晚,便将尸体抛到焦金山上。"

"胃内食物有没有什么指向?"顾菲菲内行地问。因为尸检中有关胃肠道的检验部分,除了有助于判断受害者的死亡时间,还可以从胃肠道内食物的种类和成分,来判断受害者的经济状况、生活习惯,以及最关键的一点——末次进餐的地点。

"经检验,肉是鸡肉,菜是西生菜,碳水化合物应该是汽水之类的饮料,总之,受害者最后一餐吃的应该是汉堡加汽水。"刘法医说。

"这么说就餐地点是快餐店?"顾菲菲说。

"我们也这样认为。"刘法医点头道,"另外,从扼痕上看,案发当时受害者是呈仰卧姿态,但肩部和背部以及头枕部位并没有广泛擦伤和皮下出血,想必身体接触面是软性的。再有,受害者当天穿了一双皮带扣高跟凉鞋,我们在皮带扣中发现一根线头,经检验为聚酯纤维,也就是俗称的涤纶纤维。"

"身体躺在软的地方?"顾菲菲喃喃自语道,"应该不是在床上,如果在床上受害者四肢不会有那么多划痕。"

"我们怀疑受害者是在凶手驾驶的汽车中遭到扼杀的。"刘法医跟着解释道,"现在很多人买车都会选择经济实惠、透气性能好的织物座椅,而织物座椅有很多都是涤纶材质的,估计受害者鞋上皮带扣中的那根涤纶线头,是她在挣扎中剐到了汽车座椅留下的。"

"这判断倒是很合理。"顾菲菲略做沉吟道,"如果汽车采用的是织物座椅,想必凶手驾驶的应该是一辆经济型轿车。对了,毒理检测什么结果?"

"没有任何发现。"刘法医摇摇头,跟着补充道,"受害者脖子上、身上和指甲中,也没提取到凶手的指纹、毛发和皮屑。"

"看来是早有预谋,凶手应该穿了长袖衣服、戴了帽子和手套。"顾菲菲接话道。

梧桐小区比较老旧,受害者陈美云生前租住的房子是两室一厅的,她和同乡王爽各住一间,租金对半分担。

此时,技术处的两名勘查员正在试着搜集物证线索,叶曦也在两个卧室和客厅中来回巡查着,艾小美的注意力则放在摆在客厅中的台式电脑上,王爽怯怯地站在门口,似有些惊魂未定地注视着屋子里正在发生的一切。

艾小美冲王爽扬扬手,把她招呼到身边:"陈美云 QQ 号和微信号是什么,你知道密码吗?"

"QQ 号是 752896849,密码我不太清楚,微信号就是她名字的汉语拼音 chenmeiyun,密码很简单——CMY123456。"王爽跟着补充说,"有一次她手机出了点毛病,登录不上微信,便借了我的手机用微信发了几个信息,我就记住了她的微信密码。还有,自打有了微信之后,我们俩都好长时间没用过 QQ 了。"

艾小美点点头,从背包中取出一枚 U 盘插入电脑机箱,打开电脑上的 QQ 软件,输入陈美云的 QQ 账号,很快便破解了密码,登录上去。但正如王爽说的一样，陈美云确实很长时间没有使用过 QQ，所以艾小美细致翻看了一通，也未发现有价值的线索。随后她拿出自己的手机，试着用陈美云的微信账号和密码登录她的微信，结果显示需要通过陈美云的手机短信验证之后才可以登录。

当然，这难不倒艾小美，陈美云曾经用王爽的手机登录过她自己的微信，意味着王爽的手机也是她微信账号的授信设备，所以估计用王爽的手机加上陈美云的微信账号和密码应该可以登录上她的微信。

果然，艾小美向王爽借了手机很顺利地登录上了陈美云的微信。不过聊天记录肯定是查不到了，因为微信聊天信息是采取点对点和加密技术传输，只保存在用户自己的手机中，使用别的手机看不到，服务器后台不保存，也无法查看。但网约叫车信息和支付中心的交易记录，是跟着账号走的。

艾小美翻看了会儿陈美云的微信朋友圈，看到陈美云发的确实都是些广告之类的信息，其中主要叫卖的是一款女性面膜产品。艾小美接着调出网约车信息，未发现案发当天陈美云有叫车记录，当然不排除记录被删除掉。然后她又调出支付交易记录继续翻看，须臾，皱起双眉，抬头深盯了王爽一眼，问道："你和陈美云卖的面膜什么价格？"

"一盒是 116，两盒购买是 174。"王爽垂着眼眸，轻声答道。

"生意怎么样？"艾小美翘着嘴角，似有些讥诮地说。

"还行。"王爽继续低着头说。

"我看不是还行，是大好。"艾小美突然提高声音，把手机屏幕冲向王爽，"你抬起头来，看看陈美云的微信交易记录，几乎每天都有一到两笔的进账，金额全是整数，要么 400，要么 800，且转账人全部都是她微信上的男性好友，你告诉我什么男人能用那么多面膜？"

"那个……"王爽双眼闪过一丝慌乱，一时语塞。

两人正对峙着，叶曦走过来，从艾小美手中接过手机。看了几眼，瞬间便明白这其中的问题，瞪着王爽说："不用看，你自己的微信交易记录，也是这样的吧？"

"老实交代，你和陈美云都干了什么，怎么会挣这么多钱？"艾小美一脸冷峻地说。

"我们俩……"刚说了三个字，王爽双膝一软，扑通跪到地板上，"我……我知道错了，本来我和美云确实想好好做微商来着，无奈生意太差，我俩一时糊涂，想多挣点钱，就开始做那种生意，一次 400，包夜 800。怕客人赖账，一般我们都要求客人事先通过微信转账，也有客人执意要见面再付现金的，我们也不推辞。"

"你站起来说话，"叶曦紧着鼻子道，"你们俩做多长时间了，怎么招揽客人？"

"差不多快一年了，主要通过微信上'附近的人'功能，也有一些熟客会帮忙介绍客人。"王爽站起身，怯声怯气地说，"你们在这里找不到什么的，我和美云约定过，不准把客人带到家里来。"

"这么说，陈美云微信上的男性好友大多都是她的客人？"叶曦问。

"对。"王爽说。

"陈美云与客人有过冲突吗？"叶曦接着问。

"没听她提过。"王爽摇摇头说。

"陈美云有男朋友吗？"叶曦又问。

"两三年前有一个，不过早分手了，很长时间没联系了。"王爽说。

"你最后与陈美云联络是什么时候？"艾小美问。

"那还是在我回老家探亲之前，在老家待着那段时间没跟她联系过，所以我真的很难帮到你们。"王爽一脸遗憾地说。

确实，在陈美云和王爽租住的房子里，勘查员并未发现物证线索，没有迹象表明这里是第一案发现场，只确定了陈美云的身份证和信用卡并没有放在家中，而是应该被凶手作案后从她的包里取走了。当然，想必也是想给警方确认身源设置些障碍。

　　艾小美又马不停蹄地赶到电信部门，打印出陈美云近期的手机通话记录，从中未发现异常通讯号码，并且其遇害当天手机都未有通话记录。不出意外，凶手应该与那些嫖客一样，也是通过微信与陈美云联系上的，凶手作案后带走陈美云的手机也佐证了这一点。实际点说，凶手此时一定会把他留在陈美云微信上的踪迹删除得干干净净，不过陈美云微信上的支付交易记录显示，案发当天下午她有一笔 400 元钱的进账，应该是客人付的嫖资，那么这个客人想必就是她遇害前最后接触过的与她有关的人。找到这个客人，进而找出陈美云与他分手之后的去向，最终找出陈美云与凶手约定碰面的地点，是叶曦他们接下来要做的工作。

◎第三章　循序渐进

案发现场焦金山周边人口密集，有一条城市次干路和多条支路交会车道，而且相较正规行车道还要窄一些，全程没有交通信号灯，也没有监控摄像。总之，想要通过周边交通监控录像捕捉案发当晚凶手驾驶的车辆是比较困难的，因此搞清楚凶手与受害者会面的地点便显得尤为重要。

虽然陈铎非常推崇韩印的行为科学分析，对于韩印把案件定性为无现实动机的心理变态杀人也较为认可，但仍不敢放松常规办案的排查工作。受害者身份已确认，且其所从事的违法卖淫活动也易于产生更深入的犯罪行为，所以对陈美云的社会关系、前男友、微信上的男性好友（嫖客）等，都需要细致地排查，也许案件只是一起单纯的报复杀人，或者因嫖资引发的激情杀人也说不定。

此时，支队审讯室中，第一个被传唤的便是案发当天下午与陈美云有过钱色交易的客人。一个头发稀疏的中年男人，坐在长条桌旁，一副做贼心虚的模样。微信的支付记录是能看到转账人名称的，且转账人必须是微信好友，所以这个在陈美云遇害前最后打过交道的名叫刘耀吉的男子，很容易就被警方找到。

"认识这个女人吗？"陈铎举着陈美云的照片让刘耀吉辨认。

"见过吧……噢，认识，认识。"陈铎稍微犹豫了一下，才忙不迭地点头道，紧接着装腔作势朝自己脸上扇了一巴掌，"丢人，太丢人，都怪我意志力薄弱，没经受住诱惑，就和这姑娘做了那种事。"

"你们怎么认识的，有过几次交易？"陈铎虎着脸问道。

"是通过微信认识的，她先加的我，我们总共见过三次面。"刘耀吉应道。

"最后一次交易是哪一天？"陈铎问。

"上周四。"刘耀吉想了下说，"我们在西诚路泰禾酒店开的房。"

上周四，也就是陈美云遇害的 6 月 15 日，这刘耀吉倒是没说假话，陈铎在心里合计了一下："你们几点见的面，什么时候分的手？"

"下午 4 点多开的房，大概 6 点多她先走了。"刘耀吉又想了下说。

"她没说要去哪儿？"陈铎问。

"具体的没说，只是说晚上 8 点有一个大活。"刘耀吉说，"我跟她说晚上接客注意点安全，她说没事，主要是那客人喜欢搞车震，白天不怎么方便，而且答应付双倍价格。"

"再没说别的？"陈铎问。

"没了，就这么多，我可全部实话实说了，求您给我个宽大处理，成吗？"刘耀吉跟跄地从椅子上站起，连着给陈铎鞠了三个躬，嘴里哀求着。

"你先坐下。"陈铎指指刘耀吉身后的椅子，"那天你们分手之后你都去了哪里，做了什么？"

"几个朋友攒了个饭局，从酒店退房后我就过去了，吃完饭又打了一宿麻将。"刘耀吉说。

"你还真行，吃喝嫖赌算是占全了。"陈铎嘲讽道。

失踪者一：赵丽娜，女，本市人，1988 年生人，本科学历，于 2015 年 8 月 13 日下班离开单位后失联，其时赵丽娜为文安市热门门户网站"雷天网"的记者。据背景调查显示：赵丽娜系文安市近郊双台镇人，父母住在郊区，赵丽娜独自住在市区内，住处房屋由父母出资购买。赵丽娜失踪前两个月，与相处三年之久的男友正式分手，案发时其男友正在外地出差公干，故被排除嫌疑。除此，未发现任何可导致其突然失联的缘由。

失踪者二：张燕，女，外市人，1993年生人，胶东省（文安市）师范大学大四学生，于2016年1月7日离校外出后失联，她的大学同班同学，也是她的男友，于隔天向警方报案。据先前的调查显示：张燕失踪前正陷入一场"追贷"风波。

失踪者三：刘晓，女，外市人，1989年生人，2008年考入文安市财经大学，本科毕业后留在本市工作，先后供职于太安保险公司、文安友好商贸股份有限公司。刘晓于2016年10月20日由单位报案失踪，报案时其已失联两天，失联前她在单位的一切表现都很正常。据先前的调查显示：刘晓单身，独自居住，出租屋内家具摆放完好，无打斗痕迹，也无打包日常用品出远门迹象。无论生活中，还是工作中，也均未发现可导致其突然失联的缘由。其手机自10月18日下班之后关机便再没能打通过，她与单位的同事，大学的校友，乃至身在外市的亲属没有任何联系记录。

关于焦金山案件最新的调查显示，受害者陈美云是一个卖淫者，具有一定的道德缺憾。而上面三名失踪者，就警方目前掌握的信息看，似乎与陈美云除了性别一致、年纪相仿，其余的无论是文化素养，还是生活圈子，或是工作经历，均差别很大，并且未有线索显示她们三人有过不道德的行为。反而只综合这三名失踪者的背景信息，进行横向比较，韩印却发现了明显的同质性，包括年龄、学历、工作层次，大致都处在相同的水平线上，也同样失踪至今均生不见人、死不见尸。除非这三个人与陈美云一样有不为人知的阴暗面，如若不然她们几个倒更像是被同一个犯罪人绑架了。

"难道文安市早已存在一个名副其实的连环杀手？"看过陈铎筛选出的三起失踪案的卷宗，韩印心里涌起一股不祥的预感，脸色便越发严峻。

泰禾酒店,保安部监控室。

调阅监控录像显示:6 月 15 日下午 4 点 16 分,陈美云和刘耀吉一同走进泰禾酒店 0916 房间,随后下午 6 点 21 分陈美云出了房间,独自一人穿越酒店大堂离开酒店。在酒店大门口,陈美云没有乘坐排队等客的出租车,径直向酒店东侧马路走去,很快整个人便从酒店监控中消失。

陈铎派了一名侦查员陪同叶曦和艾小美一起走访泰禾酒店。此时,三人从泰禾酒店出来,站在酒店门前的马路边四下张望,观察着周边的环境。同时也讨论着陈美云离开酒店之后可能的动向——陈美云当天没有搭乘出租车和网约车,这很可能是因为她跟下一个客人约好了在泰禾酒店附近碰面,又或者她准备乘坐公共交通工具去向约定地点。鉴于此,侦查员提议,可以查看当天泰禾酒店周边的交通监控录像,试着找找陈美云的踪影。

三人上车,以最快速度赶到交警指挥中心。没用多长时间,便在电脑屏幕上看到了陈美云的身影。她当时正穿过一个十字路口,走进位于西诚路中段的地铁一号线进站口。

马不停蹄,三人又赶到地铁公司。不过要在地铁站密集人流中找出陈美云,并最终锁定她要抵达的站点,并不是一件容易的事。很难说需要耗费多长时间,三人商量了一下,向地铁公司说明情况后,艾小美用 U 盘拷贝下相关监控录像,带回支队再做细致查阅。

文安市地铁一号线起自美华街,终点为文安北火车站,途经 22 个站点,若以文安北站驶车方向为参照,西诚路地铁站为其中的第 12 个站点。十字路口的交通监控录像显示陈美云于下午 6 点 28 分走入西诚路地铁站,按照相应的时间段检索站内监控录像,最终确定陈美云于 6 点 36 分上了驶向美华街方向的地铁。随后艾小美和叶曦盯着电脑屏幕,开始跟随这趟地铁在每一个站点下车的人流中搜寻陈美云。

正值地铁客流晚高峰时间段,各站点上车和下车的人群都相当密集,搜寻的困难可想而知。艾小美和叶曦反复看了大半宿的录像,才终于在美华街站前一站的金马路站，发现陈美云下地铁的身影。

艾小美随即打开手机上的地图软件，搜寻金马路地铁站的具体位置，却突然发现金马路地铁站距离案发现场焦金山的直线距离仅1公里左右，也就意味着陈美云遇害当天和她的下一个客人很可能是约在焦金山周边碰面的。想起法医尸检指出陈美云死前最后一餐吃的是汉堡，艾小美便又打开地图软件，以金马路地铁站为坐标，搜索周边的西式快餐店，结果发现地铁站东侧164米处有一家"麦当劳"。

一大早，叶曦和艾小美便走进麦当劳金马路店，亮明身份，提出要调看6月15日陈美云被害当日的监控录像，店方当班经理表示马上安排。

陈美云从金马路地铁站口走出的时间是当日傍晚7时许，由这个时间节点开始检索店内的监控录像，很快便找到陈美云进店就餐的画面。整个就餐期间，陈美云始终是一个人，没和任何人搭讪，大部分时间都在低头玩手机。直到时间接近8点时，她才开始抬头左顾右盼起来。过了大概5分钟之后，她又低头摆弄一阵手机，随后便起身走出麦当劳。由陈美云如此表现看，她应该事先和客人约定好晚上8点在麦当劳碰面，但到了时间客人并未进到店里来，而是通过微信指挥她到店外的某个地点上车。

麦当劳金马路店开在一个综合百货商场的一层，门前有一个小型露天停车场，北侧便是金马路大道。周围有各种饭店和商铺，公交车站点也比较多，人群流动量相对较大。如此一来，想要确定"客人"到底隐身在何处等待陈美云应该不会那么容易，恐怕还得借助周边店铺门前架设的摄像头，以及交通监控摄像头。

◎ 第四章　非礼勿视

陈铎和一名姓姜的侦查员刚走到雷天网办公区大门口时，和一个低头打电话急匆匆从里面往外走的矮胖男人撞了个满怀。矮胖男人瞥了陈铎一眼，随口说了声对不起，便欲继续往外走。不想，却被陈铎从后面一把拽住："等等，你是高华生吧？"

矮胖男人转过身，愣了下，瞬间一脸喜出望外："呀，陈铎！咱可好些年没见了，老同学，听说你当警察了？"

"对，我在刑警支队工作。"陈铎把身边的侦查员向高华生做了介绍，又向侦查员介绍高华生是自己初中同学，然后冲高华生问道，"你们这儿原先有个叫赵丽娜的员工你熟悉吗？"

"认识，认识，这样，等我两分钟，我去楼上给总编送篇稿子，回头咱俩好好唠唠。"高华生说着话，便走到办公区外的电梯旁，抬手快速地按开电梯门，一边急促地走进去，一边不忘回头嘱咐着，"等我啊，马上下来。"

果然，很快，高华生便又坐着电梯下来，引着陈铎和侦查员来到他的办公室。三个人刚刚坐下，便有一个秘书之类的女职员送进来三杯咖啡。陈铎举杯呷了口咖啡，看到放在大班桌上的名牌写着"娱乐部主编"，便打趣道："行啊老同学，混得不错，都当上八卦主编了。"

"哪里，哪里，一般，一般。"高华生客气两句，紧跟着说，"你刚刚提到赵丽娜，是她有消息了吗？"

"她失踪的事你知道？"陈铎问。

"当然知道，她就是我们娱乐部的员工，当时还是我打发人去报的警。"高华生说。

"那太好了。"陈铎使劲点点头，顿了下，才说，"人还没找到，所以我们想对她个人的信息再深入了解一下。"

"早该这样了。"高华生紧了紧鼻子，稍带些怨气说，"咱老同学之间，我说话就直来直去，你们这些警察太官僚了。当初我们去派出所报案，一个个爱搭不理的，随便备个案就把我们打发了。我们公司和家属要求了多次，硬生生拖了三个月才给立案。后来也就常规地问了些情况，便没下文了，至今也不给我们个结果。"

"老同学，你真冤枉我们了。"陈铎接下高华生的话，"赵丽娜是成年人，属失踪原因不明，按规定就是超过三个月未归才给予立案侦查，不存在我们警方不愿立案的问题。"

"是这样啊！不对，没你说的那么简单，差不多快两年了，你们警方先前一点消息都没有，怎么会突然又重视起她的案子，是不是她的失踪跟哪个大案子发生关联了？"高华生不愧是做主编的，捕捉新闻的嗅觉很是灵敏。

陈铎抿嘴笑笑，不置可否，略作沉吟，说道："好吧，既然你是赵丽娜的领导，那你就给我们综合评价一下她这个人。"

"没问题。"高华生爽快地说，"这丫头大概是2012年年初入职到公司的，一直就是跑娱乐新闻，人很勤快，工作也很努力，胆子比较大，属于敢闯敢做型的，业绩也不错。尤其从2014年6月开始，她和一位姓刘的摄影记者搭档，搞了个爆料专栏，专门挖掘城中一些名人私底下的生活状态，搞到不少有爆点的新闻。"

"这不就跟那些专门跟踪名人，偷拍人家私生活的狗仔队一样吗？"一旁的姜警官，忍不住插话说。

"呵呵，对，就是所谓的狗仔队。"高华生笑笑说。

"那她应该得罪了不少人吧？"陈铎问。

"也没多少。"高华生说。

"那就是有喽，那她的失踪岂不是有迹可循？"陈铎继续问。

"不能那么说，爆料的主体还是我们雷天网，而且赵丽娜在新闻稿上的署名用的都是笔名，外界很少有人知道她本人是谁。"高华生顿了下，话锋一转，"其实我们所谓的爆料也是有选择性的，不是什么人的都敢发，我们拍到的东西多了，真正发到网上的说白了都是我们觉得能得罪得起的。"

"这么说有些人还得感谢你们喽！"陈铎带着调侃的语气说。

"也是网站大领导的意思，新闻该做还得做，但也得给自己留个退路，我们文安这么大点的一个城市，保不齐就动了哪个圈子的利益。"高华生笑着说。

"赵丽娜失踪前在做什么人的新闻？"陈铎问。

"做了一个本地网红整容的选题，准确点说不算爆料，是合作炒作，跟赵丽娜失踪不可能产生关联。"高华生说，"再说她失踪前，爆料专栏已经停办将近三个月了，我觉得你们没必要揪着这个查。"

"为什么停办？"陈铎追问道。

"主要是文化部门觉得爆料新闻太过负能量，影响社会风气，不利于社会的和谐发展，建议我们整改。"高华生踌躇了一下，"就这些。"

"真的就这些？"陈铎显然看出高华生有所保留，皱了皱眉，故意换上打趣的语气，但绵里藏着针，"你小子不地道，跟老同学藏心眼是不是？我跟你说，从轻了说你小子这叫不够哥们儿义气，从重了说你知情不举，可是属于妨碍司法公正啊！"

"什么不举，我怎么那么不爱听这两个字，你才不举呢？"高华生撇着嘴，坏笑说，"小心我媳妇挠你。"

"甭跟我打岔，越这么说，越证明你小子心里有事瞒着老同学。"陈铎冲高华生仰了下头，语气诚恳地说，"放心吧，如果不牵涉案子，不会给你说出去的。"

高华生脸上的笑容渐渐消失，使劲抿着嘴，思索片刻说："怎么说呢？偷拍名人隐私做新闻素材，哪怕是跟一些视频网站合作，收取些费用，顶多也就算是不道德、下三滥而已，但是利用偷拍的素材和当事人做金钱上的交易，那就涉嫌敲诈了。"

"您是说赵丽娜有过这样的行径？"一旁的姜警官又插话问。

高华生苦笑一下，点点头："那一次他们跟拍的是市话剧团的一个副团长，据说经常利用职务之便与女团员搞不正当关系。跟了几天，也确实拍到些证据。之后，赵丽娜和她的那个摄影搭档也不知道哪根筋搭错了，给那团长打电话，自报家门说是雷天网爆料专栏的记者，拍到人家和女演员到酒店开房视频，暗示人家破财消灾。可谁知，好死不死，那团长有个表弟是我们网站的广告大客户，人家表弟直接就告到总编那去了。总编好一顿安抚，才把这个事压下来，不然对网站来说是个巨大的丑闻。尤其这一年来，网站一直在跟 PE（私募股权基金）接洽融资的事情，当然不希望在这期间出现任何负面新闻。出了这档子事，再加上文化部门有关整改的建议，网站领导便干脆直接停掉了专栏。"

"对赵丽娜你们怎么处理的？"陈铎问。

"冷处理，毕竟交易没做成，网站不想激化矛盾，也怕赵丽娜出去乱说话，所以只随便找了个由头扣罚了她和摄影师的当月工资，以示惩戒。"高华生说。

"这也就是说，那话剧团领导才是爆料栏目停办前最后一期的选题，那人叫什么？"陈铎狡黠一笑，补充说，"放心，我们只是掌握一下资料，不一定跟他接触，就算接触也会注意方式方法，不会出卖你和你们网站的。"

"叫冯凯。"高华生一脸苦笑，多少有些无奈地说，"老同学，你太坏了，这是一步步把我往沟里带。"

"说什么呢？我还能害你不成？"陈铎笑着说，"对了，能把那个摄影师找来跟我们聊聊吗？"

"你说刘海民啊，等着，我给你们叫。"高华生操起电话，对着里面嘟囔一句，转头对陈铎说，"马上到。"

高华生放下电话不久,一个戴着眼镜留着鬈发的男子,便走进高华生的办公室。高华生借故说要上楼和总编讨论稿子,把办公室留给了陈铎等人。

"讹那话剧团领导的事,你和赵丽娜谁先提出来的?"陈铎问话的意思,是想摸摸赵丽娜和刘海民之间,会不会为了讹诈的事彼此产生嫌隙。

"也没谁先谁后,就是我们在蹲坑的时候瞎聊,觉得给网站挖了那么多新闻也没拿到多少奖金,就有了私下捞一笔的想法,差不多算是一块儿想到的。"刘海民脸色铁青,着急地说,"那件事做得确实不地道,我们俩都认识到错误了,你们不是要抓我吧?"

"不说那件事了。"陈铎深盯刘海民一眼,"你和赵丽娜待在一起的时间比较多,失踪前她有没有什么反常行为?"

"没觉得有反常,只是情绪有些低落。"刘海民脸色缓和些说,"专栏被停了,她工作上没什么干劲,再加上男友因为有了别的女人跟她提出分手,情绪不好也很正常。"

"刚才跟你们高主编聊过你们的专栏,据他说实质上爆料新闻处理的手法都是有选择性的,你和赵丽娜算是直接爆料人,你帮我们总结总结,从你们的专栏开启到停办,有没有人因此受到特别大的伤害,或者现实生活遭受较大冲击,甚至整个人生轨迹都发生转变的?"陈铎问。

"第一个选题,"刘海民干脆地说,"我们下手比较狠,一个是没经验,再一个也想一炮打响专栏。"

"被你们爆料的人是谁?"姜警官问。

"马可莹。"刘海民从嘴里吐出一个名字,接着补充说,"文安电视台新闻主播。"

"是她!"姜警官说,"原来经常在晚上十点新闻里看到她,气质很好,不过后来就看不到她了。"

"你这么说,我也有点印象,长得好像跟出车祸那个'文安新闻'的女主播樊敏还挺像。"陈铎附和说。

"对，就是她。"刘海民说道，"她当时是文安电视台年轻一辈里最有潜力的新闻主播，樊敏出车祸退出'文安新闻'之后，圈里人都看好她，认为她假以时日会坐上'文安新闻'女主播的位子，那也就意味着她将成为文安电视台的一姐。不过坊间一直有传，她只是表面上稳重，私下里很开放，感情生活比较乱，所以爆料专栏成立伊始，我和丽娜便将目标瞄准了她。我们跟踪她有半个多月，还真拍到她背着老公和别的男人到酒店开房的视频，我们也一股脑把拍到的东西全放到网上。随后她就从电视台的节目中消失了，据说被雪藏了一段时间，时隔一年后才逐步复出。不过电视台已经不让她碰新闻节目了，只能主持一些假模假式的综艺节目，好在她业务能力确实不错，这两年人气又回来了。"

"出轨的另一方是谁？"侦查员问。

"是个老外，也是已婚人士，是一家跨国公司驻文安分公司的总经理，他和马可莹偷情的事被我们曝光不久，就被公司调回欧洲了。"刘海民说。

"看你刚刚提起马可莹好像还挺同情她的，尤其说到她现在主持人气回暖时，还有一种松了口气的感觉，为什么？"陈铎问。

"怎么说呢？那件事让我和丽娜的专栏迅速走红，但同时也害苦了马可莹，事业一落千丈不说，和老公也离婚了，舆论的各种谩骂和嘲讽更是铺天盖地。"刘海民叹口气，表情复杂地说，"说真的，仔细想想，我们有什么资格去评判人家的生活方式对错与否？感情的事，下半身的事，是痛苦，是幸福，是伤害，是获取，交给当事人去承受、去解决，我们有什么资格装作大义凛然的把人家的隐私昭告天下？更别说我们的根本目的，就是为了吸引看客的眼球而已。也许我和丽娜还是不适合做狗仔，真想把狗仔做好，那得有狼的野心。马可莹的案例，对我和丽娜的内心触动很大，说到底我们也是为网站卖命，真没必要把别人逼到死角，所以后续的案子我们都是悠着做的，会给被爆料的人留点余地。"

　　出了雷天网办公大厦，陈铎和随行的侦查员姜警官立马驱车去电视台找马可莹。车行到半路，陈铎掏出手机拨通 114 查号台，查到了文安电视台总值班室的电话，随即把电话打过去，很顺利地便联系到了马可莹。陈铎主要是担心在电视台谈出轨事件，马可莹可能会有抵触情绪，问不出实质性的东西。果然接到他的电话，听闻事关当年的出轨事件，马可莹便提出在电视台大楼旁边的咖啡馆见面。

　　来到约定的咖啡馆，姜警官一眼便认出坐在窗边的马可莹，容貌和气质比电视上还要好很多。他拍拍陈铎的肩膀，冲窗边指了指，两人便走过去。相互简单地问候之后，马可莹歉意地表示，稍后要参加一个商业活动，只能给陈铎半小时的时间。

　　既然马可莹有工作要忙，陈铎便开门见山地问，不过用词上还是尽量含蓄："当年你和外国人在酒店约会被曝光后，你有特别追查过负责报道的记者吗？"

　　"实话实说，确实托人打探过。"马可莹说。

　　"这么说，你知道是赵丽娜做的？"陈铎问，"你跟她接触过吗？"

　　"圈子没多大，找出她很容易。"马可莹说，"也和她见过一次面。"

　　"什么时候？"陈铎问。

　　"具体时间……"马可莹边说，边从随身的提包中摸出一本厚厚的带皮扣的记事本，翻看着说，"打从上小学起，我每天都会在本子上写点东西，有时候只有几句话，甚至几个字，已经记不起用过多少记事本了。呵呵，等我老了，这些文字就是我人生的清单。噢，扯远了，我约赵丽娜那天，是 2015 年 3 月 9 日，是一个熟人帮忙引见的。"

　　"就这一次？"姜警官追问。

　　"对。"马可莹说。

　　"你为什么要见她？"陈铎问。

　　"我被偷拍那件事，我一度认为是有人故意要整我，所以把赵丽娜约出来探探口风，结果她很直白地说，就是为了追求新闻的轰动效应。"马可莹说。

"你没想过报复她？"姜警官试探着问道。

"我傻啊？给她机会再炒作？"马可莹一脸苦笑，"对我来说最期望的就是那个事件的效应赶紧结束，所以最好的应对策略就是尽可能保持缄默。"

"你通过谁把赵丽娜约出来的？"陈铎问。

"她的直属上司高华生。"马可莹说。

"你跟高华生是朋友？"陈铎讶异地问道。

"也不算关系好的那种，只能说是熟人，在一些商业活动和饭局中碰到过几次，算是能说上话。"马可莹解释道，"本来我想从他那里探探口风，又觉得他城府挺深的，不会说实话，所以就试着让他帮忙约一下赵丽娜，他很痛快地答应了。对了，你们一直问我赵丽娜的话题，她是不是出事了？"

"她失踪了，你不知道？"陈铎盯着马可莹的脸说。

"什么时候的事？"马可莹一脸惊讶，"你们不会认为跟我有关吧？"

"你不用急，我们只是例行调查。"陈铎看了眼马可莹手边的记事本，说，"你那个记事本中记没记下你在 2015 年 8 月 13 日下午 6 点之后都去了哪里？做过什么？"

"她就是那天失踪的？"马可莹又打开记事本，翻找了几页，"我这里记着那天我在单位录《美好生活秀》的最后一期节目，大概录到晚上 7 点，然后我男朋友过来接我。我们去富华西餐厅吃的饭，之后一起回到我家，直到第二天早晨才又出门。你们可以到电视台查那期节目录制的时间，还有待会儿我男朋友来接我去参加活动，他也可以给我做证。"

话音刚落，马可莹手机便响了，她接听之后，冲着窗外一辆打着双闪的奔驰轿车招招手，随后放下电话，表示她男朋友马上会进来。

很快，咖啡馆的玻璃门被一个身材高大、相貌俊朗的年轻人推开，马可莹甜笑着把他招呼到身边，介绍说："我男朋友，邵宏。"

"你好，我们是刑警队的，我叫陈铎。"陈铎起身和邵宏握了握手，身边的姜警官也点了点头，跟邵宏打着招呼。

马可莹搂着邵宏的胳膊："你记不记得那年我在单位录《美好生活秀》最后一期节目，是你来接的我，我们一起出去庆祝？"

"啊，那都多长时间的事了，我哪能记住？"邵宏大大咧咧地说，"怎么又问起这茬？"

"那天，那天，你第一次去我家……记得不？"马可莹白了邵宏一眼，扭捏地说。

"噢，对，想起来了，我们先去富华西餐厅吃的饭，然后去了你家。"邵宏拍拍额头说。

"看吧，我没撒谎吧？"马可莹俏皮地摊摊手。

"那好吧，不耽误你们了，就到这儿吧。"陈铎笑笑站起身来，盯着邵宏双眉之间的一个明显的疤痕，仔细打量了一会儿，"你是樊敏的儿子吧？"

"对。"邵宏愣了下，"你认识我？"

"你母亲的案子，当时上头很重视，成立了专案组，我也是其中的一员。"陈铎满脸遗憾地摇摇头，"可惜没能帮到你们，你母亲还是那种状态吗？"

"对，还是那样，劳烦挂记，谢谢。"邵宏苦笑一下，客气地说，"那案子还需要你们警方多费费心，希望能有水落石出的一天，也给我母亲一个公道。"

"一定。"陈铎伸出手和邵宏使劲握了握，便欲告辞。

"等一下，"邵宏像突然想起什么，看了马可莹一眼，"陈警官，我有件事还想麻烦您。"

"你说。"陈铎收住步子。

"是这样的，"邵宏握住马可莹的手，点点头，转向陈铎说，"可莹有个特别疯狂的粉丝，一直通过各种手段纠缠她，有挺长时间了，您能不能帮忙处理一下？"

"你们可以走正常程序报警啊？"陈铎的第一反应是想拒绝，眼下自己手上的活还忙不过来，他打心眼里不想管这种鸡毛蒜皮的事。

"报警可以，不过我们想找熟识一点的人办这个案子。"邵宏恳求道，"您也清楚，可莹有一段时间事业遇到些坎坷，近一年来才慢慢有些好转，实在不想节外生枝，以免被一些媒体胡乱报道，所以我们想低调处理，您能接我们这个案子吗？"

"这样吧，改天你们去队里找我，具体说明一下情况。"陈铎不太好意思拂邵宏的面子，只能略带些敷衍的语气回应道。

"那好吧，改天我去找您。"邵宏微笑说。

告别马可莹和邵宏，上了车，发动车子，扶着方向盘的姜警官忍不住说道："刚刚那俩人是姐弟恋吧？看邵宏的脸盘可比马可莹年轻不少。"

"应该是，马可莹虽然长相年轻，但也有三十五六岁了，至于邵宏，查他母亲案子那会儿，他好像也就二十四五岁，现在顶多30岁吧。"陈铎突然一脸愤愤的表情，"高华生这家伙，竟然没跟我提他和马可莹是朋友，我打电话骂骂他。"

说到做到，陈铎拨通高华生手机，设置成免提模式，对着电话便开怼："你小子行啊，跟我藏心眼还没完了是吧？你和马可莹怎么个关系？刚刚为啥不跟我说你俩认识，还帮她约见过赵丽娜？"

"没，没，我哪敢跟你们人民警察玩心眼，你也没问我认不认识她啊！"在电话里能听出高华生在赔着笑说，"再说我心里从来没把马可莹跟赵丽娜失踪往一块儿联系过，怎么，她有嫌疑啊？"

"有个屁，我看你最有嫌疑！"陈铎哼了下鼻子，用玩笑的语气说。

挂掉高华生的电话，陈铎神情随之变得严肃起来，凝了会儿神，冲身边的侦查员吩咐道："走吧，去见见赵丽娜的前男友。"

◎ 第五章　非礼勿行

失踪者张燕，胶东省（文安市）师范大学外语专业大四学生，因受社交朋友圈铺天盖地微商广告的蛊惑，梦想一夜暴富，便加入微商行列。又苦于没有本钱，遂通过网络借贷平台，以个人"裸照"作抵押，借到 6000 元的创业启动资金，从而一步步陷入高利贷的陷阱之中。到最后，利滚利本息已经滚成 5 万元，张燕实在无力偿还，她当初借贷时拍下的裸体照片，被财务公司发到了她的同学、男朋友以及辅导员的手机里，以达到威慑目的，迫其还钱。

张燕是在其裸照被曝光的两天后失踪的，因深陷裸贷旋涡，具备疑似被侵害失踪的可能性，接到报案后警方随即展开调查。嫌疑最大的当然是借款给张燕的财务公司，其办公地点设在同省的宁海市，全名为"东胜财务管理公司"。该公司通过在某网络借贷平台注册并发布广告，与借款者进行交易。而就在文安警方展开办案不久，宁海市警方传来消息，因涉嫌非法运营、诈骗、传播淫秽物品，东胜财务公司被查封，参与运营的人员均被抓获。但在东胜财务公司详细的供认书中，并没有提及与张燕有过实际接触，公司控制人也极力否认与张燕的失踪有关联。

随后，文安警方在追查多条线索无果后，案子被暂时搁置。

按照韩印的思路，焦金山案的凶手具有连续作案的可能性，这就不得不考虑，或许在陈美云之前还有其他的受害者。而最新的调查信息显示，陈美云以微商做掩护，通过微信进行卖淫活动。如果性别、年龄、道德缺憾是凶手选择受害者的必要条件，那么受财务公司蛊惑用裸照借到创业金的张燕，或许也可以算在凶手选择受害者模式的范围内，所以韩印对张燕的失踪格外重视。

还原张燕失踪的整个过程。当时已是大四上学期期末，同班大多数学生都因找到合适的实习单位离开了学校，宿舍中加上张燕只剩下三名学生。其中一名叫韩玲的女生，因实习单位不负责住宿，便向学校申请继续留宿，张燕和一名叫董晶晶的女生，则是因为要考研复习，所以也继续住在宿舍。

那年的全国考研初试时间为 12 月 26 日至 12 月 27 日，之后张燕和董晶晶都决定在成绩出来之前先找个工作单位实习，便开始在网络招聘平台寻找实习岗位，投递简历。直至 2016 年 1 月 7 日——张燕失踪当天，两人都还未找到合适的单位。

董晶晶最后顺利考取了本校的研究生，所以韩印和顾菲菲很容易便在师范学院找到了她。顾菲菲客气地说："麻烦你详细说一下张燕失踪当天的情形。"

董晶晶便道："那天张燕是上午 10 点多出的宿舍，本来因为被追贷的事，她前几天显得特别懒散和憔悴，但那天她一大早就起来洗澡，化了好长时间的妆，衣服穿得也很漂亮，还穿上了高跟鞋。我问她是不是找到实习单位了要去面试，她说不是，还说眼下哪有心思考虑实习的事，得先把贷款解决了。我又问她是要去见江枫吗？她摇摇头，犹豫了下，说暂时保密。就这么一走，人再也没回来。一直到第二天早晨，我开始有点担心，给江枫打电话，结果他从前一天开始也没见过张燕，于是江枫就去报警了。"

"江枫是张燕的男朋友？"韩印问。

"对，我们都是同班同学，他是本地人，也找到工作单位了，那时已经不住在学校。"董晶晶说。

"他在什么单位上班？"韩印又问。

"百分教育。"董晶晶补充说，"是一家文化教育培训机构，在文安有很多家门店，江枫在那儿做英语培训老师。"

"你和张燕关系特别好？"顾菲菲问。

"对，我们俩是最好的闺密。"董晶晶说。

"你觉得她会不会是因为在学校压力太大，想逃离一段时间？"顾菲菲问。

"不会。"董晶晶斩钉截铁地摇摇头，"当初她借高利贷时，财务公司要求她留下辅导员和两个同学的联系方式作为紧急联系人，所以实质上只有江枫和我，还有辅导员，收到了张燕的裸照。除了辅导员向院方做了汇报，我和江枫都帮她保守着秘密，直到她失踪后，警察来学院调查，消息才扩散出去。而且除了她走时的那身衣服，她其余的衣物和日常化妆品什么的，都留在宿舍。"

"噢，是这样啊！"韩印跟着问，"那你琢磨琢磨，从你的角度看，你觉得谁最有可能帮张燕解决贷款的问题？她在校外有特别亲密的朋友吗？她那天最有可能是去见谁？"

"其实这个问题我也暗自琢磨了好长时间，想来想去觉得最有可能的是……陈嘉峻。"董晶晶踌躇一下，才犹犹豫豫地说道。

"为什么？"韩印追问。

"他暗恋张燕很长时间了，给张燕发过好多肉麻的求爱微信，张燕都给我看过，不过张燕从来没搭理过他。"董晶晶说，"这个陈嘉峻家里巨有钱，平时花钱特豪气，我相信只要张燕张口，他肯定愿意借。"

"既然是这种情况，那张燕做微商时为什么不向陈嘉峻借钱，而是选择了裸贷？"顾菲菲问。

"你们是没看到陈嘉峻那人，太丑了，又矮又胖，还满脸青春痘。"董晶晶撇着嘴不自觉地摇摇头，一脸厌恶道，"长得难看也就罢了，咱不能为这歧视人家，关键还特别花心，特别变态。经常听他在班里公然讲自己又跟哪个女生上床了，用什么姿势，还说哪个小姐长得漂亮，他花了多少钱跟人家上床什么的。有一阵子班里男生都传他得过性病，巨恶心。就这德行，还觍着脸追张燕，可能在有钱人的意识里，觉得多泡几个妞很正常。"说着话，董晶晶突然"扑哧"笑出了声，随即立马又收住笑容："对不起，张燕还杳无音信，我这么笑有些不合时宜，不过我想起那天早晨她迈出宿舍时，脸上决绝得好像要奔赴刑场的表情，我就有点忍不住。不是去见陈嘉峻，还能是谁？"

"为什么当初你不向办案人员反映这个想法？"顾菲菲问。

"没人像您这样问过我，而且我也是自己瞎琢磨，再加上那会儿一直挂念着考研的成绩，心里很乱，不想惹麻烦。"董晶晶脸上现出一丝歉意的微笑。

"江枫、陈嘉峻，还有当时和你们在一起住的韩玲，他们的联系方式你都有吗？"顾菲菲摊开记事本，望向董晶晶问道。

"江枫的手机号码是181……韩玲的是135……陈嘉峻好像在什么地方当老师，具体我说不清，你们可以去问问我们班当时的辅导员张峻峰老师，他一定知道。这会儿他就在学院，我刚刚还看到他了。"董晶晶顿了下，又补充说，"韩玲你们应该问不到什么东西，她比较内向，一般不怎么和我们一起玩，张燕失踪的那天，她一大早就去上班了。"

"好，特别感谢你的配合，如果想起什么可以给我们打电话。"顾菲菲记下江枫和韩玲的手机号码，把记事本放回包中，顺手掏出一张名片递给董晶晶。

"好嘞。"董晶晶说。

董晶晶是个细心懂事的好女孩，一直把韩印和顾菲菲送到辅导员张峻峰的办公室，才和两人作别。

张峻峰个子中等，穿着朴素，看起来人过中年的模样，似乎就是大多数人心目中老师和蔼可亲的那种形象。说话语速很慢："除了高利贷追贷的因素，我想不出还有什么别的原因会让张燕失踪。"

"陈嘉峻那个人怎么样？"韩印微笑一下问。

"富二代，外强中干。"张峻峰不假思索说，顿了顿，反问道，"你们怎么想起问他的情况，张燕失踪和他有关？"

"我们在排除一切具有犯罪嫌疑的可能性。"顾菲菲接下话。

"嘿嘿，你们准是听小董说起陈嘉峻的臭德行了吧？"张峻峰笑了两声，

"他这个人成天吵吵嚷嚷、嘚嘚瑟瑟的，其实骨子里既自卑又脆弱。他家里是很有钱，父亲做水产品生意的，规模很大，不过早在陈嘉峻七八岁时，父母便离婚了，原因就是他父亲和女下属出轨。后来他父亲把小三扶正，俩人又生了个儿子，陈嘉峻随母亲生活，虽然不缺钱，但实质上就等于父亲把他们娘儿俩抛弃了。再加上陈嘉峻本身外形方面很一般，比较缺乏关注，尤其是女孩子的关注，所以一天到晚满嘴跑火车，把泡妞挂在嘴边，不过就是想引起别人的注意罢了。还有他其实特别抠门，别看他浑身上下都是名牌，钱夹里总是装着一沓信用卡和钞票，真让他请顿客是很费劲的。"

"他的情况您怎么这么清楚？"韩印问。

"我当了二十多年的老师，看学生没走过眼，就他那幼稚的做派，我打眼一看就知道怎么回事。他要是真那么浑蛋，哪还有心思学习，能考到我们学院来吗？大学四年也从来没挂过科，不过这小子到处宣扬，说自己考得不好，全是靠疏通关系才及的格。"张峻峰说，"至于他家里的情况，是听我的一个亲戚说的，他是陈嘉峻父亲公司的创业元老，对他们家族的情况比较了解。"

"那您知道我们去哪儿找他吗？"顾菲菲说，"我们想和他谈谈。"

"太好找了，他在品文中学当老师，教英语的，手机号我也可以告诉你们。"张峻峰说。

离开师范学院，下一个目的地是品文中学。张峻峰对陈嘉峻的评价与董晶晶的说法如此迥然，让韩印和顾菲菲觉得很意外，到底他们俩谁的说法更可信，待会儿见到陈嘉峻自然会见分晓。

由于事先打过电话，韩印将车停到品文中学大门口时，便看到一个矮胖的男人嘴里叼着烟卷从侧门走出来。韩印和顾菲菲下车，矮胖男人迎过来，说了句自己就是陈嘉峻，然后指了指街边的花坛，示意三人过去说话。

如此一来，似乎是有些心虚，韩印便更觉得董晶晶猜对了，于是用笃定的语气，开门见山说道："张燕失踪当天你见过她，对吗？"

"对，见过。"陈嘉峻没理会花坛边的灰尘，一屁股坐上去，爽快地说道。

"是你约的她，还是她约的你？"顾菲菲抱着双臂，盯着陈嘉峻问道。

"我约的她。"陈嘉峻使劲吸了口烟，吐出一个烟圈，撇撇嘴，不屑一顾地说，"我承认我对张燕早有企图，那天约她出来有点乘人之危的意思，但我跟她的失踪真没啥关系，我们俩当天分手时她还好好的，我觉得你们更应该找她男朋友江枫问问。"

"为什么这么说？"韩印问。

"事情是这样的，我约张燕见面的前两天，我回学校宿舍拿点东西，完事之后想着张燕还住在女生宿舍，便想去撩撩她，结果看到江枫气势汹汹地拽着张燕从宿舍区大门走出来。我一时好奇，就在两人身后偷偷跟着，一直跟到图书馆背后的小树林里。然后看到江枫把手机举到张燕脸上开始嚷嚷，说什么不要脸，把身子给人家看，就为了借几个臭钱。我当时就反应过来，肯定是张燕做了裸贷交易。那时张燕也不说话，就站在那儿哭，江枫越说越生气，一个巴掌甩到张燕的脸上，然后握着拳头浑身发抖，眼睛死死瞪着张燕，那眼神都能杀死人。我正担心他会继续打张燕，没承想他转身撒腿跑了。"陈嘉峻猛抽几口烟，把烟屁股捏灭，准确地弹到一旁的垃圾箱里，紧着鼻子说，"我估计张燕说不定是被江枫弄死了，那天可能碍于在学校没敢下手。"

"你和张燕那天在哪里见的面，什么时候分的手？"顾菲菲问。

"在小树林偷看他俩吵架的隔天，我给张燕发了几条微信，大意是说我知道她被追贷的事了，钱不是问题，我可以借给她，也不着急让她还，关键是她能给我什么。我让她好好考虑一下，考虑好了约个时间见面。没想到她很快就回信了，说可以见面，我们俩便约定隔天在美宝酒店大堂的咖啡厅见。我心里盘算着喝着咖啡，把事情谈开，然后直接上楼开房间把她给办了。"陈嘉峻大言不惭地说，并不觉得自己无耻，"隔天，我和她如约见了面，她把自己捯饬得特性感，我一度以为她这是准备从了我，可谁知她是想忽悠我。磨磨叽叽，说什么来日方长，感情需要慢慢培养，她现在没什么心情，就算做那事也不能让我尽兴。哥们儿什么女人没玩过，能被她忽悠着？我就直白地跟她说，钱我随时备着，她想明白了随时可以找我拿，然后我们便不欢而散。"

"张燕接着去哪儿了？"顾菲菲问，"你随后又去哪儿了？"

"她去哪儿了没和我说，我去蓝天洗浴中心蒸了会儿桑拿，做了个按摩，一觉睡到天黑。"陈嘉峻晃着二郎腿说。

"怎么结的账？"顾菲菲问。

"现金。"陈嘉峻说。

韩印低头沉吟了一会儿，片刻之后，抬起头直视着陈嘉峻的眼睛："上周四，也就是 6 月 15 日，下班之后你都在哪里？"

"上周四？"陈嘉峻皱紧眉头想了想，"我回家了。"

"你和母亲一起住？"韩印问。

"不，我现在一个人住了。"陈嘉峻说。

"这个陈嘉峻身上那股子劲儿是真够烦人的。"一上车，顾菲菲便忍不住吐槽道。

"他控制不住。"韩印表情凝重，缓缓摇着头说，"先前打电话联系见面时，他说话是彬彬有礼的，只不过见面谈到张燕，他本能的防御神经便启动了。正如张老师所说，他的个性自卑而又敏感，也许在某个时期学会了用盛气凌人和不屑一顾的姿态，来应对各种紧张不堪的情绪，久而久之变成一种习惯，甚至是本能。"

"这么说咱们的问话让他紧张了？他也没有不在现场的证据，所以你怀疑他和张燕的失踪有关，进而也怀疑他与焦金山的案子有关？"顾菲菲说。

"他确实紧张了，但不一定跟案子有关，一般人面对警察都会紧张，何况他与张燕见面的企图很龌龊。"韩印微微笑道，"我只是试探一下罢了。"

"我倒是觉得有必要再深入查查他，回头让英雄先去那家洗浴中心调下监控，看看这小子到底说没说谎。"顾菲菲说。

"够呛，"韩印深吸一口气，"这都过去差不多1年半了，监控录像肯定被覆盖了，又是现金结账，死无对证。"

如果陈嘉峻所言"小树林"中的那一幕是真的，江枫的嫌疑的确很大，那么接下来要调查清楚张燕失踪当天江枫的活动轨迹。

见到江枫的情形与陈嘉峻差不多，可能也是不想和警察在单位里见面，以免引起不必要的猜忌，所以江枫选择在单位—— 一座米黄色三层小楼前的停车场中，与韩印和顾菲菲对话。

江枫中等个头，人很瘦，脸很白，戴着一副半框黑边眼镜，模样斯斯文文的。韩印稍微打量他几眼，问道："张燕贷款做微商生意的事一开始你就知道吗？"

"嗯。"江枫木讷地应了一声。

"用裸体照片作抵押，你也清楚？"

江枫没出声，轻轻摇了两下头，表示不清楚。

"所以冷不丁接到张燕的裸照信息，让你火冒三丈，在学院图书馆旁边的小树林中打了她？"身子微微倚在车门上的顾菲菲，插话说道。

"你……你们怎么知道？"江枫猛地抬头，满脸疑惑道，"是燕燕说的？你们找到她了？她怎么样，受伤了吗？"

"这么说你承认对张燕使用过暴力？"韩印没理会他的追问，继续按自己的思路问道。

"我……我太生气了……"江枫嘴唇动了动，看似还想说什么，但没说出来。

"去年1月7日，也即是张燕失踪当天你在哪儿？在做什么？"

"我应该……"江枫迟疑一下，说，"时间太久了，想不起那天都做过什么了，估计那天我应该在单位。"

江枫分明是在说谎，女朋友失踪的日子难道不应该记忆深刻，怎么会不知道自己当时在哪里？韩印皱了皱眉头，和顾菲菲对视一眼，随即顾菲菲抬腿向米黄色小楼走去。

江枫使劲抿着嘴唇,眼神不安地望向顾菲菲的背影。

"你慌什么?"韩印看着额头上冒出一层冷汗的江枫,"你在赌你们单位已经消掉一年半以前的工作记录?"韩印说着话,扭头望着快要走进米黄色小楼大门的顾菲菲,又扭回头瞪着江枫,继续说:"你还有机会坦白,我们自己查到,性质就不一样了。"

江枫表情不自然地和韩印对视一眼,愣了下神,赶忙冲顾菲菲的背影喊:"顾警官,您等等,我有话说。"

等着顾菲菲反身走回来,江枫飞快眨了几下眼睛,吞吞吐吐地说:"那天,那天我在学院宿舍,和几个同学一起,帮学弟……助考。"

"你的意思是说那种场外作弊?"韩印说,"就是考生在考场里用手机拍下试题发给你们,你们做好答案再发回去?"

"对,校内考试没有国家统一资格考试那么严格,所以比较好操作。"江枫低着头,"上午帮2015级考的高等数学,下午帮2014级考的社会心理学,一整天都待在学院里,晚上他们又非拉着我出去喝酒,搞到很晚,所以没顾得上给燕燕打电话,没承想她就不见了。两位警官我求求你们,别揭发我助考的事成吗?我家里经济条件不好,找个工作不容易,我当时也是想赚点快钱帮燕燕还贷。"说到最后,江枫眼泪汪汪的,说话也有些语无伦次。

"先不说这个,你能找到人证实你说的话吗?"顾菲菲沉着脸说。

"能,能."江枫嗫嚅道。

◎ 第六章 非礼勿言

刘晓失踪前供职于文安友好商贸股份有限公司，一位自称姓严的男财务副经理接待了杜英雄和随行的侦查员。

"刘晓是我们这儿的出纳，2014年3月份入职，到2016年10月份失踪，在公司差不多做了两年半，总体来说工作和个人表现方面都还不错。当然了，现在的年轻人都比较随性，所以有时候说话有些直，脾气也稍微有些冲，但和同事相处得还不错。我们认真核实过她经手的票据和资金，没有发现错漏和舞弊行为，那段时期工作情绪也很平稳，她的失踪真的是毫无预兆。我们觉得原因肯定和我们公司无关，应该是她私人方面的事情导致的。"对话的开始，严经理便急着先把自己公司撇清。

杜英雄笑笑，不置可否，问："她在公司有感情方面的纠葛吗？比如她喜欢谁，或者谁追过她？"

"没听说。"严经理边想，边摇头，"我感觉她在搞对象方面可能要求挺高的，原本有个女同事想给她介绍个医生都被她一口回绝了。"

"你刚刚说她脾气有点急，那麻烦你仔细回忆一下，她在你们公司整个任职期间，有没有和谁发生过不愉快的事？或者得罪过什么人？"杜英雄问。

"要这么说起来，还真出过一档子烂事，不过那是2015年10月份的事，跟她失踪差着一年多的时间，应该不会有联系。"严经理说。

"就说说那事，具体点。"坐在一旁的侦查员催促说。

"咳，怎么说呢？算是个罗生门事件。"严经理使劲叹口气，回想了一下，"那时在办公室里，刘晓和负责财务总账的男同事李刚坐对桌。发生事情那天是个周五，刘晓好像是下班之后要和几个大学同学聚会，所以刻意打扮了一下。穿了条比较窄的裙子，外加黑丝袜，在单位里面比较惹眼。到了午休时间，吃过饭的刘晓趴在桌上睡觉，办公室里其余同事，包括李刚，都在玩手机。可谁知，突然间，刘晓忽地从座位上蹿起身，指着李刚就嚷嚷开来。说李刚打从早上来眼神就不地道，总有意无意瞟她的腿，更过分的是刚刚趁着她睡午觉的机会，李刚把鞋脱了在桌子底下三番五次用脚蹭她的腿。刘晓当着那么多同事这么说，李刚肯定下不来台，便骂刘晓是神经病，无中生有。两个人越吵越凶，谁都不肯退让，刘晓一气之下，跑到人力资源部投诉李刚性骚扰。"

严经理稍微停顿一会儿，喝口水润了润嗓子，继续说："后来公司责成纪检部和保安部联合调查这个事件，不过当事者一个拼命指认，另一个死不承认，到底有没有性骚扰事件在办公桌下发生，也只有他们俩最清楚，调查到最后也只能不了了之。"

"那你怎么看这个事，李刚到底有没有做过？"侦查员问。

"我觉着吧……"严经理咂巴咂巴嘴，斟酌着说，"李刚平常就有爱脱鞋的毛病，而且他1.88米的个头，腿很长，脚不经意间伸到刘晓桌下碰到她腿的可能性也确实有，他也一直强调自己是无心的。我觉得还是因为刘晓那天打扮得确实挺艳，李刚可能多看了几眼，让她有点过于敏感了。"

"你这话说得不对，刘晓穿什么是人家的自由，李刚骚扰她，怎么还成了她的错？"杜英雄打断严经理的话，语带不平地说。

"不，不，你听我把话说完。"严经理赶忙摆手解释，"我是觉得可能李刚早上盯着刘晓看的时候，她心里已经有一些火气了，所以就算李刚后来是无意碰到她，她应该也会发火。当然这只是我个人看法，私下里我可以这么说，要是公开表态，我还是保持中立，如果刘晓真被骚扰了，我这么说岂不又伤害人家一次？"

"那李刚今天在公司吗？"杜英雄问，"我们想跟他谈谈。"

"他被调到子公司了。"严经理说。

"是他自己要求的，还是公司指派的？"侦查员问。

"两方面因素都有。任何行业都一样，作风问题是大忌，肯定会被指指点点，李刚待在公司里压力很大；而公司这边也想快点息事宁人，希望跟事件有关的舆论尽快消失，正好公司成立了一个房地产子公司，领导便找李刚谈话，希望他能到那边做财务负责人，李刚自然欣然接受。"严经理苦笑一下，"其实就等于下放。那边的房地产公司刚成立，所有东西都得从头捋顺，工作量繁重。公司规模也不大，说是负责人，其实整个财务部也就两个人，待遇和环境都比我们总公司差远了。"

"这么说李刚的利益还是受到极大的损害。"杜英雄直视着严经理说，"为什么没向先前警方的调查人员反映这个事件？"

"我刚刚也说了，刘晓失踪和性骚扰事件相隔挺长时间的，李刚平时为人也很不错，不但是我，同事们大都不认为他会报复刘晓，所以大家确实忽略了这个问题。"严经理解释说。

"那麻烦你现在帮我们联系一下，我们想见见李刚。"杜英雄说。

"我这就让他过来，你们稍等一会儿。"严经理说着话，便拿起放在办公桌上的手机，拨打出去。

李刚大高个，相貌周正，看来是走得比较急，进门时，带着一脑门子汗。介绍了身份，打过招呼，杜英雄向严经理表示要单独和李刚谈话，严经理便离开了办公室。

"你知道刘晓失踪了吧？"杜英雄先发问。

"听说了，可这跟我有什么关系？"李刚点点头，一脸莫名其妙地说。

"刘晓投诉你性骚扰的事，对你的生活影响大吗？"杜英雄反问道。

"你们不会是怀疑刘晓的失踪跟我有关吧？"李刚略微扬了下声音，急促地说，"我先声明：我绝没有要故意骚扰刘晓的企图，碰到她的腿确实是无心的。至于对我的影响，多少还是有点，最直接的是让我的工作多了些波折。"

"你急什么急？你瞪着眼睛盯着女孩子大腿没完没了地看，本身就是一种冒犯，装什么无辜？"杜英雄也提高了音量道，顿了顿，又缓和了口气说，"家庭呢？你爱人没怪你？"

"怎么说好呢？"李刚愣神想了想，收敛了着急的情绪，自问自答说，"既然你们是警察，我有义务跟你们实话实说，其实我和我爱人因感情不和已经分居好多年，为了孩子才没有办理离婚，只是在外人看来，我们还是和谐的一家人，所以我根本不理会我爱人怎么看那件事。"

没等杜英雄发问，李刚继续说道："至于工作上的波折，也可以说是'塞翁失马，焉知非福'。虽然我去的子公司是一家小房地产公司，失去总公司安稳的大平台，但近一年的历练，让我对房地产财务工作的流程和方法有了全面的认识。你们可能不太清楚我们这个行业，时下优秀的财务人员很抢手，像我这种既在大型商业股份公司做过，又熟悉房地产方面财务工作的，分分钟都能找个大的房地产公司做个财务总监什么的。其实已经有很多家公司向我发出邀请，只是我目前还处于甄选阶段，所以那件事对我个人的负面影响也仅限于那一小段时间，我实在犯不着报复刘晓，根本也从没想过要拿她怎么样。"

"能想起来去年 10 月 18 日下班后你去哪里了吗？"侦查员问。

"时间过去太久，没印象了。"李刚摇摇头，干脆地说。

"我们可以联系你爱人问话吗？"杜英雄说。

"当然。"李刚说。

晚间，支队大会议室，案情分析会。

叶曦说："监控录像表明：陈美云被害当天，曾在抛尸现场焦金山周边的一家麦当劳中，停留近一小时的时间。分析录像中她的身体语言，她应该是与客人约好在那里见面，但到了约定时间客人并未出现，而是通过微信向她发出指示。随即在晚上 8 点左右，她离开了麦当劳。"

艾小美接下话说："这家麦当劳临近一条大马路，周边商铺林立，人流相当密集，又是大晚上的，光线不好，无论是陈美云，还是她要见的客人，若混在人群和车流中，从监控录像中很难梳理出他们整个的行动路线。我们也试着调阅交通监控和一些商铺架设在门口的摄像头的录像，以及麦当劳门前停车场的监控录像，只获取到四条有关陈美云的影像。在仅有的这四段录像中，陈美云身边并未出现可疑人员，而从时间线上锁定，陈美云最后出现在画面中时，正行走在麦当劳斜对面的焦金花园住宅小区旁的焦中路上。我们实地走了一遍，这条路走到尽头左拐会进入焦北路，沿着焦北路再走 200 米左右，有一个T 字形岔路口，而这个岔路口北行方向的马路，正是通往焦金山西坡的马路。我们留意看了下，周边都是监控盲点，是凶手与陈美云接头风险较低的地点。"

叶曦接着说："综合判断，陈美云与刘耀吉分手后去见的下一个客人，应该就是本案的凶手。陈美云按照凶手在微信中的指示，走到焦北路岔路口北行方向的街边，随后凶手开车接上她，然后把车又行驶到焦金山西坡隐匿位置。在车里扼死了她，最后进山抛尸。"

顾菲菲说："有关张燕的失踪案，各位应该已经知道，失踪当时她正深陷裸贷旋涡。也正是因为裸贷事件的延伸，我和韩老师在走访当中发现两名嫌疑人：一个是她的男朋友，叫江枫；另一个是暗恋她的人，叫陈嘉峻。两人都是她的大学同班同学，江枫现今在一家民办培训机构做英语老师，事前并不清楚女朋友张燕是通过裸照作抵押获取贷款的，所以接到财务公司发到他手机上的张燕的裸照，怒火中烧，对张燕实施了暴力举动。不过有同学证实，张燕失踪当天一整天，江枫都在师范学院宿舍中帮学弟助考。"

韩印接着说："陈嘉峻现今是品文中学的英语老师，富二代，因父母早年离婚，以及相貌较差，致使性格自卑、敏感。陈嘉峻觊觎张燕美色已久，当年曾趁她被追贷无力偿还之机，想通过借钱给张燕还贷与她发生性关系，也是我们目前所知张燕失踪前最后见过的相识的人。据陈嘉峻说，张燕当日拒绝了他的引诱，两人因此不欢而散。随后陈嘉峻的去向，以及眼下陈美云被害当天他的行踪，陈嘉峻都未给出特别明确的说法，有些可疑，需要调查一下他是否有不在两个案发现场的证据。"

杜英雄说："刘晓的背景信息比想象中要复杂一点，她曾向单位投诉，遭到同科室男同事李刚的性骚扰。不过因当事双方各执一词，事情最终未有定论，而因此事件李刚则被下放到新成立的子公司。我们对李刚进行了询问，并且与他分居多年的妻子也进行了对话，虽然李刚已经记不起来刘晓失踪当天他自己的活动轨迹，但总的来看他在性骚扰事件中的挫折感并不明显，报复刘晓的可能性不大。至于性骚扰事件，我们也和刘晓的其他同事聊了聊，绝大多数人都站在刘晓这边，而有意思的是，少数站在李刚那边的人，全部是男性。这不禁让我想到一个问题：焦金山案件的凶手，如果同样以那些男性的视角去解读性骚扰事件，那是不是刘晓在他眼里也算是个有污点的女人？对于靠裸体照片换取贷款的张燕，他是不是也会有相同的解读？如此来看，张燕、刘晓、陈美云，同属于年轻、貌美、具有道德缺憾或人性污点的人，这三个人是可以划到凶手选择受害者的固定模式中的。"

"我同意小杜的分析。"陈铎接下话说，"赵丽娜也同样有道德良知缺憾的问题。她是一个狗仔记者，专门靠偷拍名人隐私获取关注度。不仅如此，她曾利用偷拍到的素材，威胁当事人进行金钱交易，结果遭到举报，导致她所把持的新闻爆料专栏被公司停掉。围绕爆料专栏试着寻找有可能报复赵丽娜的嫌疑人，我们发现受到伤害和挫折最强烈的，是原文安电视台晚间十点新闻的女主播马可莹。我们试着与马可莹问话，出乎意料的是，她有记录生活事件的习惯，虽然赵丽娜失踪已近两年了，但她仍能给出不在现场的证据，而且还有电视台方面和她的男朋友给她做证。不过马可莹提供了一条信息，她曾经约见过赵丽娜，中间牵线的人是雷天网娱乐部的主编，也是赵丽娜的顶头上司，高华生。而一开始我询问高华生时，他并没有提到这一点。另外，我们还询问了赵丽娜失踪前刚分手不久的前男友，关于他们俩分手的原因，他和赵丽娜的说辞截然相反。他说他是被分手的，原因是赵丽娜喜欢上了别的男人，至于具体是谁他表示不清楚。总的来说，高华生是必须要深挖一下的，鉴于他是我的初中同学，对他的调查还是烦劳你们支援小组来做吧？"

"好吧，我总结一下，各路调查展开之后，信息量还是很大的。"叶曦轻轻拍了下手，将众人目光引过来，说，"首先一点，目前来看，赵丽娜、张燕、刘晓、陈美云四人，背景信息还是具有一定同质性的，虽然目前还不够证据并案，但必须继续跟进调查。鉴于陈美云尸体是在焦金山中被发现的，我建议陈大队向支队要求增派人手，对焦金山地带进行地毯式搜索，试着寻找除陈美云之外其余三人的尸体。

"第二点，全面调查赵丽娜、张燕和刘晓三人的手机通信记录、电子邮箱、QQ、微博，以及微信的使用记录，寻找可疑的联络人，并试着梳理三人失踪当日离开单位后的活动轨迹。关键一点，如果这三个人真是因为道德缺憾被凶手选中的话，那么凶手是如何知晓相应的事件的呢？或许这三个人的背景信息中，其实是有着某种交集的，我们要把它找出来。

"第三点，对我们手上现有两名嫌疑人陈嘉峻和高华生展开全面调查。

"第四点，虽然希望比较渺茫，但还要再试着搜集一下案发当晚焦金山周边的各路监控录像，看看能否在相应时间段中找出嫌疑车辆。"

"你看咱们这样布置行吗？"末了，叶曦冲陈铎笑笑，客气地征询他的意见。

"我完全同意。"陈铎痛快地点点头，转而又对韩印说，"韩老师，关于凶手，你现在有没有一个大概的轮廓？"

"好，我简单说一下。"韩印点头应声道，"很明显受害者是某个现实中存

在的人的替代品。想必是个女性，她是凶手初始的刺激源。凶手让尸体赤裸地
呈现，往嗓子里塞杂草，剪乱其头发，在其胸口刻下一个'×'符号，实质上
是一种象征，象征着凶手真正想惩罚的人。当然也是一种施虐行径。想必大家
都听过心理学家荣格的一个理论——正常的人不会折磨别人，一般来说，被虐
者最终会成为施虐者。这也就是说，凶手有被虐待的经历，而施虐者在凶手心
中是一个年轻、美丽、有污点的女性形象。我认为最大可能是凶手孩童时期，
对于母亲形象的一个认知。而母亲的形象停留在那个时期，意味着她要么已经
去世，要么早年间便抛弃了凶手。

　　"我们在做行为科学分析的时候，是乐于见到犯罪人在犯罪过程中有更多
的行为呈现出来，有些行为是为了掩饰身份，有的是想要转移侦破视线，而对
连环杀手来说，则是他心理诉求的一种映射。焦金山案中，凶手在尸体上做了
很多文章，犯罪标记性动作如刚刚所说多达四个步骤，可见他内心中的诉求和
想要表达的意愿非常非常之强烈。但所映射的他在现实生活中的状态，却恰恰
相反。他是沉默寡言的，孤独且内向，看上去心如止水，没有任何的危害性。
同时又缺乏交际能力，身边的朋友应该很少，或者说能交心的几乎没有。至于
'×'字符，它可能是拼音字母，也可能是英文字母，或者代表着数学中的未
知数，总之我必须承认，我还没想到它所代表的含义。"说到最后，韩印无奈
地笑笑。

　　"如果凶手的背景信息和人格特征在刚刚您说的这个范围内，那是不是高
华生和陈嘉峻就没必要再调查了？"陈铎紧跟着说。

　　"还是查清楚点好。"韩印笑笑，"毕竟只是一个初步的判断，划定嫌疑人
范围为时尚早。"

　　陈铎还想继续就刚刚的话题讨论下去，但放在会议桌上的手机突然响了起
来。接听之后，放下电话，陈铎眉峰骤紧，语速飞快地说："是支队长的电话，
刚刚接到报案，又一个年轻女孩失踪了。"

◎ 第七章　网约劫杀

深夜 11 点 15 分，支队长王浩林脚步急促地走进会议室，身后跟着刑侦二大队的队长，王浩林冲众人点点头，走到会议桌前，一脸严肃地说道："失踪者叫程悦，27 岁，银行职员，今天晚上在长岭路盛景酒店参加同事的生日会。9 点左右，独自一人先行离开酒店。从盛景酒店到程悦家只有 20 多分钟的车程，并且她从酒店出来时曾给家里打过一个电话说马上到家，之后便再无消息。家人从 9 点 45 分开始拨打程悦手机，始终处于关机状态，也逐一打电话询问过她的一些朋友，他们都表示没和程悦在一起。差不多 15 分钟前，家人担心程悦被坏人打劫，选择报警。

"情况就是这样，咱们现在分下工：交通指挥中心我亲自督阵，我会和各小组随时保持联络；二大队负责调配各派出所的巡逻车，在市区相关要道设卡，严格排查过往车辆；陈铎带着你们一大队的人去盛景酒店，把周边区域给我仔仔细细翻几遍；另外，我已经派人去接程悦的家人和她的同事，麻烦支援小组的同志负责做一下询问，看看能否在问话中找到些线索，这是你们擅长的。好，大家都动起来吧，焦金山的案子已经够闹心了，别再死人了！"

王浩林大手一挥，众人便鱼贯走出会议室。

询问程悦家属和同事用不着整组人都在，叶曦和杜英雄便主动加入到陈铎寻人的队伍里。一队人立即上了警车，拉响警笛，很快便赶到盛景酒店。

　　叶曦和杜英雄负责调看酒店监控录像，看到程悦走出酒店大门后，很快便消失在茫茫夜色中。陈铎带着人手在酒店周边的公交车站、街边绿化带、垃圾箱，以及各个阴暗的角落里细致搜索与程悦相关的证物，如果她在酒店附近遭遇到坏人劫持，或许会留下蛛丝马迹。

　　韩印和顾菲菲这边的问话没什么收获，只知道晚宴上程悦喝了酒，稍微有些醉意。加上艾小美，三人分析了一下："程悦在微醉的状态下离开酒店回家，无非是坐出租车或者网约车。如果坐出租车，就要靠王支队从交通指挥中心调出的监控录像中，试着寻找程悦上车时的影像。如果乘坐的是网约车，那就好办多了。艾小美问清楚程悦的微信号和手机号码，随后拨打网约车平台客服电话，表明身份，报上微信号和手机号，请求网约车平台试着调出程悦最后叫车的记录。结果网约车平台反馈的信息显示：程悦于晚间 9 点 09 分叫了快车，接单司机叫何明辉，外市人，身份证号为……绑定手机号为 139……车型为黑色大众宝来，车牌号为本地号码"东 BL4228"。不过信息中又显示，该叫车订单于 9 点 35 分又被程悦取消了。到底是程悦没等到预约的车辆主动取消的，还是已经坐上车在司机的劫持下被动取消的，这是个很大的疑问。随即顾菲菲试着拨打司机手机，结果与程悦一样，处于关机状态。

　　正踌躇着，王支队打来电话，说从交通监控录像中看到程悦于晚上 9 点 12 分，在距离盛景酒店不远的一个路口上了一辆黑色轿车，但由于光线问题，暂时还没搞清楚车牌号码。艾小美便赶紧汇报了网约车的情况，两方交叉判断：程悦应该是被车牌号码为"东 BL4228"的大众宝来车司机劫持了。只是时间已过去两个多小时了，程悦有可能凶多吉少。

　　消息很快发散到各路搜寻程悦的警员队伍中，程悦家人也把网约车信息发到微信朋友圈中求助，王支队这边则扩大搜寻范围，继续在交通监控录像中和实时监控画面中，捕捉嫌疑车辆踪迹。

　　扩大搜寻范围后，交通监控录像显示：晚上 9 点 16 分，涉案宝来车从长岭路西段十字路口驶过，随后向西北方向驶去；9点23分，宝来车穿过长胜路立交桥，继续直行，向长宁路方向驶去；9点35分，宝来车被香海路加油站旁的交通监控拍到，随后宝来车拐进华北路；在此之后，涉案宝来车在交通监控录像中消失了一段时间。直到晚上11点10分，香海路与香洲路交叉路口的交通监控，才又拍到该车行驶过去的画面；11点37分，宝来车下了锦华路立交桥，左拐进入新城路，向北行方向驶去；随即该车再度从监控录像中消失，截至目前，未再出现在交通监控的画面中。

就监控录像捕捉到宝来车的行进路线，王支队和身边的警员分析了一下：香海路附近有一处搁置多年的烂尾楼，周边比较荒凉，宝来车司机极有可能是将程悦劫持到那边，实施了犯罪侵害举动。至于该车最后出现的新城路，位于市区边缘地带，周围是大片大片的棚户区，是外来务工人员居住密集的区域，或许宝来车司机在那边有个落脚点。也意味着，程悦很可能已遇害。

王支队正拿起电话准备拨给陈铎，想让他带着人手先试着到"烂尾楼"区域搜寻一番，不想手机却先响了起来。打来电话的是队里的值班刑警，告知王支队刚刚有市民打电话到110报警台提供线索，声称在泽龙湖水库边发现了车号为"东BL4228"的宝来车。王支队和身边的警员一合计，泽龙湖水库距离新城路棚户区有2公里左右，周边比较荒凉，易于抛尸不被目击，想必市民提供的线索可信度很高。王支队立即吩咐值班民警，用报话机喊话，通知各路搜寻警员全部赶往泽龙湖水库，对宝来车进行围捕；同时命令值班民警与提供线索的市民保持联系，随时通报宝来车动向。

午夜时分，一辆辆嘶吼的警车，从四面八方向泽龙湖水库方向进发。行进中，值班刑警通过报话机喊话，说宝来车被提供线索的市民惊到了，现已驶离泽龙湖水库，正向金柳路方向逃窜。王支队随即也通过车载报话机，调派各路正赶往泽龙湖水库的警员，对涉案宝来车进行围追堵截。不多时，值班刑警再度喊话，通报宝来车由金柳路拐入西塘路，向郊区方向逃窜。原来，刚刚提供线索的市民，正自告奋勇驾驶着汽车，对涉案宝来车进行尾随跟踪。

深夜 0 点 45 分，涉案宝来车在西山镇落网，程悦已惨遭车主强奸杀害，尸体在宝来车的后备厢中被发现。

支队审讯室，连夜审讯。

"那女乘客长得很漂亮，胸前特别丰满，穿着短裙子，露出一双大白腿，脚上还穿着我最喜欢看的高跟鞋。之前，在街边等客的时候，在手机上看了朋友发的几段黄色视频，弄得我心里直痒痒，所以那女乘客刚坐上车我就有了色心。我看她有些喝醉了，便装作体贴地说她要是难受就先眯一会儿，等到了地方我再叫醒她，没想到她还真睡着了。本来我就想偷偷摸几把，可那女孩身上的香气太迷人了。

"我趁她睡着了，偷偷把车开到香海路附近的福源大厦，就是那个荒了七八年的烂尾楼旁的巷子里。我一般晚上出车都带着一把刀防身，我把那女孩叫醒，把刀架在她脖子上，逼着她脱衣服。没承想，她开始大叫，我一时害怕，就用刀在她脖子上捅了两刀，把她捅死了。然后又……

"完事后，我开始后怕，不知道该怎么办，在车里坐了很长时间。后来想，她身上沾了我身上的好多证据，干脆把尸体扔到泽龙湖水库里，一了百了，什么证据也都会被水冲没了。"

宝来车主何明辉到案后，对自己的犯罪事实供认不讳，等待他的将是法律的严惩。但对支援小组和昨夜所有参与搜寻程悦的警员来说，心里依旧充满沮丧，尽管他们已经倾尽全力，可惜还是未能把活的程悦还给她的家人。这也是警察这份职业特有的悲哀，很多时候他们都在跟邪恶和生命赛跑，遗憾的是并不是每次都能跑赢。

当然，本次案件中必须要表扬提供线索的两位市民，他们也被请到支队配合调查。巧合的是这两位市民陈铎都不陌生，一位是电视台主持人马可莹，另一位是她的男朋友邵宏。据邵宏说：由于是周五晚间，第二天休息，两人在一家西餐厅就餐后，没急着回家，而是驾车外出兜风，不知不觉便将车开到泽龙湖水库附近。赶上夜空晴朗无云，月亮又大又圆，把泽龙湖水库映照得特别美，两人被浪漫的气息感染，便在水库边多待了一会儿，结果看到何明辉驾驶着宝来车缓缓停到路边。至于两人认出车辆为涉案车辆，是因为马可莹看到微信朋友圈转发的关于宝来网约车劫持程悦的求助信息。

邵宏提到他和马可莹坐在车里欣赏龙泽湖夜景时，不知为何，坐在一旁的马可莹霎时满面绯红。正好被韩印撞见，不禁在心里哑然失笑。

◎第八章　失踪又现

6月23日，周六，但对警察来说，是没有休息日概念的。这不，还未卸去昨夜搜救程悦的疲惫，一大早又一位年轻女性被报失联。

案子由东弦路派出所上报到支队，报案人叫蔡洪生，系失联女性的父亲。据蔡洪生介绍：他女儿叫蔡小洁，本市人，今年27岁，有日本留学经历，目前在软件园一家软件科技公司做人力资源专员。周五下班后给家里打电话，说是要与同事聚会，晚一点回家，结果便彻夜未归，手机目前是关机状态。

通过蔡小洁的单位，联络到她的同事。同事们都表示昨夜确实有个聚会，蔡小洁也答应出席，但她声称有点私事要先处理，然后再去跟同事们会合。结果最终她并没有出现在聚会上，因此她失联前去了哪里就成为一个谜。这与程悦的案子截然不同，起码昨夜警方掌握了程悦失联前最后出没的地点，而蔡小洁失联的模式让韩印嗅到一点与赵丽娜等三人失踪时相同的味道。

深度询问过后，得到的信息也与赵丽娜等三位失踪者的情况大致相同。蔡小洁失联前无论生活中还是工作中都没有任何反常表现，她没有男朋友——不存在情感纠葛，日常与同事们的相处，总的来说还是可以的，但也有同事反映她有时候说话很令人反感。比如，她是日本留学归来的，便总爱拿日本与国内对比，总爱夸耀日本怎么怎么好，国内怎么怎么差。还有她有些盲目自大，不时会流露出一些对公司的不满情绪，似乎觉得她的能力和资历与公司给她的职位并不匹配。除此，倒并没有什么具体事件显示她有道德良知方面的缺憾。

　　韩印觉得先不着急下结论，案子刚发生不久，或许蔡小洁生命尚存，所以眼下最急迫的是要找出昨天她下班后的活动轨迹，抓紧时间，争取能够成功将她解救。同时，韩印认为，如果蔡小洁的案子，真与前面三起失踪案有关联，说不定可以由此打开突破口。

　　艾小美和顾菲菲赶到电信部门，打印了包括赵丽娜等三名失踪者在内，以及蔡小洁近段时间的手机通话记录。发现蔡小洁手机昨日最后一次使用记录是下午 5 点 12 分，也就是她打给家里的那通电话。有疑问的是下午 1 点 15 分她接到过一个来自临时手机卡的来电，通话过程持续在 3 分钟左右。同样，赵丽娜、刘晓和张燕失踪当天，也分别接到过一个来自临时手机卡的来电。虽然 4 通来电，号码截然不同，定位到的基站也分别在 4 个不同的区域，但这样一种通话模式，加上她们失踪的模式，足以让支援小组认定：不算上陈美云，至少这 4 个失踪者很可能是被同一个犯罪人绑架的。

　　至于她们 4 个人的微信密码，艾小美也不想费力破解了，干脆通过电信部门将她们的手机号按照遗失补办处理，如此便可以重新设置微信密码，登录到她们的微信上。但如陈美云的微信一样，几个人的微信都被处理得很干净，聊天记录均被删除，联络人中也未发现她们有共同的好友，失踪当天也没有叫乘网约车记录。担心是被犯罪人事后删除了，顾菲菲打通网约车平台的客服电话进行核实，结果确认微信记录属实。为谨慎起见，顾菲菲和艾小美又分别拨打了几个热门专车平台的客服电话，也都没查到相关用车记录。这就值得思索了，4 名失踪者都是在工作日下班后急着要去赴约，肯定不会搭乘公交车，只能坐出租车或者网约车。然而她们 4 人却都舍弃了网约车，如此不约而同的概率能有多大？是犯罪人指定她们 4 人必须搭乘出租车？可是这样的要求是不是太过诡异？不会引起疑问吗？莫非犯罪人当时就等候在她们工作单位附近？

　　带着上述疑问，顾菲菲和艾小美仔细查看了蔡小洁单位所在的软件园方的监控录像。遗憾的是，当监控录像记录蔡小洁走出软件园 3 号大厦后，便没有了她的踪影。而周边大致两公里之外，才架设有交通监控，又正逢下班高峰时段，车辆行驶异常密集，想要从中锁定蔡小洁乘坐的车辆，几乎是不可能完成的任务。

蔡小洁在单位使用的电脑中并无异常，其个人使用的笔记本电脑每天都随身携带，故与其一同失踪。赵丽娜、刘晓和张燕个人使用的笔记本电脑，因三人失踪已久，电脑或被家人使用，或转赠他人使用，均已失去调查价值。

另外，有了微信之后，QQ 和邮箱的使用频率都大大下降。蔡小洁的 QQ 基本都没用，邮箱中的邮件也大抵都是与工作有关的，没发现什么异常。

高华生显然没想到警方会再次登门问话，尤其这一次面对的一男一女两名警察中，并不包括他的老同学陈铎，他靠在大班椅上的身子不自然地挺直着，脸上笑容也有些僵硬，看起来有一丝局促不安。

"我们得知赵丽娜其实是因为喜欢上了别的男人才和她男友分手的，你知道那个男人是谁吗？"叶曦声音冷冷的，眼睛盯在高华生脸上。

高华生勉强挤出一丝微笑，语气讶异地说："是吗？这我还真不太清楚，她说她男友有了新欢才跟她分手的，我就信了，要不然你们再问问别的同事？他们年轻人之间应该交流得比较多。"

"她失踪的那个晚上你在哪儿？"韩印同样表情很严肃，配合着叶曦把问话的压迫感保持下去。

"噢，那天下班后，我陪总编去见了几个广告客户，一起在曼琳酒店吃的饭，然后又去 KTV 娱乐了一下，搞到很晚，我也喝醉了，还是总编派车把我送回家的。"高华生不假思索地说，"如若不信，你们尽可以去问我们总编，还有那几个广告客户的电话我也可以给你们。"

"对你来说，应酬广告客户应该是经常性的，是你日常工作的一部分，对吧？我很纳闷，那晚的应酬距现在已经过去近两年的时间，你怎么会印象那么深刻？"韩印微微翘起嘴角，轻轻"哼"了下鼻子，"我想或许是因为赵丽娜是你在乎的人，所以是她的失踪令你对那天印象深刻吧？"

"我……我不太懂你们在说什么？"高华生讪笑一下，强作镇定说道。

问话到此，凭叶曦和韩印的经验，基本断定高华生与赵丽娜有私情。陈铎早前说过高华生有老婆孩子，这样说来赵丽娜便是一个第三者，韩印觉得有必要下重口敲打敲打高华生："或者你刚刚的这套说辞，打从赵丽娜失踪后，甚至失踪前，便开始演练了。那天晚上的饭局证明不了什么，有些事情是不需要你亲自动手的。"

"你这么说是什么意思？是说赵丽娜的失踪跟我有关？"高华生使劲摇了两下头，又下意识向员工办公区瞄了眼，压低声音说，"好，我承认我跟赵丽娜暗地里好了一年多，我始终都抱着玩玩的姿态，没想到她竟然当真了。后来，她先和男友分手，接着又想让我离婚，我拒绝了。她失踪前我们俩之间正处于冷战状态。"

"你和她最后接触是什么时候？"叶曦问。

"就是她失踪那天，下班前我去卫生间，碰巧她从女卫生间里出来，我看她脸上好像刚补了妆，就半开玩笑问她：把自己捯饬得这么漂亮是要跟谁去约会吗？她气鼓鼓地说，对，去相亲。"高华生说。

"你觉得她说的是真话，还是只是想气气你。"韩印追问道。

"我觉得她应该真的是去相亲了，当然主要还是想要让我吃醋。"高华生说，"那丫头疯得很，什么事情都能做得出来。"

听罢高华生的话，韩印和叶曦迅速对视一眼，彼此能看得出他们此时脑海里的疑惑是相同的。除去张燕已经有了江枫，赵丽娜、刘晓以及最近失联的蔡小洁，三人都是单身，犯罪人会不会是她们在某个社交平台认识的网友？以谈男女朋友为借口，与三人约会，进而绑架了她们？因为如果是现实中的人，她们周围的人不可能一点风声都没听过。只是她们的手机都落在犯罪人手里，时下的社交平台和交友软件又极其泛滥，这条线索的跟进，恐怕得狠下一番功夫才行。

就如韩印先前所料到的那样，杜英雄和陈铎去蓝天洗浴中心走访调查，工作人员对陈嘉峻都没什么印象，更别说去年1月份的事了。可以说张燕失踪当天，陈嘉峻与她分手之后去了哪里，已经死无对证。

接着两人又去了陈嘉峻居住的小区。是一个高档住宅小区，进进出出都有监控，保安措施严密。调阅小区监控录像显示：陈美云失踪当日，陈嘉峻驾驶着一辆车牌号为"东BX6658"的黑色奥迪A6轿车，于傍晚5点35分驶进小区地下停车场，随后坐电梯回到家中。但18点06分，陈嘉峻又驾驶着他的黑色奥迪车驶离小区，并彻夜未归。这意味着在先前面对韩印和顾菲菲的问话中，他并没有说实话。

这次陈铎和杜英雄也没客气，直接到学校找到陈嘉峻。陈嘉峻把两人带到一个小会议室里，听闻杜英雄指责他先前对警方撒了谎，随即摊摊手、耸耸肩，表示自己当天不是故意要隐瞒，只是忘记说了。

"那天晚上你到底去哪儿了？"陈铎追问道。

"我一大学同学，前阵子从我这儿借了一万块钱，那天我下班回家之后，接到他电话，说让我去他家，要还我钱，还说要请我喝酒，我就过去了。后来我们俩在他家楼下的小馆子里喝的酒，我喝多了，就睡在他家了。"陈嘉峻大大咧咧地说，"他叫金兆凯，在市殡仪馆工作，电话是155……你们尽可以找他证实我说的话。"

"你慢点说，我记一下！"杜英雄皱着眉，从兜里掏出记事本和笔，没好气地说。

打电话联系上金兆凯，对方表示正在单位上班，杜英雄和陈铎便马不停蹄驾车去了殡仪馆。陈铎向金兆凯说明来意，他立马表示陈嘉峻所说的全部属实。

"当天你和陈嘉峻喝酒喝到什么时候？"杜英雄问。

"也没多长时间，将近 8 点。"金兆凯说，"我们俩其实都不太能喝，一人差不多也就喝了四瓶啤酒，然后我们俩回家倒头便睡过去了。"

"你自己住？"陈铎问。

"对。"金兆凯说。

"小区里有监控吗？"陈铎又问。

"没有，我那是老小区，连电梯都没有。"金兆凯说。

"说一下具体地址。"杜英雄又拿出记事本。

"西城区金茂路 129 号华源小区 12 号楼 2 单元 303 室。"金兆凯说。

"据你观察，当时陈嘉峻情绪上有没有什么反常？"陈铎问。

"没觉着，噢，对了，他那天说起个事，挺让我吃惊的。"金兆凯挠挠后脑勺，斟酌了一会儿，"前段时间，我遇到大学同学江枫，他姥姥过世了，在我们这儿做的火化。我知道嘉峻在大学那会儿，喜欢过江枫的女朋友——就是那个也不知道是欠了高利贷跑路了，还是被高利贷害死了的张燕。我就顺口跟嘉峻提到我遇到江枫的事儿，没想到他跟我说，原来张燕跑路当天曾找他借过钱，结果这小子非要跟人家睡才肯借，两人最后不欢而散。你们警察是不是还在调查张燕失踪的案子，这个情况不知道对你们有没有帮助？"

陈嘉峻与张燕的交集，对杜英雄和陈铎来说没什么新鲜的，倒是金兆凯家所处的位置令两人很感兴趣。实质上从金兆凯家到陈美云遇害的焦金山，只有半小时左右的车程，如果陈嘉峻趁金兆凯熟睡之后溜出来作案，时间上还是来得及的。如此，恐怕又得再次调看焦金山周边的交通监控，不过有了具体的目标，辨认起来应该会容易些。

回到队里，杜英雄和陈铎便一头扎进从交通指挥中心拷贝回来的监控录像中。一直到晚饭前，基本把案发当晚路过焦金山周边的奥迪 A6 轿车统计完毕。总计有 12 辆，通过技术放大，只能够辨清 9 辆车的牌照号码，其中并不包括陈嘉峻的车。另有 3 辆车，因角度和光线问题，实在无法辨清车牌号和驾驶人。不过从行驶方向看，只有一辆车系从金兆凯家的方向驶来焦金山区域。如此一来，虽然最大限度地排除了目标车辆，陈嘉峻的作案嫌疑尚不能完全排除。

◎ 第九章　死亡又现

一阵急促的敲门声将韩印从睡梦中惊醒，他拿起放在枕边的手表瞄了眼，才早上 5 点 45 分。似乎预感到什么，他迅速起身穿好衣服，接着打开宾馆的房门，便看见陈铎站在门口，身后的叶曦等人都已整装待发。

韩印惨然一笑，问："是蔡小洁？"

陈铎一脸疲惫地摇摇头："不是。"

天光微亮，焦金山下警笛声此起彼伏，一辆辆警车接踵而至。两位早起结伴晨跑的市民，在靠近西山坡登山口的路边，发现一具裸体女尸，随即拨打报警电话。

尸体仰躺在路边的草丛中，周身衣物被撕成碎片，随意抛在一旁，颈部环绕着一道深红色的扼痕，头发被剪碎，两边腮帮子鼓鼓的，嘴角溢着泥土和草根，更扎眼的是胸前的"×"字符，不是 1 个，是 5 个，几乎占满整个上半身。

"应该还是那个凶手吧？"陈铎盯了会儿尸体，抬眼望向韩印问。

"肯定是。"叶曦先接下话，"手段比先前残忍了，看起来更有信心了，也急于把自己的杰作展示给世人。"

"不，是愤怒。"韩印轻轻摇了摇头，解释说，"虽然他完成了犯罪标记性动作，但条理性变差了。衣物很明显是被胡乱撕扯下来的，身上的字符也彼此出现交接，是在盛怒之下急促完成的。"

"韩老师说得对，这一次作案没有上一次严谨。"蹲在一边，正翻查一个女士背包的艾小美，摇晃着手中的一张信用卡，说，"凶手应该带走了手机和身份证，但忽略了信用卡也可以查到受害者身份。"

"扼死方式与上一个案子也略有不同，陈美云颈部的扼痕是横行的形态，我们称之为虎口扼痕，也即是单手扼颈造成的。眼下的受害者，脖颈上留下的则很明显是双手扼颈所致的圆形扼痕，这也能佐证韩老师刚刚的观点，凶手被受害者激怒了，用力更猛了。"顾菲菲一边对尸体进行初检，一边介绍道，"受害者没有遭到暴力性侵，头面、双手、双臂、双腿等体表处，只有轻微擦伤，感觉上她没有尽力与凶手抗争。或许被下药了，丧失了抵抗能力，具体还要等毒化检测结果。综合尸体肛温、尸斑、尸僵状况判断：受害者死于昨夜9点至11点之间。"

"这就奇怪了，受害者没有反抗，凶手怎么反而恼羞成怒，他这个愤怒的点是什么？"陈铎微微仰着头，皱紧双眉说。

"您这是正常人的思维逻辑，但咱们面对的是一个心理变态的连环杀手。"杜英雄接下话，"受害人体表损伤不大，很有可能是因为她预感到自己要面临险境，对凶手采取了顺从姿态，但这恰恰与凶手的诉求背道而驰，让他觉得是受害者在控制局面，从而暴怒。"

"对，是这样的。"韩印点点头，以示肯定，稍微整理了下思路，接着说，"这反映出凶手开始作案的刺激性诱因，是因为现实生活出现巨大的波澜，某个对他意义重大的平衡被突然打破，让他产生无法抑制的应激反应，他需要一个渠道来重塑他对命运和生活的掌控感。"

在银行方面的配合下，警方调取受害者随身携带的信用卡信息，获悉受害者叫冯静姝，24岁，外省人，手机号码是156……紧接着又通过电信部门，打印出该手机号码一段时期内的通话记录。当然通话记录对追踪凶手用处应该不大，前面的案件都显示出凶手在这方面很小心谨慎，是不会留下任何相关线索的。警方的目的是想据此梳理出与冯静姝联络较多的联络人，从而透过他们深入了解冯静姝的背景信息。艾小美也故技重施，将该手机号码做了遗失补办处理，从而可以重新设置微信密码，登录到冯静姝的微信上。

不出所料，无论是通过手机号码联络到冯静姝的朋友得到的信息，还是她微信上的支付交易记录特征，以及她在微信好友名字后面的备注信息（好客人；变态客人），都显示冯静姝与陈美云一样，也是一个通过微信招揽客户的卖淫者。

甚至同样，冯静姝昨夜与凶手接头的路线也和陈美云大致相同。韩印一开始也只是抱着试试的想法，建议陈铎派人前去调看麦当劳金马路店的监控录像，结果真在其中发现了冯静姝的身影。她于19点41分进到麦当劳店中，离开时是20点15分。周边交通监控最后拍到她的踪影，也同样是她行走在焦中路上的画面。

此时，除顾菲菲在法医科监督尸检、艾小美去了电信公司之外，韩印、叶曦和杜英雄则一同围在电脑前，查看陈美云（6月15日）和冯静姝（6月25日）遇害当晚焦金山周边的交通监控录像。当监控画面上的时间点显示在（6月25日）22点31分时，一辆车牌号为"东BX6658"的奥迪A6型轿车，映入三人眼帘。画面中能看到这辆属于陈嘉峻的私家车，正行驶在焦北路以东大约一公里处的中华路上。距离案发现场如此之近，时间点也处在冯静姝被害的时间范围内，本就被列为嫌疑人的陈嘉峻，作案的可能性进一步加大，叶曦便立刻通知陈铎，正式传唤陈嘉峻。

支队审讯室里，陈铎和叶曦坐在长条桌背后，对面坐着陈嘉峻。

"昨天21点到23点之间，你在哪里，在做什么？"陈铎先开口问道。

"我在家啊！"陈嘉峻不耐烦地说，"你们有完没完，我不就那时想和张燕玩一玩，又没得手，她跑哪儿去了跟我有什么关系？你们三天两头到单位找我，让领导和学生怎么想我？"

"你昨晚在家？"叶曦没理会陈嘉峻的吐槽，冷着脸说，"确定？"

"确定。"陈嘉峻梗着脖子说。

"认识这辆车吗？"叶曦抬手举起从监控视频中翻拍的奥迪 A6 车照片。

"这是我的车。"陈嘉峻仰头，瞄了眼照片，干脆地说，"我昨儿借给金兆凯用了。"

"他干吗用？"陈铎追问道。

"他有个亲戚昨天结婚，借了我的车过去帮忙，今天早上才还我。"陈嘉峻说。

听了陈嘉峻的解释，陈铎和叶曦都愣了下，叶曦身子微微靠向陈铎，在他耳边低声说了几句，陈铎随即缓和语气对陈嘉峻说："我们可以对你的车进行勘查吗？"

"查呗！"陈嘉峻痛快地说，"不过我能不能问问到底怎么了？昨晚出啥事了？"

陈铎踌躇一下，想试试陈嘉峻看到尸体照片有什么反应，便从手边的文件夹中，取出一张冯静姝尸体的存证照片，递向陈嘉峻："看看吧。"

"我 X，这谁干的？"陈嘉峻举着照片，倒也没有想象中的退却，飙出一句脏话道，"是一精神病干的吧，干吗往人身上划这么多'叉'？"

"叉！"身处观察室隔着单向玻璃关注审讯的韩印，突然身子一凛，口中情不自禁重复着陈嘉峻最后说的话。他凝了下神，随即像自言自语，又像向身边的顾菲菲等人求证，喃喃地说道："难道留在尸体上的'×'字符，实质上就是与对号（√）相对应，代表错误的叉号（×）？就这么简单？是我先前想复杂了？凶手只是借用简单的叉号（×），直白地表达出他认为受害者出卖肉体，是一种错误的人生选择？"

"说得通。"顾菲菲使劲点点头，"但这么直白的表达，似乎有些幼稚，凶手应该不是那种高智商类型的人。"

"对，思想单一，笨拙，想象力匮乏。"韩印也跟着点头说。

"其实也早有征象。"杜英雄稍微扬了下声，"凶手与受害者陈美云和冯静姝接头的方式和地点应该是有设计的，但在陈美云案发的情形下，他若以同样的方式与冯静姝接头，还是有一定风险的。但他依然坚持了这种方式，可见他不喜欢改变，或者说不会变通。"

"再延伸下思路，凶手选择在焦金山作案、抛尸，或许也并非无缘无故，可能是受到了某种启发，或者心理暗示。"韩印沉吟一下，说，"犯罪、死亡、杀人、抛尸，在凶手根深蒂固的意识里，会本能地将这几项与焦金山联系到一起。"

"明白了，我这就去档案室查档案，看看焦金山的历史上有没有诸如此类的事件发生。"艾小美说着话，便快步走出观察室。

杜英雄喊她等一下，也跟着出了观察室。

望着两个年轻人的身影，韩印一脸严峻，若有所思道："现在出了冯静姝的案子，陈美云的案子就必须要从赵丽娜等人的失踪案中彻底摘出来，她们俩才是真真正正同一模式的受害人，恐怕咱们实际面对的，将会是两名变态犯罪人。"

顾菲菲点点头，显然听懂了韩印的意思，叹口气说："咳，绕点弯路也是值得的，争取一并解决。"

刚刚在审讯中，陈嘉峻提到昨夜驾车经过焦金山附近的是金兆凯，叶曦和陈铎都觉得应该立即对车辆进行勘查，如果能够搜集到与冯静姝相关的物证，再把金兆凯抓了也不迟。

结束审讯后，顾菲菲便带上工具箱，和叶曦一同前往品文中学，陈嘉峻的车停在了单位停车场。与此同时，陈铎带着人赶去殡仪馆，布置人手暗中盯紧金兆凯，只等着顾菲菲和叶曦传来好消息，然后一举拿下金兆凯。

事与愿违。顾菲菲和叶曦对陈嘉峻的车进行了细致的勘查，结果一无所获。接到消息的陈铎，只能试着与金兆凯直接对峙。未料，金兆凯淡定地表示，昨夜经过中华路时车里还坐着两个朋友，他们一起到另一个朋友家，凑够四人，打了一宿麻将。

这就意味着，陈嘉峻和金兆凯这两条线断了，他们被彻底地排除作案嫌疑。

◎第十章　虐与施虐

　　杜英雄和艾小美带着一阵风走进支队大办公间，艾小美怀里抱着一份卷宗，一脸的振奋，想必是档案室一行大有收获。

　　艾小美一边将卷宗递给韩印，一边嘴里欢快地嚷嚷着："韩老师，您真神了，焦金山果真曾经发生过命案！"

　　杜英雄进一步解释说："案发在2007年5月9日，一个女出租车司机，被一伙歹徒抢劫杀害，抛尸到焦金山中。两天后，几个中学生到山上游玩，发现尸体并报了警。而这几个中学生中，就有我们曾经接触过的嫌疑人——江枫，他当时在焦金山下一所中学读初二。"

　　"确定是张燕的那个男朋友江枫？"叶曦追问。

　　"对，当时作为报案人做笔录时，录入了他户口簿上的身份证号码，我和英雄刚刚在身份证数据库中比对过，此江枫就是张燕的男朋友江枫。"艾小美一脸笃定地说，"正如韩老师所说的那样，江枫年少时目击了焦金山的命案，在他狭隘的意识中，不自觉地将犯罪或者死亡与焦金山联系到一起，并形成一种思维上的反射，于是在他自己成为犯罪人的时候，焦金山理所当然成为他抛尸的不二选择，所以江枫作案嫌疑巨大。"

　　杜英雄接着说："刚刚看到案件卷宗中出现江枫的名字，我突然想起和陈队询问金兆凯时，他提到江枫的姥姥在前段时间去世的消息。于是我和小美调阅了江枫家族的户籍信息，发现他姥姥的户籍于本年6月9日被销户，距离陈美云的遇害不到一周的时间,我和小美觉得他姥姥的死,应该就是他作案的刺激性诱因。"

艾小美紧跟着解释道:"户籍信息中还显示,他年少时父母便相继死亡,他的户籍是挂在姥姥家的户口簿上,而姥爷比他父母去世得更早,所以实质上他是跟着姥姥相依为命、长大成人的。如此来看,失去唯一可以依赖的姥姥,令江枫彻彻底底成为孤家寡人,心理的失衡感一定很强烈。"

"说得很对。"韩印点点头,长出一口气,"江枫是一个培训老师,正确的打对号(√),错误的打叉号(×),是他日常性的操作,并深入骨髓,成为他衡量生活中一切对错的标记符号。"

"他有车吗?"叶曦提到了一个关键性问题。

"没留意,我和韩老师询问他的时候没关注到这一点。"顾菲菲摇摇头说。

"这个好办,我们现在跟车管所联网了,用身份证号查一下就知道了。"陈铎望向艾小美,"江枫身份证号码多少来着?"

艾小美迅速翻开放在桌子上的卷宗,报出一组数字。陈铎随即操作起手边的电脑,很快便有了结果——江枫有一辆捷达车,车牌号为"东BG3779",车辆信息显示该车更换过车主,也就是说是一辆二手车。

"现在怎么办?"证据显然不够充分,陈铎用征询的眼神望向韩印。

"等等,有了车型和车牌号,不再盲目了,咱们再看一遍两个案发当晚的监控录像吧?"艾小美插话提示道。

说着话,艾小美已经从背包里拿出笔记本电脑,又插上一个黑色的移动硬盘,先前她已经把相关的监控录像都拷贝到这块硬盘中。

6月15日晚8点09分……6月25日晚8点51分,车牌号为"东BG3779"的捷达车,均在案发现场焦金山区域出现过。虽然只是被两公里之外江淮路上的一处交通监控捕捉到该车行驶的画面,但作为当地人的陈铎,很清楚捷达车从江淮路往北行,是可以抵达焦北路的。

众人一番商量,决定申请传唤通知书和搜查证,与江枫展开正面交锋。

当叶曦、陈铎带领众警员出现在百分教育培训中心时，江枫错愕而又惶恐的神情，似乎已经说明一切。尤其当他看到传唤通知书，看到搜查证书中标明的搜查范围包括他的捷达车和他的住所，单薄瘦削的身子竟抑制不住瑟瑟发抖起来。少顷，或许已经预感到自己的结局，他使劲抿了抿嘴唇，主动伸出双手，等着被戴上手铐。

"一言不发"，这就是江枫被抓捕后的状态。整整两天，无论警方提出什么问题，他始终只字不吐。

在江枫的车中，未搜集到两名受害者的毛发和衣物纤维等物证，不过在车的后备厢中，警方找到一把刃长为20厘米左右的匕首，刀柄上有江枫的指纹，刀刃上则采集到属于陈美云和冯静姝的血渍。还有江枫作案时穿戴着的长袖衬衫、长舌帽和手套，也在捷达车后备厢中被找到，上面均沾有来自两名受害者的DNA证据。同时在江枫的住所中，警方也起获了两名受害者的手机等物品。另外，在破解了江枫的手机锁屏密码后，警方在其手机中发现多张来自案发现场的照片，照片从各个角度记录了陈美云和冯静姝被遗弃在焦金山时的状态。

警方目前掌握的证据，可以说是相当充分，即使零口供也并不妨碍对江枫的定罪。但对韩印来说，这样的结案方式是他所不能接受的，是他的失败。他研究的专业，就是要搞清楚这些形形色色具有畸变心理的犯罪人的所思所想，他们人格的蜕变轨迹，他们从开始、到发展、到成熟的妄想系统是如何形成的？从而不仅要从法证证据上击败他们，更要从心理上彻底击垮他们，以真真正正维护法律的尊严。所以近两天韩印走访了江枫就读过的小学、中学、大学，乃至工作单位，与教导过他的老师和一些同学以及同事，进行了对话，也走访了他姥姥那边的几位表亲，于是江枫二十多年的人生，便浓缩到韩印的大脑中。

支队审讯室中，灯光亮得刺眼，坐在审讯椅上的江枫微仰着头，眼睛毫无顾忌地盯着灯管，一副老僧入定的架势。

韩印独自抱着一个米黄色的大纸箱走进来，他翘翘嘴角冲江枫送出一个微笑，然后走到长条审讯桌背后，把箱子放下，紧接着从箱子里取出一摞摞的文件夹，放在手边。其实那些文件夹中什么都没有，该有的都在韩印的脑子里，他只是想传递给江枫一种感觉——我研究你很久了，你的一切我都掌握。

韩印坐到椅子上，解开两边衬衫袖口的纽扣，将衬衫袖子向上挽了挽，随后摘下腕上的手表放到桌上，又从兜里掏出手机紧挨着手表摆好。做这一系列动作时，韩印脸上始终挂着亲和的微笑，就如他站在学院讲堂上，准备开始今天的讲课一般。

"怎么样，这么多天想明白了吗？"韩印不动声色地注视着江枫，但也并不指望能得到他的回应，停顿几秒钟之后，继续说道，"'我是谁？我从哪里来？我要去哪里？'正如这三个千百年来困扰人类的哲学命题，我相信也同样无时无刻不在困扰着你，令你的人生感到茫然、焦灼。

"'理智面具'，是你在微博上给自己的命名。如果我没记错的话，它取自好莱坞电影《美国精神病人》中的一段台词——'我具有人类的一切特征，发肤血肉，但没有一个清晰可辨的表情，除了贪婪和厌恶，我内心深处发生了可怕的变化，但我不知道为什么，我属于黑夜的嗜血恶性蔓延到了白昼，我感到垂死的气息处于狂怒的边缘，我想我理智的面具就快要脱落了'。"

一段低沉的吟诵之后，韩印轻咳两声，随即陷入短暂的沉默，但很快又继续说道："我想这部电影之所以让你印象深刻，大抵是因为男主角挣扎在华尔街金融骄子与冷血杀手之间的双重人生打动了你。很多时候，你都在扪心自问：暗夜中的杀戮者和白天讲台上的教书育人者，哪个才是真实的自己？你又为什么会成为今天这副模样？而你终究会成为什么样的人？"

"我可以负责任地说，对于你——你们这一类人，我有很深的研究，我想和你解释，或者说是探讨一下你的困惑，你愿意听吗？"韩印不断通过征询的口气，挑动着江枫的神经，逐步将他的注意力完全吸引到自己身上，"从哪里说起呢？还是从你的父母开始说吧，因为他们，尤其是你的母亲，是你走到今天的初始刺激源。你父母有了你的时候，只是两个刚成年不久的孩子，还浑身充满着稚气，他们以为他们正在经历的就是真正的爱情。因为有了你，他们不顾所有人的反对，从家里偷出户口簿，急匆匆领了结婚证，但是他们并不懂得那张证书背后所要承担的义务和责任。于是在你一岁半的时候，你父亲不堪压力，突然离家出走，消失得无影无踪。你母亲因为早前和家人断绝了关系，只能独自带着你生活。可是一个不到 20 岁的女孩，又没有文凭，她能干什么呢？拿什么养你？最终她只能出卖自己。她开始周旋在一个又一个男人之间，时常穿着暴露的衣服，学会了抽烟，疯狂酗酒，甚至学会了抽大麻。可能有那么一次，她又喝得烂醉不堪，她心情极度郁闷，浑身充满戾气，因为你的一点小错误，她把你结结实实暴打了一顿。也就这么偶然的一次，却让她体会到了某种释放，她为自己狼狈不堪的生活找到了宣泄的出口，并逐渐形成习惯。还记得你对陈美云和冯静姝的尸体做过什么吗？你往她们的嘴里塞满泥土，剪断了她们的头发，那其实是你对母亲时常拽着你的头发、喊破喉咙冲你怒吼的回应。不仅如此，你还扒光了她们的衣服，让她们那个裹着肮脏灵魂的躯体赤裸裸地暴露在世人眼前，就如同你在羞辱那个私生活糜烂、在你眼里如同妓女一般的母亲。

"我见过你中学时期的同学，他们对你的评价都很不错，尤其强调你是一个非常正派的人。在我的循循善诱下，他们讲了一个关于你的有趣的故事。你们初中的几个男同学曾经有过一次聚餐对吧？那天聚餐后你们又一起去 KTV 唱歌，每个同学都找了作陪小姐，只有你拼命地推辞。后来一个男同学，还是找了一个小姐硬塞给你，结果没多久你便吐了小姐一身的酒。事后，你告诉你的同学，那小姐身上的味道太让人恶心了。我听了这个故事，当时就在想，那小姐身上到底是一种什么味道？我想了很长时间，不得其解，于是我也试着走进那样的场所，终于我体会到了那种味道——是香烟、酒精，混合着廉价化妆品的气味，对吗？"

"风尘味！"江枫动了动嘴唇，迟疑了一下，突然吐出三个字。

"对，很形象，是风尘味。"韩印微微仰头，深邃的双眸中闪过一丝亮光，显然江枫的思绪正随着他的牵引，已经有所起伏，令韩印觉得可以进入核心话题了，便稳了稳自己的情绪，继续说道，"但我并没觉得那味道有多么令人恶心，所以是你心理的问题，因为那是你记忆中母亲身上经常散发的味道。因为那种气味，让你仿佛被牵引回到那些个遭到母亲虐打的夜晚，紧张和恐惧感油然而生，并逐渐蔓延，令你惶惶不可抑制。实质上这就是一种强迫性的焦虑症，它来源于年少的你，面对暴敛、颓废的母亲时，由内心中的紧张、害怕、无助和愤恨，以及肉体上的疼痛，交织而成。令你痛苦的是，一旦它形成了，便如影随形般追随着你的人生轨迹，无法磨灭。而这种焦虑和惶恐，随着你母亲在你8岁时因酒精中毒身亡，随着你的初恋女友陷入裸贷旋涡，随着在你母亲死后抚养你，并与你相依为命的姥姥的去世，达到顶点。你觉得必须要做点什么，才能让自己感觉到安全。于是在你姥姥告别人世后不久，曾经发生过一起女出租车司机命案的焦金山上，便接连出现两具女尸，就是我刚刚提到过的陈美云和冯静姝。她们活着的时候，与你母亲在世时一样，年轻貌美，风流放荡……"

"别……别说了，求求你，别说了，别说了……"江枫突然打断韩印的话，语无伦次，喃喃说道。瞬即，两行热泪夺眶而出。

这也正是韩印所要的效果，既然目的达到了，便及时止住话题，默默地等着江枫平复心绪。

片刻之后，低头抹了一阵眼泪的江枫，抬起头，使劲眨着双眼，抑制住泪水，抽泣着，语调颤颤巍巍地说："关于那两个女孩的事，你想问什么，就问吧。"

"你怎么找上那两个女孩的？"

"第一个，是她主动在微信上加的我；第二个，是我有意识在微信附近的人功能中搜索到的。"

　　"你和她们约在哪里见面？"

　　"焦北路往北的路边，我先前在附近观察过多次，只有那里是监控盲点。"

　　……

◎尾声

案件侦办至此，可以说支援小组已经出色地完成了本次任务，只不过他们还不想离开文安市，尤其在韩印看来，他们只是完成了一半的任务。赵丽娜、张燕、刘晓、蔡小洁四人，她们的背景信息，失踪的过程，有明显的同质性，韩印认为：此时此刻，文安市仍然活跃着一名连环作案的犯罪人，甚至比江枫更凶残，更变态。

至今，赵丽娜等四人仍生不见人，死不见尸，或许四人此刻仍然存活于世，尤其以往的变态犯罪中，也确实出现过圈养性奴的案例，所以支援小组内部紧急磋商，统一了意见之后，便由叶曦上报支援部，请求留在文安市继续执行搜寻赵丽娜等四名失踪者的任务。

支援部主管吴国庆当然没意见，只不过规矩上还要看文安市局的态度，支援部是不能硬性干扰地方公安单位的工作的。好在听取了支援小组的汇报，文安市局领导深感事态严重，也非常重视，经研究决定：鉴于刑警支队一大队在先前的案子中与支援小组合作默契，故指令刑警支队以一大队为核心组建专案组，因首起案件发生在2015年8月13日，故命名为"8·13"专案组。专案组与支援小组一道组成一个大办案组，共同侦破涉及四名女性的连环失踪案。

如此一来，焦金山案的收尾工作便要交由其他大队来做，但案子还未开始交接，看守所方面传来坏消息，江枫于凌晨时分偷偷用牙齿咬破手腕动脉血管自杀身亡。

一波未平，一波又起，在接到江枫自杀的消息后没多久，艾小美突然把大家召集到会议室。随后，艾小美在大屏幕上接连放出三段视频影像，并解释视频是在恢复江枫笔记本电脑中的删除文件后发现的。

视频中所呈现的场景令人触目惊心，也终于让韩印解开了先前的疑惑：原来江枫初次作案时，表现出的成熟组织能力和系统性的妄想不是没来由的，因为他在现实中有一名"犯罪导师"。

第三卷

白夜人生

我们本该共同行走，去寻找光明，可你，把我留给了黑暗！

——曹禺《雷雨》

◎楔子

看不清是在什么地方。似乎就像是话剧舞台上的一幕场景，周遭一片漆黑，唯有舞台中央从黑暗上方看不见的地方投下一缕幽弱的光亮，那亮光包裹着一个身材纤瘦的女人。她弓着身子，一动不动，侧着脑袋趴在地上。

镜头拉近，能看到女人双眼微闭，嘴巴上粘着一块黑色胶带，双手背在身后，也被黑色胶带缠住，双脚同样如此。

随之，镜头中走入一双"黑皮鞋"，是男款的，鞋头雕着布洛克花纹。黑皮鞋慢悠悠踱步到女人身前。"黑皮鞋"蹲下身子，伸出戴着黑手套的一只手，轻轻抚摩着女人的脸庞，又极其耐心把散落在女人眼睑上的几根乱发整理到脑后。

注视须臾，"黑皮鞋"站起身子，走出镜头。

再次走入镜头，蹲到女孩身前，"黑皮鞋"脚边多了一个灰色帆布包。"黑皮鞋"拉开拉链，从帆布包里取出一个布袋放到脚边展开，插在布格子上的各种刀具便呈现在镜头中。"黑皮鞋"抬手抽出一把月牙形匕首，握在手中，在镜头前掂量几下。随即，"黑皮鞋"稍微转了下身子，用握着匕首的手的大拇指和食指，撕扯下女人嘴上的胶带。似乎感觉到了疼痛，女人动了动眼皮，但脸上立马招致"黑皮鞋"一记重拳，瞬即又一动不动了。

"黑皮鞋"另一只手上，不知何时多了一把镊子。"黑皮鞋"用镊子撬开女人的嘴，夹住她的舌头用力往外拉扯，嘴里跟着发出一种似乎是欢愉的呜咽，另一只手上的匕首正高高举起……

"黑皮鞋"收拾好一切后，用双手紧紧扼住女人的脖子……

镜头定格。文安市刑警支队小会议室中一阵大喘气，随即陷入死一般的沉寂，显然在座的所有人都被残忍的视频影像所震惊。

"咳，这是第三段了，视频中的女人应该就是刘晓，看来她被绑架到某个地方，遭到'割舌'，随后被掐死了。"艾小美使劲叹口气，打破沉默，"前一段视频中，死的应该是张燕，'双手'被整齐切割下来。再上一段，也就是播放的第一段视频中，死的应该是赵丽娜，'两个眼球'被剜出了。"

"器官均是被活体切割，这真是一个疯子。"顾菲菲紧着鼻子说。

"他不仅自己疯，还在有意识引导江枫和他一起疯，否则江枫初次作案不会表现得那么成熟。"韩印说。

"视频来自江枫的电脑，怎么知道里面的人不是他呢？"陈铎试着问。

"身高不同。"顾菲菲接下话，"通常人脚掌长度是身高的七分之一，视频中这个犯罪人穿的鞋，有二十七八厘米长，估计实际的脚长至少也有二十六厘米左右，相应的身高应该在一米八以上，可江枫咱们都见过，穿着鞋也就才一米七四五的样子。"

"重点还是犯罪标记方面的差异，意味着所映射的心理诉求必然是大相径庭的。"韩印解释道，"江枫是将对母亲的愤恨投射到受害者身上，实质上无论他选择在受害者死前做动作，还是死后虐待尸体，分别都不太大，只是以他时刻都在追寻安全感的人格特征，他当然愿意选择在受害者死后从容地去完成自己的诉求表达。然而视频中的犯罪人，面对三个受害者，均是先切割器官，然后再扼死她们，这显然是一种顺序严谨的杀人仪式。而通常这一类的连环杀手，大多属于使命型杀手。"

"带着某种使命杀人？就是那种私下里以暴制暴、惩恶扬善的所谓的城市猎人？"陈铎怔了怔，像在快速整理思路，片刻后说道，"我刚刚看这三段视频时，脑袋里一直在联想相应的三个受害者身上的信息，可以说她们身上都有人性的污点：赵丽娜偷窥他人隐私牟利，张燕不知廉耻靠裸照去换取贷款，刘晓凭着自己主观的想象诬陷同事性骚扰她。由此，咱们延伸解读一下，她们三个人的死会不会是因为——赵丽娜看了不该看的东西，张燕做了不该做的事情，刘晓说了不该说的话呢？也因此她们三个受到了相应的惩罚——赵丽娜眼球被挖出来，张燕遭到切割双手，刘晓则被割掉舌头。这不正是孔子所言的——非礼勿视，非礼勿动，非礼勿言吗？"

"我记得还有一句是'非礼勿听'吧？"杜英雄跟着说，"如果这是凶手的逻辑，那么他杀人的终极目标应该是四个人。"

"已经有了，蔡小洁。"陈铎又解释道，"虽然刚刚没看到她的视频，但咱们从她同事那儿了解到她有外国留学经历，也尤为崇洋媚外，会不会凶手觉得她是听信外国人的谗言，被洗了脑，才会如此？也就是所谓的听了不该听的——非礼勿听？"

◎第一章　寻找交集

虽然，陈铎以孔子的名言来解读杀人仪式的寓意，从逻辑上看似乎较为贴切，但韩印总觉得过于戏剧化了。

实质上如果全方位去审视现实社会中的每一个人，或多或少都能发现一些不为人知的一面，所谓违背道德礼制的不能看、不能听、不能言、不能动，又有多少人真的能够全部恪守？所以对于陈铎的观点，韩印嘴上未说，心里还是有所保留的。但其实这并不妨碍下一步的调查动作，眼下首先要搞清楚凶手是如何选中包括蔡小洁在内的四名失踪者的？若真是因为她们都具有人性的污点，那凶手又是如何知晓的？总之，这四个人之间，一定存在着某种交集。

综合前期调查的信息判断：案发当天凶手与受害者会面的地点，应该就在受害者单位附近。由于距离首起失踪案已过去近两年时间，相关监控录像早已被覆盖，加之凶手事先应该踩过点，将驾驶的车辆停至监控盲点位置，并且时间上又刻意选择在工作日下班高峰时段，可以说比较成功地干扰了警方通过监控方面的搜寻。

还有先前说过的单身的问题，现在看来是个值得深入展开的调查方向。当然，案发当时已经有男朋友的张燕是个例外，因为她和凶手之间有一个彼此都认识的人江枫。可以试着推理一下：张燕裸贷事件曝光后，作为男朋友的江枫一定既恼火又苦闷，甚至以他患有人格障碍的一面，可能心里还动过杀念。只是那时还于心不忍，或者可能还未够杀人的胆量，因此他会向所谓的志同道合的"犯罪导师"倾诉。而最终他的导师，也是本次连环杀人案的凶手，帮他完成心愿，杀死了张燕。

回过头说说围绕"单身"展开调查的进展。再次走访询问赵丽娜、刘晓、蔡小洁生前的社会交往，仍然未发现有关她们情感方面的线索，但在查阅蔡小洁的信用卡消费记录时，发现她曾于本年2月15日，通过网银，向"美好恋人科技有限公司"，转过一笔金额为5188元的款项。

"美好恋人"是一家国内知名的婚恋网站，网站VIP客户的年费金额正是5188元，也就是说，蔡小洁背着她的家人和朋友，在这家婚恋网站做了注册征婚。那刘晓和赵丽娜会不会也注册了类似的婚恋交友网站？因为很多诸如此类的网站，对女性会员都是免费的，由此在她们两人的消费记录中，查不到类似支出也是很可能的。按照这一思路，众人开始在各种婚恋交友网站上，搜寻刘晓和赵丽娜的注册信息，结果是均无所获。

由于先前已经复制了蔡小洁的手机号码，韩印让杜英雄通过手机验证方式重新设置了蔡小洁在"美好恋人"网的登录密码，并最终顺利地登录上她的账号。在其账号中，有她和多名男性会员的私信聊天记录，涉及文安本地的有3位男会员。其中有一名叫李震的，从会员资料上看，现年36岁，巧合的是他也在软件园内工作，是一家科技信息公司的公关部副总监。也许是有了这层关系，他与蔡小洁聊得格外投机，并互相加了微信，双方都表达了想要见面的意愿。

这是5月初的事，但杜英雄翻看蔡小洁的微信，在好友名单中并未看到李震，是被蔡小洁删除了？还是说李震就是绑架并杀害蔡小洁的凶手，作案之后登录蔡小洁的微信把自己删除了？

李震坐在自己办公室的大班椅上，脸颊不自然地抖动着，似乎极力想挤出一丝微笑，但又抑制不住有些紧张。

"那个……那个，小蔡真把我告了？"李震深吸一口气，先开口问道。

"你觉着她应不应该告？"尚不清楚李震是在故作姿态，还是他和蔡小洁之间真的有什么纠纷，韩印只能试探着反问道。

"那个事我做得确实不地道，但上床是你情我愿的，我可没做任何勉强她的动作，你们不能只听她一面之词。"李震急赤白脸地说，"她……她这是报复我。"

"行，按你说的，我们给你个机会，从头到尾明明白白把你和蔡小洁的事说清楚。"杜英雄冷着脸说。

"好，好。"李震忙不迭地点头，顿了顿，说道，"我爱人带着孩子在国外生活，我一个人在这边比较孤单，我看网上说很多婚恋交友网站不仅可以找对象，还可以找性伴侣，所以就在'美好恋人'网注了册，试着交了一年的会员费用。我在会员资料上谎称自己是单身，想试着寻找合适的女会员约会，进而发生性关系。至于小蔡，我和她在线上聊得特别投机，线下我们见过两次面后，就去酒店开了房。可不承想，她有一个同事认识我的秘书，闲聊天时，我的秘书便把我早已结婚的事说出去了。结果小蔡就和我断绝关系，把我从微信好友中删除了，还说要报警，告我强奸。"

"你最后一次见到蔡小洁是什么时候？"杜英雄问。

"上周五，下班后我开车从公司出来，看到她站在街边，好像在等什么人。"李震说，"后来我经过她不远，从倒车镜中看到她上了一辆丰田普拉多吉普车。"

"看到车牌号了吗？"韩印问。

"没注意，反正车是那种深绿色的。"李震说。

"司机的大致模样看到了吗？"韩印问。

"车窗玻璃膜颜色特别深，根本看不清车里的状况。"李震说，"你们问这些，是不是小蔡出事了？"

"随后你去哪儿了？"杜英雄没搭理李震的问话。

"因为是周末，我和几个朋友约了去吃烤肉。"李震大概已经觉察到警方找他问话，与他和蔡小洁的情感纠纷无关，便急着补充道，"有至少四个人可以给我做证，我们那晚喝了三家店，下半夜才回家。"

　　寻找受害者之间的交集很重要，同样，寻找本案凶手和江枫之间的交集也相当重要。只是有些可惜的是，江枫在看守所自杀身亡的消息已经发布出去了，否则完全可以在他身上做点文章，来引出他的"导师"。当然，支援小组表示理解文安市局的做法，他们也是想第一时间让公众了解到案件发展的真实状况，以免事后阴谋论甚嚣尘上。

　　艾小美恢复的那三段视频影像上，有很明显的"水印"标记，看得出它们实质上是江枫通过一款录屏软件翻录的。而诸如此类的软件基本都是收费软件，江枫使用的是破解版本，因此上面便带有破解方的"水印"。并且这三段视频影像最初的创建时间，均只与三个受害者的失踪日间隔一天，因此艾小美怀疑：很有可能是"导师"向江枫直播了他三次杀人的过程，被江枫用屏幕录像软件录了下来。

　　如此私密性的视频直播，恐怕只能借助 QQ 和微信了，意味着江枫与"导师"之间，很有可能就是通过此两款软件中的一款进行交流。先前在韩印的攻心游说下，江枫如实交代了他的犯罪过程，并且向警方提供了他的微博、微信、QQ、邮箱、网盘等软件的账户名和登录密码。艾小美当时便对其手机进行过全面"解剖"，结果除了在相册中发现陈美云和冯静姝的尸体照片外，并未发现更多有价值的线索。如今带着寻找江枫"导师"的调查方向，艾小美再次对其手机进行查验，重点是核实 QQ 和微信联络人的现实身份。

　　同时，艾小美还想查看一下江枫笔记本电脑中的网络浏览记录，结果发现他设置了自动清理功能。就是说关闭浏览器后，他在网络上的浏览痕迹和登录记录都会自动消除。艾小美尝试着对网页浏览记录进行恢复，遗憾的是，由于数据和缓存不断地覆盖，只能够做到部分恢复，时间久远的，艾小美也是无能为力。但就现有的部分记录来看，除去一些正常的门户网站，江枫会经常浏览一些网民个人建立的网络论坛。这其中除了一些黑科技论坛，剩余都是与变态连环杀手话题有关的论坛。而他浏览最多的两个论坛，一个叫"美国精神病"，另一个叫"杀手暗网"。

综上，艾小美怀疑，江枫之所以很注意消除自己的网络痕迹，除了与他人格中强迫性的谨慎有关，或许也是他那个所谓的"导师"给他下的指令。如此来推理，江枫和他的导师或许就是在那种变态论坛上认识的，并建立了臭味相投的师生关系，随后才开始利用微信进行联系。

另外，根据渣男李震提供的车辆线索，韩印和杜英雄再次调看蔡小洁失踪当日，她工作单位周边的监控录像。结果发现一辆车牌号为"东BL6649"的丰田普拉多吉普车甚是可疑，除了车身和车膜颜色符合李震的口供之外，更主要的是它是一辆"套牌车"。

◎ 第二章　疯狂挑衅

同样的一幕场景。仿似一个四周黑暗的舞台，一束昏黄的灯光，投射在倒在舞台中央的女主角身上，只不过这一次的女主角换成了"蔡小洁"。

视频影像中那双"黑色的布洛克雕花皮鞋"也再次出现，这一次黑皮鞋的主人在蔡小洁一息尚存之时，残忍地割下了她的鼻子。但与之前影像不同的是，蔡小洁不是被扼死的，是被乱刀刺死的。

支队会议室里，鸦雀无声。似乎被刚刚大屏幕上播放的那一段令人心惊肉跳的视频影像所感染，在座的每一个人脸上的表情都异常严峻，能够感受到一股愤怒而又绝望的气息，在会议室中无声地蔓延着。

不知过了多长时间，陈铎咳嗽两声，清了清疲惫的嗓子，打破沉默道："这段视频是早上收到的，不出意外应该是江枫那个'导师'寄给我们的。"

"太嚣张了，这是正式向咱们发出挑战了吧？"杜英雄一脸激愤说，"快递源头有线索吗？"

"已经第一时间派人去快递公司查了，也找到收件的快递员了。"陈铎说，"据他讲，昨天下午1点左右，他接了个要求上门取件的电话，对方给出的地址是福林小区3号楼601室。等他到了小区，把车停在楼下，往楼上没走多大会儿，便再次接到那个电话。对方在电话里问他在哪儿，他说已经走到四楼，马上就到。对方便说自己临时有急事已经从家里出来了，正要开车走，说他把要寄的东西放到快递员的车头上了，麻烦快递员帮着填下单子，钱也放在车头上，多出来的当作给快递员的酬谢。就这么着，快递员下楼后，看到自己车头上有一个大纸袋。打开袋子，快递员看到里面有张纸条，还有 100 块钱，外加一个四方盒子，里面装的就是邮寄给咱们的 U 盘。"

"咳，那给快递员的地址肯定跟真的寄件人没什么关系吧？"艾小美叹口气说。

"确实，找 601 的住户核实过，他们家没人给快递员打过电话。"陈铎一脸无奈地说，"盒子和 U 盘都交给鉴定科了，凶手太狡猾，说实话我不看好能在那上面找到什么线索。"

"对了，按照陈大队先前提出的有关'孔子非礼四不能'的逻辑，凶手的杀人仪式中还差个'非礼勿听'，那么蔡小洁受到的惩罚应该是割掉耳朵，而不是鼻子吧？"顾菲菲望向陈铎说。

"现在看，显然是我错了，我太想当然了。"陈铎不好意思地笑笑说。

"不过相比较先前三段视频中的淡定，这一次凶手好像焦躁了不少，似乎不那么享受了，是他突然间感到厌倦杀人这回事了吗？"叶曦望向韩印说。

"还不好说，但凶手好像确实被什么东西触动到了，心性骤然大变，只是不知道这个触发点是否与蔡小洁有关？或许咱们对蔡小洁了解得还是不够深入。"韩印抬手推了下鼻梁上的镜框，"另外，单就凶手把视频寄给咱们这一动作来说也很反常，江枫已经死了，并没有供出他这个所谓的'犯罪导师'，咱们也未对外公布有关在江枫电脑上发现那三段视频影像的消息，他不应该这么急着跳出来，感觉上也是受到了某种刺激。"

"会不会是他'徒弟'江枫的自杀，让他很愤怒，所以迁怒于咱们？"陈铎问。

"不是愤怒，或许是感同身受的掌控感所驱使的，因为江枫的自杀本身也是一种'掌控'自我命运的体验。"杜英雄道。

"不对，如果是这样，他会把所有受害者遭到虐杀的视频影像都发给咱们，不会单单只发来蔡小洁的，或许仍旧与蔡小洁有关系。"韩印缓缓摇头，顿了顿，又说，"不过有一点小杜说得非常对，凶手确实很兴奋。"

"那尸体他会怎么处理？"陈铎问，"他为什么不抛尸呢？"

"他应该有很严重的恋物癖。"韩印回应道。

会议室里的讨论结束没多久，蔡小洁的父母便被侦查员接到队里来。听闻女儿的噩耗，两位老人免不了撕心裂肺、痛哭流涕一番。虽然作为警察，这样的场面早已司空见惯，但白发人送黑发人的场面，总是令人格外唏嘘，虽然心情急迫，但也只能耐着性子等待两位老人平复情绪。

差不多过了四十多分钟，两位老人才逐渐止住抽泣声，陈铎吩咐手下赶紧给老人拿矿泉水润润嗓子，眼看着他们一股脑喝下半瓶水，才开腔问道："关于蔡小洁，您二位还有没有什么想说的？"

"没啥了，该说的先前都说过了。"蔡爸爸说。

"小洁从小到大一直都挺乖的，我们也想不出她会得罪什么人，惹下这么大的仇来。"蔡妈妈跟着说。

"这样吧，您二位换下思路，不要往大了想，别总往能引起深仇大恨方向考虑。"叶曦温和地启发道，"您二位仔细回忆回忆，蔡小洁有没有无意间针对什么人说过不太好的话，或者有没有跟什么人有些小摩擦、小纠纷？又或者生活中曾发生过什么对她不利的事，都可以跟我们说说。"

"会跟郝小宁有关？"蔡爸爸转了转眼球，侧了下身子，望着身边的老伴说。

"不会吧，小洁说是小郝非要跟她分手的，他怎么会反过来对小洁使坏呢？"蔡妈妈使劲摇着头说。

"郝……郝什么宁是谁？他和蔡小洁之间发生过什么？"陈铎插话说。

"是这样的。"蔡妈妈顿了顿，稍微想了下说，"大概是两年前的事了，那会儿小洁刚从日本回来，她姨给她介绍了个男朋友叫郝小宁，比小洁大4岁，家里是开连锁饭店的，他本人也是一家银行的中层干部，条件特别优秀。两个人一开始处得挺好的，我们家长也都比较满意，可谁知处了俩月后，小郝突然提出分手，死活也不和小洁处了。”

"男方为什么会这样？"叶曦问。

"我也问小洁为什么，她说主要是性格不合，还说小郝家虽然有钱，但他人挺土的，特别小气，分就分了。"蔡妈妈说。

"分手之后就没再联系吗？"叶曦继续问。

"应该是，没听孩子提过。"蔡爸爸说。

"怎么能找到郝小宁？"陈铎问。

"他在文安商业银行西区分行做行长助理。"蔡爸爸说。

开车驶出支队大院，陈铎、杜英雄和叶曦便直奔文安商业银行西区分行。到了那儿一打听，才知道郝小宁已经调到西区分行江滨支行做行长了。

三人马不停蹄又奔支行而去，这一次终于顺利地见到了郝小宁。这郝小宁长得人高马大，但脸很白净，一张口说话细声细气的，举手投足显出几分沉稳，与他粗犷的外形比较起来，有很大的反差。

"我们想知道你当年为什么和蔡小洁分手？"陈铎开门见山问道。

"她出事了是吧？"郝小宁反问道。

"你怎么知道的？"杜英雄追问道。

"我听一个朋友说的，她和蔡小洁曾经一起在日本留学过，蔡小洁突然失踪了，她妈妈给我那朋友打电话问看没看见过蔡小洁。"郝小宁说。

"还是说说你和蔡小洁的事吧。"叶曦说。

"我和她处的时间不长，主要是觉得她有些爱慕虚荣，并且还听说她在日本做过整容。"郝小宁解释说，"一开始不知道也就罢了，知道后再看她那张脸怎么看都觉得很假，我是实在接受不了整容脸，就和她分手了。"

"你怎么知道她整容了？"叶曦又问。

"也是听我那朋友说的。"郝小宁进一步解释说，"我跟蔡小洁处朋友那会儿，曾经把我俩的合照发到微信朋友圈里，结果被我那朋友看到了，认出蔡小洁来。然后跟我说蔡小洁在日本留学时，特别爱跟有钱的公子哥儿玩在一起，人很虚荣，还开过眼角，鼻子和下巴也都整过。"

"能找到你那朋友吗？"陈铎问。

"你们不用怀疑她，她是个女的，干不出啥坏事来。"郝小宁说。

"那据你所知，蔡小洁有没有得罪过什么人？"陈铎问。

"不清楚，反正我和她处朋友的那个阶段没听她提起过。"郝小宁说。

回到队里，叶曦把询问郝小宁的情况一说，韩印立马来了灵感。

"鼻子如果整过形里面能看出来吗？"韩印语气稍显急切地问。

"你是说把鼻子切开来，能不能看到里面做过整形？"顾菲菲冲韩印点点头，"当然能啊，垫高鼻子，里面需要个硅胶假体。"

"这就是问题的所在，凶手一定是割下蔡小洁的鼻子后看到了假体，结果瞬间发飙了。"韩印道。

"如果是这样，再结合前面三起案子看，凶手真正在意的是受害者的器官。"叶曦接下话说，"他切割受害者的器官没有特别的寓意，就是想获取那些器官而已，而且必须是年轻的，综合素质高的。"

"小美，"韩印冲小美手边的电脑指了指，"张燕的暂且不用，先把赵丽娜、刘晓、蔡小洁的照片调出来，试着截取赵丽娜的双眼部分、刘晓的嘴巴部分、蔡小洁的鼻子部分组成一张面孔，看看能是什么样子。"

"好嘞。"艾小美得令，随即噼里啪啦敲起键盘来，很快便按照韩印的要求，模拟组合出一张人的面孔，投到会议室墙上的大屏幕上。

"呀，还别说，这张脸还真好像在哪儿见过！"杜英雄第一个指着大屏幕惊叹道。

"我怎么也有点印象。"叶曦晃着脑袋思索道。

"是那个女的吧？"顾菲菲使劲"噢"了一下，紧跟着指着大屏幕说，"这张脸是不是有点像先前协助我们追捕何明辉的那对恋人中的那个女的，好像是什么电视台主持人来着。"

"对，很像马可莹。"陈铎拍了下大腿，"先前她跟我反映过，说一直被一个变态粉丝纠缠，已经苦不堪言，会不会就是她那粉丝干的？"

"难不成那粉丝得不到马可莹，想利用与马可莹相像的器官组成一个高仿马可莹？"艾小美使劲咧咧嘴，"那确实够变态的。"

"千万别是这样，他现在只获取到一双眼睛、鼻子、舌头（嘴）、双手，差的器官还多着呢，这得再祸害多少人呢？"杜英雄紧着鼻子说。

"不急着下结论，咱们还是先会会马可莹吧？"叶曦望向陈铎说。

"应该没问题，我这就去派人把她请过来。"陈铎说。

"对了，能不能把这个马可莹的背景资料整理一份给我们看看？"韩印说，"包括与她有关的传言和八卦也可以搜集一些，总之，越详尽越好。"

"好的。"陈铎说。

◎第三章　如影随形

马可莹被请进支队会议室时，感觉上是一脸发蒙的样子，双手紧紧挽着男友邵宏的胳膊，看起来还有点小紧张，或许是因为会议室里不仅坐着陈铎，还有支援小组一众人等，让她有种被虎视眈眈审视的错觉。

陈铎赶忙起身请两人落座，又殷勤地介绍支援小组的每一个人跟他们认识，随后自己才坐回到座位上。

陈铎清了清嗓子，稍微整理了下思路，说道："我必须承认，先前你们二位提到被粉丝纠缠的事，我因为手头上的工作比较多不太愿意接茬。今天把二位请来，一方面，是想当面向二位道歉；另一方面，我们有案子需要马女士协助调查。"

"您说。"马可莹迟疑了一下，"只是不知道我能帮上你们什么？"

"其实我们主要是想听你介绍一下，关于你被粉丝纠缠的整个经过。"先前陈铎和支援小组内部讨论过，决定暂时不向马可莹透露蔡小洁等人被绑架杀害的案子。

"这个……还得从2013年说起。"马可莹拖着长音缓缓说道，接着低头斟酌了一下，然后再抬头说，"那会儿我还在主持晚间新闻，同时还在做一个周播的人物访谈节目，尤其访谈节目收视率很高，仅次于文安新闻，所以那段时间算是我人气鼎盛时期，邀请我出席的商业活动应接不暇，粉丝也特别多，还有几个自发的粉丝团体。

　　"大概是 2013 年 5 月中旬，我参加完一次商业活动正要回到车里，看到一个十六七岁模样的戴着眼镜的小男孩，手里捧着一大束鲜花等在车边。我当时也没多想，很自然地接过鲜花，然后对小男孩说了声谢谢便上了车。只是没想到，自此但凡我有公开的商业活动，那个小男孩都会等在车边给我送花。我那时只是想当然地以为他是我的某个粉丝会的成员，是接到粉丝会的内部通告，所以才会经常性地出现在我出席商业活动的地点，私下里我的助理还给他取了个代号叫'眼镜粉'。但后来发生的一系列事情终于让我明白了，原来他早已对我进行了定位。

　　"当然，一切都随着我的婚内出轨被曝光戛然而止，那个'眼镜粉'也从我的视野中暂时消失了，直到我复出主持节目后，他竟又在我身边活跃起来。而这一次，他不再出现在我眼前，而是通过各种渠道对我进行信息轰炸。我不知道他怎么弄到我的手机号码、QQ 号码、微信号码，以及相对应的账号密码，甚至在我本人没有操作的情形下，他便成为我 QQ 和微信的好友，即便我把他拉黑了，他依然还能自己解封。还有我在电话中跟朋友聊天，跟领导交流工作，甚至在手机里的所有动作，他似乎都一清二楚。几乎每天如此，真的是让我苦恼极了。换过手机号码，换过 QQ 和微信号，甚至换过多部手机，依然无法摆脱他，一直到今天。"

　　"他对你有什么现实中的诉求吗？"韩印问，"比如，邀请你吃饭，要求和你约会什么的？"

　　"有过很多次，都被我拒绝了。"马可莹深吸一口气，"但大多数时候，他都是在自说自话。可能有时候心情不太好，他就会给我发一些恶毒下流的微信辱骂我。要不就会描述一些他幻想和我亲热的场景，把裸露下体的照片发给我。还时常点评我的穿着，说我哪天穿了什么衣服、什么裙子、什么鞋，他觉得好看不好看，怎么搭配更性感。可怕的是，他描述的恰恰就是我当天在穿的衣服。以至于我觉得自己在他眼前是透明的，不论做什么都能感觉到他那双眼睛在背后盯着我，搞得我经常都得把手机关了。对了，我刚刚来之前就特意关了手机，我担心他能定位到我来公安局，以为我是来报案的，然后又变本加厉骚扰我。"

"你经常和陌生人在 QQ 和微信上交流吗？"艾小美插话问，显然她在考虑技术上的问题。

"原先是，那些外接的商业活动，基本都是用 QQ 或者微信与对方进行沟通。不过近半年多以来，商业活动都是我男朋友在帮忙打理，用不着我亲自沟通了。"马可莹说着话，冲坐在身边的邵宏微笑一下，从眼神中能看得出来，她对这个比她年龄小很多的男友非常依赖。

"那个骚扰你的粉丝给你的留言都删了吗？"艾小美又问。

"最开始的删了，后来的也懒得删了，再一个也想保存证据，以备日后你们警方处理时调用。"马可莹说。

"这样吧马女士，情况我们都了解了，我们需要讨论下，看接下来怎么帮你把这件事处理好。"叶曦瞥了眼艾小美，又和韩印对了对眼，斟酌着用词说，"如果不耽误你接工作，要是你能信任我们的话，就请把你的手机留下来让我们检测一下，我的同事应该可以帮你找出手机信息泄露的原因。"

"没问题。"马可莹痛快地说。

"有什么需要尽管开口，我们绝对会全力配合你们警方的调查。"邵宏沉吟一下，又继续说道，"说实话，上一次我们跟陈队交流这档子事时，看得出陈队挺为难的，所以我们没好意思继续麻烦陈队。我冒昧问一句，为什么你们现在会主动关注我们可莹的事？"

"这个我们有纪律，暂时不能向二位透露，还请多担待。"陈铎拱拱手说。

一众人站在会议室的玻璃窗前，默默地看着邵宏驾驶着黑色奔驰轿车缓缓驶出支队大院，须臾，又都回到座位上坐下。

"怎么样韩老师，对这个'跟踪者'有什么想法？"陈铎先开腔说道。

"总的感觉比较特别，他持续跟踪骚扰马可莹这么长时间，一定很清楚马可莹的家庭住址、她上班的路线、她几点上班、几点回家，等等但他在遭到马可莹拒绝见面的情形下，却始终未有过在现实中强行接触马可莹的行径，这很不符合他们这种'跟踪者'人格的发展轨迹。"韩印一边思索，一边说道，"如果强行推理的话，或许有两种可能性：要么'跟踪者'出了什么意外，导致他出行不便；要么'跟踪者'具有强烈的自卑感，对于梦中情人马可莹，内心深处总是在欲望和自卑中挣扎，所以迟迟未有行动。不过真要是后一种情形的话，一旦他决定将妄想变成现实，就一定会让马可莹付出惨痛的代价，甚至生命。"

"咱们怎么对付他？"叶曦问。

"双管齐下怎么样？"顾菲菲说，"一方面，让小美试着通过手机反向追踪；另一方面，咱们让马可莹答应和他见面，看能不能把他引出来。"

顾菲菲话音落下，众人都沉默了一下，随即又都点点头，表示同意。

马可莹，现年36岁，2007年取得播音专业硕士学位，并在文安电视台举办的主持人大赛中脱颖而出夺得冠军，随后正式加入文安电视台。

当时那届大赛的专家评委团中，便有文安新闻的女主播，文安电视台的头牌女主持人樊敏。樊敏现年53岁，同样出身于文安电视台主持人大赛（首届），在文安广电系统和电视观众中都有很高的声誉和人气，在电视台内部也有相当高的话语权。或许是因为同样的经历，再加上马可莹言谈举止特别礼貌周到，尤其从外形到气质都与她有几分相像——其实在比赛期间已经有人称马可莹为小樊敏，因此樊敏对马可莹可以说是青睐有加，格外关注和照顾。

有了樊敏在业务上的指导和工作中的提拔，马可莹很快从年轻一辈的主持人中崭露头角，逐步地从播报早间新闻，提升到晚间新闻女主播，乃至独自挑大梁参与嘉宾访谈节目。而这期间，意外和厄运也接踵而来。先是2012年3月樊敏因车祸（蓄意）成为植物人，令马可莹在电视台失去了贵人的支撑；随后便是2014年6月因婚内出轨被曝光，导致婚姻解体，并遭到电视台全面封杀。

马可莹前夫叫赵德伟，比她大 3 岁，是一家上市证券公司驻文安分公司的总经理，两人没有孩子，离婚后赵德伟至今单身。据熟悉赵德伟和马可莹的知情人士向警方透露：赵德伟家境殷实，当年对马可莹是一见钟情，但因其貌不扬，苦苦追求马可莹的过程也是颇多波折。甚至为了讨得马可莹欢心，竟然在二人刚刚确立恋爱关系之时，便以马可莹的名字买下房产和名贵轿车，以至于离婚时作为被出轨方的他，却必须要离开自己花钱置办的家。

另外，据广电系统内部人士向警方透露：马可莹之所以能够时隔一年后重返荧屏，很大程度上是靠着她离婚后又再结交的男朋友邵宏的关系。邵宏系樊敏的独子，年纪轻轻便开办了一家规模在文安数一数二的传媒公司，当然，这也是依靠他母亲在电视台深耕多年的人脉关系。

看过陈铎差人送来的马可莹的资料，韩印身子靠在宾馆大床的床头上沉思良久。末了，摘下把玩在手中的水性笔笔帽，在樊敏和赵德伟两个名字上画了个圈。

正所谓爱之深，恨之切，相关的事例证明：当恋爱双方中的一方当事人在求爱阶段付出得越多，那么当双方分手时另一方当事人所付出的代价就会越大。赵德伟当年追马可莹时，可谓费了九牛二虎之力，好容易追到手，又被戴了绿帽子，然而最终作为受害方的他，却被净身出户。赵德伟能咽下这口气吗？在他和马可莹婚姻存续期间，他一定听过"眼镜粉"的故事，所以会不会是他离婚后假借"眼镜粉"的名号，雇用 IT 高手，对马可莹进行了报复呢？

实质上，一些专业机构的研究表明：跟踪者跟踪骚扰他们心仪目标对象的过程，与正常男女之间求爱的过程是一样的。他们首先会通过甜言蜜语或者送礼物的方式去博得目标对象的好感，接着便是三番五次找寻机会表达爱意，只有当跟踪者认为他们前面的所作所为都是在做无用功时，才会转而用愤怒谩骂的方式去引起目标对象对他们的高度关注。而从马可莹先前的描述来看，跟踪骚扰她的人似乎并没有什么耐性，几乎一上来便是恶毒的谩骂和言语上的猥亵,这让韩印觉得跟踪者其实并不是真想与马可莹发展恋情,他只是想通过这种方式折磨马可莹,所以在跟踪骚扰马可莹这个事件上,她那个憋屈的前夫赵德伟真的有很大嫌疑。可是如果这种推理最终被证实,那也就意味着蔡小洁等人遭到绑架杀害的案件与马可莹无关。

那么会与樊敏有关吗?韩印之所以这么想,是因为刚刚在看马可莹资料时,他注意到里面提到马可莹与樊敏外形有几分相像,她甚至有小樊敏之称,而且樊敏的车祸事件,也存在诸多隐情。那么有没有可能蔡小洁等几个受害者的眼、口、鼻组成的那张面孔,是指向樊敏的呢?

◎ 第四章　网络狂人

艾小美一门心思捣鼓马可莹的手机，杜英雄便接下在变态网络论坛中和微信以及 QQ 上寻找江枫的"犯罪导师"的任务。

由于先前韩印提过江枫对《美国精神病人》这部电影极为推崇，于是杜英雄便把筛查的重点放到那个以"美国精神病"命名的变态论坛上。结果发现了一个与江枫微博名字一样的账号——理智面具。到这步，就又是艾小美的活了，通过梳理论坛浏览缓存，很快锁定了"理智面具"的 IP 地址，随后调阅相应的入网档案，上面显示的登记人正是江枫。这并不出人意料，关键是要找出他在论坛中经常跟什么人交流。可是杜英雄细细把论坛翻了个遍，并未发现相关线索，江枫大多时候都是只看不发言，只有下载一些变态视频和照片资源需要回复时，才能看到他简短的评论。总之，在该论坛上并未发现江枫与什么人有密切互动。

至于微信和 QQ 相比，显然前者私密性更好，而且通过一番技术侦查，杜英雄发现江枫和时下大多数人一样，基本上已经不怎么使用 QQ，便将微信联络人作为重点筛查方向。江枫的微信上，从 A 到 Z，英文字母打头的联络人仅有 90 人，这其中大多数是他学员的家长，这也与他不善表达的个性有关，朋友比较少。那么剔除女性联络人，则还剩 32 人；剔除身在外地的联络人，还剩 19 人；经过相关的询问，再剔除身高不足 1.8 米的，最终只剩下 3 名联络人值得更深入地追查。

接近中午, 艾小美对手机的检测终于有了结果。简单点说就是手机中了木马病毒。艾小美怀疑"跟踪者"最初是假冒商家通过 QQ 与马可莹联络演出事宜, 在聊天中把木马植入马可莹的手机中, 从而对其手机收发短信和拨打电话进行监听, 并窃取其社交软件的账号和密码, 同时获得精准的定位信息。

艾小美进一步测试发现, 该木马病毒已经侵蚀到多款马可莹日常应用的软件中, 这就导致她在不更换手机的情形下, 即使更换手机号码、QQ 和微信号码, 依然是枉费心机。因为只要她打开那些中了病毒的软件, 新的信息便会被重新搜集, 发送到始作俑者那里。

不仅如此, 木马病毒还感染了手机中的照片相册和 SD 卡, 这也是为什么即使马可莹更换了手机, 依然无法摆脱"跟踪者"的定位和骚扰。因为她会把原手机中储存的照片以及 SD 卡放进新的手机中, 只要打开旧照片和 SD 卡储存的信息, 木马病毒便再次开始运行, 并迅速蔓延到整个手机。

艾小美很确定这一次遇到了高手, 不仅仅其使用的木马病毒侵蚀性强和广, 并且从一开始他所有的操作, 都是通过"共用VPN"跳转"2 层"后执行的, 以达到隐藏真实 IP 地址的目的。

对这种操作手法的反向追踪, 成功率相对较低, 过程也极其烦琐。具体步骤: 艾小美得先获取到追踪者给马可莹发送信息时, 所显示的服务器 IP 地址; 由此追查到 VPN2 的 IP 地址; 再通过这个 IP 地址侵入 VPN2 的服务器; 通过读取服务器链接日志, 追查到 VPN1 的服务器; 再通过读取服务器链接日志, 追查出"跟踪者"真实的 IP 地址; 然后查出网络运营商, 最终调出"跟踪者"入网登记信息。

同时, 艾小美也着手反向读取木马病毒的数据, 通常在那些数据中会隐藏病毒制造者的个性签名。

　　韩印和顾菲菲按照事先的约定，与马可莹的前夫赵德伟在他的单位见了面。问话中，赵德伟表现得滴水不漏，也毫不掩饰对马可莹的怨恨，对于韩印试探性的有关骚扰和报复马可莹的问题，均矢口否认。通过电信部门和银行部门调看赵德伟的手机通话记录和财务支出记录，也均未发现疑点，所以对于赵德伟的怀疑只能暂且放下。韩印决定把注意力放到樊敏身上，便和顾菲菲驾车返回支队，准备到档案室将樊敏车祸事件的卷宗档案找出来研究一番。

　　除了网络追踪，叶曦和陈铎也着手启动诱捕计划。为谨慎起见，他们把手机留给艾小美，取出手机SIM卡放置到另一部手机中，并且直到马可莹单位附近才把手机开机。

　　碰巧的是，手机刚开机，便收到"跟踪者"的一拨骚扰短信。故意拖了一阵时间，叶曦开始代表马可莹与"跟踪者"通过短信试着建立沟通。一番你来我往，"跟踪者"逐渐上钩，叶曦便适时提出：自己可以付给"跟踪者"一笔钱，或者两人见一次面当面把话说清楚，以求"跟踪者"放过她，不再进行骚扰。对方似乎故作姿态地考虑了一会儿，最终表示选择与马可莹见上一面。随后双方商定两小时后，在电视台大厦旁边的咖啡馆见面。叶曦则进一步强调，马可莹会在咖啡馆靠窗的4号桌等候"跟踪者"。

　　午后2点15分，在警方的安排下，精心打扮过的马可莹，如约坐在咖啡馆4号桌前。大约5分钟后，一个戴着眼镜、剃着板寸头发的年轻人，左顾右盼地走进咖啡馆。年轻人一身的名牌，手里攥着手机和一把宝马车钥匙，浑身上下圆鼓鼓的，双眼微红，脸色蜡黄，一看就是那种沉迷酒色、睡眠颠倒、营养过剩的纨绔子弟。

　　"板寸男"进来后，直接向窗边望去，马可莹装作没看见，低头搅拌着咖啡杯里的咖啡。"板寸男"摇头晃脑地一边打量着马可莹，一边冲她的座位走过来。

　　"这是4号桌吧？""板寸男"摇摇手中的手机，讪讪地问道，"你是莹莹吗？"

"你是……"马可莹沉着脸，迟疑地问。

"咱们在微信上约好的，下午 2 点半，在这咖啡馆的 4 号桌见面啊！""板寸男"一屁股坐到马可莹对面的座位上，随即一脸兴奋地说，"呀，你不是电视台那主持人马可莹吗？原来刚刚在微信上和我聊天的女孩就是你啊！太好了，我就喜欢你这样的熟女。"

马可莹还未回应，坐在她背后卡座里的叶曦和陈铎已经来到桌前，叶曦直接冲向马可莹问："他是原先给你送花的那个男孩吗？"

马可莹使劲打量对面的"板寸男"几眼，坚决地摇了摇头："肯定不是，一点也不像！"

"2 号，3 号，注意，注意，里面的人不是，目标人物可能潜伏在周边，注意观察寻找可疑人员！2 号，3 号，注意，注意……"马可莹话音落下，叶曦和陈铎瞬间明白他们俩被涮了，陈铎赶紧从手包里掏出对讲机，向事先布置在周边负责警戒的两组人手进行喊话。

"不，你们谁啊，搞仙人跳的是不是？""板寸男"不乐意了，噌地蹿起身，瞪着眼睛说，"出去打听打听哥们儿是谁？敢敲诈我？"

"老实点，跟我们去趟刑警队，协助调查个案子。"叶曦亮出警官证，随即缓和口气，冲马可莹说，"为安全起见，你也跟我们到队里去吧？"

"好，我听您的。"马可莹欠欠身，从座位上站起来说。

"那个，二位警官，我这点事不至于进局子吧？""板寸男"一脸谄笑，"不……不就……不就在微信上约个妹子聊聊天吗？"

返回支队的路上，叶曦和陈铎基本把事情的来龙去脉搞清楚了。很明显马可莹和警方，还有"板寸男"，都被那个"跟踪者"调戏了。"跟踪者"与装作马可莹的叶曦，通过短信约好见面时间和地点后，随后立刻以"漂亮女孩头像"通过微信附近人功能，主动加了"板寸男"为好友。一番撩拨之后，便邀约见面。"板寸男"自然求之不得，却不知被用作傀儡，送到警方的包围圈中。

这里面得探讨两个问题：一、"跟踪者"有可能识破警方的诱捕计策，那必然加大日后对其抓捕的难度；二、"跟踪者"压根就不想与马可莹见面，只是想要要她而已。问题是，他费尽周折，持续不懈，在网络上追踪骚扰马可莹，难道只是为了要要她？难道真的如韩印分析的那样，他只是想通过这种骚扰方式让马可莹倍感折磨？可是除了马可莹的前夫赵德伟，还有谁会这么恨马可莹呢？

叶曦心中有种感觉：案子发展到现在，线索是越捋越乱，似乎已经偏离了对连环绑架杀人案的调查。

一无所获又带着一肚子窝囊气的叶曦和陈铎回到支队，却迎来了案件获得突破性进展的好消息。

艾小美通过反向读取木马病毒数据，从中发现了一个隐藏很深的个性签名——"Loyal fans"。翻译过来就是"忠实粉丝"的意思，这不免让艾小美想起那个曾经等在马可莹车前的送花男孩。随后不久，反向追踪 IP 地址也有了明确的结果。调阅网络运营商的入网档案显示："跟踪者"真实的 IP 地址，登记在南城区福临花园住宅小区 26 号楼 1 单元 302 室，登记人叫周昊。

随即，全员紧急出动，抓捕周昊。马可莹也要求参加抓捕，陈铎踌躇了一会儿，最终还是同意了。

福临花园小区，犯罪嫌疑人周昊住处。

扮作小区物业工作人员的杜英雄，试着敲响周昊的家门。连着敲了五六下，终于等到屋里面传来回应。比想象中要顺利，周昊应着声，毫无警惕地打开了房门。

"你叫周昊？"

"是我，什么事？"

"警察，不许动！"

随着杜英雄亮明身份，举起枪指向周昊，隐身在门边的陈铎等人迅速冲进周昊家中，干净利落地几下便将其控制住。

周昊双手被铐在背后蹲在客厅中央的地板上，马可莹微蹙着双眉，眼神怯怯地打量着他，须臾点着头说："脸形很像，眉眼之间也很像，个头长高了，近视镜没戴，不过应该就是当年那个给我送花的小男孩。"

"不是他。"客厅左边的一间房里，传出韩印低沉的声音，随即众人便看到韩印手里拿着一个相框，从房间里走出来。

韩印走到马可莹身边，将相框递向她。马可莹接过来，便看到相框中有一张两个男孩的合影。两个男孩长得有几分相像，个子一高一矮，高个子很像眼前的年轻人，矮个子戴着一副近视眼镜，正是当年那个送花男孩。她好像有些明白了，把相框举到周昊眼前："你是哥哥，当年给我送花的是你弟弟？"

周昊"哼"了下鼻子，撇撇嘴，一脸蔑视的表情："臭婊子，难为你还记得有我弟弟这个人，知道吗，他就是被你害死的！"

"我……我跟你弟弟没有任何关系，我完全不知道他发生了什么？"马可莹一脸发蒙地说。

"呸，放屁，我弟弟真是瞎了眼睛，怎么会迷恋上你这种烂货……"周昊吐了一口唾沫说。

"老实点，把嘴巴放干净点！"陈铎见马可莹一脸尴尬，便冲着周昊呵斥道。

"有本事乱搞，就别怕人说，我说错你了吗？"周昊双眼恨恨地瞪向马可莹说。

此时，艾小美从另一间房里露出半个脑袋，冲叶曦和顾菲菲招了招手，两人便冲她走过去，随即便看到一屋子的电脑。想必这间房就是周昊通过网络追踪骚扰马可莹的操作间。

审讯室里，周昊戴着手铐，坐在审讯椅上，双眼噙着泪水。

"五年前我父母外出公干遇到意外不幸去世，剩下我和弟弟相依为命。那年他16岁，还是个高中生，我比他大6岁，在理工大学软件学院读大三。我父母去世很长时间，我弟弟都走不出失去他们的阴影，一直郁郁寡欢，时常会躲在房间里偷偷地哭。

"爸妈不在了，我得勤工俭学养活这个家。我白天上学，晚上帮人家编程，每天都累得像死狗一样，所以很多时候，明明知道自己弟弟心理有问题，但也无暇顾及。后来不知怎的，他就迷上了电视台的女主持人马可莹，或许是马可莹那种成熟优雅的气质很像妈妈吧。他每天准时守在电视机前等着她的出现，搜集她的新闻剪报，在网上下载她的明星照，积极参与她的各种粉丝团体，还不时跑到马可莹做商业活动的现场给她打气。

"说实话，那段时间他变得开朗了许多，我看在眼里也挺高兴，同时心里隐隐也有些担忧，怕他过于沉迷，影响学业。可我又不太敢打消他的积极性，怕他又陷回到失去爸妈的悲痛之中，最后只能两害相权取其轻，默认了他追星的行径，甚至还给予经济方面的支持。但其实我错了，我低估了那种过度陷入沉迷的杀伤力，以至于当马可莹婚内出轨的丑闻曝光后，我弟弟一时接受不了，留下对她充满怨念的遗书，选择了轻生。

"我恨马可莹，是她令我失去了在这个世界上的最后一个亲人，可那时她的人生也跌入谷底，已经不值得我再去踏上一脚。但令我不能接受的是，沉寂一段时间之后，她又人模狗样地出现在电视机荧屏上。就好像先前的丑闻没有发生过一样，就好像她对别人的伤害只是别人自作自受似的，她甚至又装作一副'白莲花'的模样，开始了新的恋情。可是我弟弟的人生却永远地终结了。这公平吗？

"我实在咽不下这口气，便从马可莹的微博上找到她的QQ号码，以邀请她参与商业活动为说辞，通过QQ与她进行接洽和商谈，借机把木马病毒散播到她手机中，由此便开始了对她的纠缠和骚扰。不为别的，就是想让她每时每刻都遭受折磨。"

周昊的自说自话，自然有他偏激的一面，但不得不说现如今一些明星经纪公司，大搞粉丝经济，把一些思想尚未成熟的少男少女一步步锻造成了偏执狂。

所谓的粉丝经济，其核心便是提升明星和粉丝之间的黏性。实质上就是明星背后的团队，假借明星名义与粉丝互动，整合分散的粉丝个体，施以小恩小惠的互动，以及特定的导向和洗脑，培养出固定的粉丝群体。这部分群体被明星经纪公司玩弄于股掌之中，至少让明星的所到之处不需要再雇用假粉丝撑场面，并且通过他们的追捧和渲染，为明星堆砌起一个又一个人设。而当这些人设因意外情况突然间坍塌之时，那些粉丝便又会被推上舆论争斗的最前线，遭受谩骂和嘲讽，以及网络暴力的洗礼。而如此往复的经历，让那些涉世未深的孩子，学会了用谎言去掩饰谎言，学会了用伤害他人的方式转移视线，学会了用金钱引导舆论方向。而心灵脆弱和承受能力差的，不免就会陷入迷茫，以至于怀疑人生。

一场审讯，让韩印心里生出许多感慨。旁边的叶曦看他一副惆怅的样子，想缓和下凝重的气氛，便开玩笑说他是不是想太多了，还说现在的孩子都聪明着呢。韩印便又露出他标志性的浅笑，叹着气说："但愿是我杞人忧天吧！"

◎第五章　车祸事件

　　2012年3月26日晚，阴雨绵绵，马路上略显湿滑，樊敏和儿子邵宏乘坐一辆豪华商务车，自南城区建设路云岭花园别墅小区返家的途中，商务车突然失控，在躲避一辆抢行的大货车后，撞在了松江路立交桥的桥墩上。

　　汽车严重损毁，车内人员包括司机陈淮、樊敏和邵宏母子俩，均被撞伤，被送往医院紧急救治。最终司机陈淮因伤势过重抢救无效死亡，邵宏则相对来说比较幸运，前额被撞开一道大口子，断了两根肋骨，外加右膝盖和双臂轻微骨折，而他母亲樊敏经过长达5个多小时的抢救，虽保留了生命体征，但成了一个植物人。

　　事故发生后，交警方面第一时间组织人力勘查现场和车辆，结果发现这并不是一起普通的车祸，而是人为造成的。商务车之所以突然失控，是因为汽车右前轮刹车系统的输油管线被锐器割破，导致高速行驶的汽车刹车失去制动力所致。这也就是说，有人针对樊敏和邵宏母子俩蓄意制造了谋杀事件，案件便也由交警队转至刑警队侦办，并成立了"3·26"车祸事件专案组。

　　发生事故的商务车为樊敏日常使用，追溯案发当天该车辆的行驶轨迹，专案组发现问题出在樊敏和邵宏在云岭花园别墅小区逗留的这一时间段中。当时商务车停在别墅小区一期和二期中间的马路上，专案组在相应的停车位置上发现了从刹车输油管线中渗漏出的油污。遗憾的是，由于别墅小区才刚刚落成，房屋还未完全交付，周边的监控设施尚未启用，并且已时至傍晚，天色昏暗，所以并没有人目击到输油管线被割破的过程。

樊敏出身干部家庭，大学毕业后即嫁为人妇，夫家有很深厚的经商背景，结婚次年两人便有了儿子邵宏。本来一家人生活得相当幸福圆满，但不幸的是在邵宏5岁时，丈夫因患癌症去世。随后樊敏独自抚养邵宏长大，直到他大学毕业后，才动了要寻找个"依靠"的心思。

也就在车祸事件发生的前一年，经朋友撮合，樊敏和文安市佳禾集团的董事长陈佳禾开始亲密交往，彼此感觉良好，发展迅速，很快到了谈婚论嫁阶段。云岭别墅小区的房子，便是陈佳禾买来作为他和樊敏成婚用的婚房。

专案组走访询问了樊敏单位的领导、同事，她的未婚夫陈佳禾，以及日常其他社会交往人士，对于樊敏的评价，他们给出两种截然不同的说法。一种说法是，樊敏工作能力强，行事雷厉风行，言谈举止大方得体，为人亲和，整体素质较高，深受领导赏识和同事爱戴；另一种说法是，樊敏个性强势，脾气暴躁，在同事和朋友中间属于飞扬跋扈、颐指气使的那种人，占有欲极强。尤其车祸事件中死亡的司机陈淮的妻子，对樊敏的抨击更是毫不留情。据她说：丈夫陈淮给樊敏开了不到一年的车，受尽樊敏的刁难和谩骂。不仅被要求24小时随传随到，每天一大早还得给樊敏母子买早餐，晚上下班也特别晚，还不让把车开回家，陈淮每天都得自己打车回家。樊敏心情不好时，会胡乱骂人和撒泼，甚至有一次还把手机摔到陈淮的脑袋上，她感觉自己丈夫被樊敏折磨得都快抑郁了。只是让司机的妻子始料未及的是，她倒是骂痛快了，却无形中让自己丈夫陈淮成为车祸事件的头号犯罪嫌疑人。

樊敏这个案子，调查起来，过程比较简单明了，难以判断的是"作案动机"。樊敏是颇有影响力的公众人物，社会关系、人脉交往都比较复杂，就像前面那两种对她截然不同的评价一样，有些人可以对她无比地尊崇，有些人则对她无比地厌弃。查来查去，最终专案组把调查的重点，放在两个方向：

一方面，据保守估计，陈佳禾资产超过5亿，其早年丧妻，与樊敏交往时已年过花甲，膝下有两个女儿、一个儿子。对于父亲与樊敏交往，三个子女均表示反对，原因说白了就是担心樊敏母子争家产。其中尤以大女儿反应格外强烈，甚至到电视台找过樊敏谈话，要求她远离陈佳禾。当然结果显而易见，三个子女并没能阻止住樊敏与陈佳禾的继续交往，所以专案组怀疑他们三个，尤其是陈佳禾的大女儿，有可能明着不行，转而在暗地里耍阴招。

另一方面，是对司机陈淮的怀疑，实质上他也是最先被警方纳入嫌疑人范围的。据邵宏接受专案组询问的笔录显示：邵宏和母亲樊敏在云岭别墅小区逗留期间，陈淮一直等在车里，如果有人破坏刹车油管，他怎么可能发现不了呢？并且据邵宏仔细回忆说，陈淮当天也确实有些反常，一改平日比较沉稳的驾驶风格，汽车从起步后便一直保持着比较高的时速。再加上陈淮妻子的那番话，很难不让专案组怀疑他就是车祸事件的始作俑者。或许他真的在樊敏持续的压迫下出现了抑郁症状，企图制造车祸与樊敏同归于尽。

从以上两个方向出发，专案组同时展开调查。专案组先借着非法聚众赌博的由头，抓了陈佳禾的大女儿和大女婿，从而对他们的手机通话记录和财务支出，以及社会交往情况，做了集中梳理和审查，结果却并未发现疑点，他们夫妻二人也矢口否认对樊敏实施过非法手段。

对于陈淮的调查倒是有一些进展。实质上他原本是陈佳禾公司的司机，后来陈佳禾与樊敏交往之后，将自己公司的一台豪华商务车送给樊敏，并且一并安排陈淮给她做司机。陈淮的工资也一直是陈佳禾公司负担，并且相对来说工资算是蛮高的，但因为要负担女儿在加拿大留学的费用，经济上的压力还是比较大。这也是尽管他饱受樊敏的摧残，也依然无法做出辞职抉择的原因。另外，除了陈淮的妻子，他的几个朋友也均表示，陈淮自从给樊敏开车后，性格变了很多，偶尔凑在一起时，他总是一个人闷头喝酒，不爱说话，整个人感觉很消沉，似乎确实有些抑郁的倾向。

总之，案子调查到最后，陈淮的嫌疑最大，但又缺乏直接证据；其他的一系列调查，也始终未找到有价值的线索，因此差不多半年过后，专案组宣布解散，案子暂时搁置，待发现新的线索再重新开启。

5年前的"3·26"车祸事件，一个看起来并不复杂的案件，调查到最后竟然是悬而未决，会不会预示着该案与眼下侦办的"8·13"专案有着某种关联呢？这是韩印看完卷宗档案后，联想到用受害者器官组成的那张与马可莹和樊敏相似的面孔时的第一感觉。

韩印进一步思索：如果两案存在关联，那么寻找"8·13"专案嫌疑人的方向，与当年车祸事件划定的嫌疑人范围则要恰恰相反，他们不应该在痛恨樊敏的人群中，而应该在对樊敏有着疯狂而又畸形的热爱的人中。这也是普通谋杀案件与心理变态导致的杀人案件的不同之处，套用艾小美先前提出的作案动机，凶手或许是企图用与樊敏相像的人体器官组成一个高仿的樊敏。

当然，也有可能这是个错误的调查方向，也许"8·13"专案与樊敏压根就没什么关联，不过韩印认为深入做些调查还是很必要的。

杜英雄和叶曦逐一走访从江枫微信联络人中筛选出的3名嫌疑目标，在与其中一位见面时，发现对方的职业是一名心理医生，并且他很痛快地承认江枫是他的咨询对象。

这位心理医生叫杜炎，有近20年心理咨询、治疗的执业经历，据他自己介绍说：他是江枫所在师范大学的心理学客座教授，曾经有一次他在学校作完讲座后，江枫找过他咨询一些心理上的困惑，他当时敏锐地感觉到江枫有很严重的心理方面的问题，便建议江枫有时间可以到他创办的心理诊所做更详尽的咨询，至于咨询费用则只是象征性地收取一点而已。

叶曦希望杜炎能具体谈一些有关江枫进行心理咨询的情况，但被他以为病患保密原则为由拒绝了，杜英雄提出要借用江枫的就诊记录，也被他以同样的理由拒绝。没办法只能走正常手续，叶曦立马给陈铎打电话，说明情况，两个多小时后，陈铎派人把《调取证据通知书》送到了叶曦手里。鉴于此，杜炎也无法再推辞，只得同意交出江枫的就医档案。至于叶曦和杜英雄为什么非要看这份档案，是因为他们想透过江枫对心理医生的倾诉，试着窥探出隐藏在他背后的那个"犯罪导师"的蛛丝马迹。

　　文安市海达斯康复医院的豪华病房里，邵宏热情地将韩印和顾菲菲请到靠近窗边的沙发上落座，邵宏自己则坐在病床边的靠背椅上，身旁病床上的樊敏看上去气色还不错，若不是插着鼻饲管，给人感觉只是睡着了而已。

　　樊敏到底是个什么样的人？在先前"3·26"车祸事件的调查中，专案组从其社会交往中获得了截然相反的两种反馈。在韩印看来，他们都没有说错，只是处于不同的阶层和关系，在与樊敏接触时所获得的待遇不同罢了。实质上把这两种反馈融合在一起，应该就是一个真实立体的樊敏。现实中也不乏这样的人，对上趋炎附势，对下颐指气使，对比自己地位高的、与自身有利益交集的，便装出一副谦和有礼的模样，反之则会露出蛮横无理的真实嘴脸。韩印很想听听在邵宏口中，他母亲樊敏是个什么样的人？随即与邵宏取得联系后，得知他正在医院陪护母亲，韩印和顾菲菲便赶到医院与其会面。

　　一番简单的寒暄客套之后，韩印便回归正题："我们知道你母亲出车祸之前，在文安文艺界很有名气，粉丝数量众多，我们想知道，在你印象里有没有那种特别疯狂的粉丝，曾经企图通过各种方式接触你母亲？"

　　"你们怎么会突然对这方面感兴趣，难道你们觉得我和我母亲的车祸是她的粉丝制造的？"邵宏一边侧着身子耐心为母亲手臂做着按摩，一边一副大大咧咧的姿态说，"不能吧？喜欢我母亲的粉丝应该都有点年纪了，不会那么夸张，不过真要说疯狂的仰慕者，那也非佳禾叔莫属了。"

　　"你是说你母亲的未婚夫陈佳禾？"顾菲菲问。

　　"除了他还有谁？"邵宏笑了笑，"他其实对我母亲觊觎已久，找了好几个中间人才和我母亲搭上线，两人好了之后，简直把我母亲宠上了天，可惜我母亲没那个福气。"邵宏叹口气，挪了挪屁股下面的靠背椅，接着按摩起樊敏的腿来。

"呵呵，看你手法挺娴熟的，应该经常为你母亲按摩吧？"顾菲菲也笑了笑，"算是不幸中的万幸，你母亲有你这个好儿子。"

"是啊，不经常按，肌肉会萎缩的。"邵宏使劲抿了下嘴，望向母亲的脸，眼神中闪过一丝憧憬，"不仅如此，我心里还有更高的目标，我希望母亲可以逐渐地恢复感官知觉，乃至终有一天能够苏醒过来。"

"祝你早日实现愿望。"韩印微笑一下，又皱了皱眉头，接着说，"我知道先前你可能已经回答过很多遍，但我还是希望你能再仔细回忆回忆，你母亲到底有没有得罪过什么人？"

"老实说，我母亲平常接触的人比较多，我不敢打包票她一定没与别人结仇，但以我所知道的，她心胸一向很宽，不太可能会得罪什么人。"邵宏一脸坦诚说。

"你们母子的关系怎样？"韩印刻意咧了咧嘴，放大脸上的笑容，他不想让邵宏觉得这个问题有特别的针对性，便做出只是随口一问的样子。

"关系非常好，虽然她平日里对我的要求很严格，但我们家还是很讲民主的，她从不会勉强我做任何事。"邵宏深叹一口气，一脸动情说，"咳，我父亲去世得早你们应该也都知道，虽然我奶奶家和姥姥那边条件都不错，但我母亲还是坚持亲自带我，这么多年她既做好一个母亲的本分，又适时承担起父亲的角色，可以说把人生最美好的时光都用在抚养我长大成人上。你们说，面对这样的母亲，我有什么理由不对她好些呢？"

从康复医院出来，一直到坐上车，韩印始终沉默不语，抬手扶着鼻梁上的黑色镜框，整个人像静止了一般，陷入了深深的思索当中。

顾菲菲已经很熟悉他这副模样，想必是刚刚在与邵宏的谈话中，有某个点触动了他，给他带来启示或者灵感，此刻他正在大脑中追寻着这份灵感，去试着解开案件中的一个个疑惑。

默默地开了会儿车，顾菲菲忍不住问道："怎么，你发现那个邵宏有问题？"

韩印缓缓点了点头，还是一副出神的样子说："我刚刚在想，如果把邵宏放进'3·26'车祸事件和'8·13'专案中，似乎很多问题便都可以找出一种解释来。"

"是吗？那快说来听听。"顾菲菲急切地说。

"那就先从有强烈占有欲望的樊敏说起。"韩印凝神整理了下思路，"占有欲太强的人，其实映射的是一种极度缺乏安全感的心理，而这样的人在现实生活中，本能的防御神经很强，会为自己准备很多张'面具'，以至于他们外在的形象具有很高的欺骗性。但是他们也会累，也有力不从心、疲惫不堪的时候，那么他们想要毫无顾忌地以'真面目'示人，便只能在面对亲人、朋友以及真正熟悉他们的人的时候。可以说，越是与他们关系亲密的人，越是他们想要时刻摆布和占有的对象，甚至会不惜运用谩骂和暴力手段来达到目的，所以我相信樊敏和邵宏的母子关系，未必真如邵宏说的那么和谐。或许是出于对母亲的尊重吧，总之，邵宏在这个问题上一定没说真话。"

"那和案子又有什么关系？"顾菲菲追问道。

"我们常说孩子的行为是父母的缩影。"韩印解释说，"樊敏言传身教的占有欲望，很可能潜移默化转嫁到邵宏心里，反过来邵宏也一样，会想要无休止地霸占和摆布他最亲密的人，加之父亲去世得早，家庭中缺乏男性榜样，对于母亲便格外依赖，也因此我推测他有严重的恋母情结。以至于当母亲樊敏和陈佳禾开始恋爱交往，令他内心产生极度的失落和愤怒，最终制造了'3·26'车祸事件，企图与母亲同归于尽，只不过在那场车祸中他幸运地活了下来。此种心理，其实与那些反社会人员一贯秉持的一种恶毒理念一样——'我得不到的，就要把他毁灭，谁也别想得到'！"

"对，我也注意到邵宏提到陈佳禾追他母亲时，用了一个带有贬义的词'觊觎'，我当时就觉得他对陈佳禾很反感。"顾菲菲说。

"再来说'8·13'案。"韩印思索一下，说，"不知道你注意到没有，邵宏刚刚在给樊敏按摩时，提到了一个词——'感官'，我听了之后顿时心里打了个突。你想想看，人类最基本的感官和知觉是什么？"

"基本的感官应该是——眼、耳、口、鼻、身，相对应的知觉是——视觉、听觉、味觉、嗅觉、触觉。"顾菲菲一边思索，一边缓缓说道，随即"呀"了一声，"赵丽娜的双眼（视觉）、张燕的双手（触觉）、刘晓的舌头（味觉）、蔡小洁的鼻子（嗅觉），这些属于感官的器官均遭到凶手的活体切割，难道说这一系列行径，是对成为植物人的樊敏失去人类最基本五种感官知觉的映射？这么说凶手真的是邵宏？"

"还有你再仔细想想，蔡小洁是哪天失踪的？"韩印又问道。

"6月23日晚上。"顾菲菲又想了下说。

"同一天晚上，程悦被网约车司机奸杀，抛尸时恰巧被邵宏目击，并最终协助咱们将之抓获。"韩印再提示说。

"那也就是说，当天晚上邵宏先用丰田吉普车绑架了蔡小洁，随后换驾奔驰车与马可莹约会，然后又作为奸杀案目击证人，堂而皇之到刑警队走了一遭。"顾菲菲眼睛一亮，"这让他感受到了愚弄警方，以及'众人皆醉他独醒'的成就感，所以才会刺激他把虐杀蔡小洁的视频影像邮寄给咱们。"

"全中。"韩印语气深沉地说。

◎第六章　殊途同归

　　邵宏闯入办案人员视线，有点让所有人始料未及，陈铎更是大呼不敢想象，但调阅车辆注册信息发现，邵宏母亲樊敏名下登记有三辆车，其中有一辆便是与案件中嫌疑车辆颜色和型号均相符的"深绿色丰田普拉多吉普车"。

　　但截至目前仍只能说对邵宏是有所怀疑，并无任何证据支持他与"3·26"车祸事件和"8·13"专案有关。尤其摆在大家眼前还有更重要的亟待解决的问题，那就是邵宏是如何处理受害者尸体的，尸体到底被藏在哪里？鉴于此，支援小组和以陈铎为首的专案组经过讨论，决定暂时对邵宏进行24小时的贴身跟踪监视，同时向局里申请调查令，全面调查与邵宏母子有关的通信记录和房产登记信息，广泛寻找邵宏与受害者乃至与江枫之间的交集，以及有可能的藏尸地点。

　　支援小组方面，杜英雄参与到专案组的跟踪监视任务中；叶曦和艾小美将邵宏作为代入对象，重回案件原点，再次全面检视与"8·13"案相关的资料信息；韩印和顾菲菲驱车去往电视台，找马可莹进行问话。除了她是与邵宏有亲密接触的人之外，还因为韩印突然想到一个细节，或许与藏尸地有关，需要在与马可莹的问话中进行论证。

　　来电视台之前，担心马可莹走漏风声，韩印和顾菲菲事先并没有和她通电话，所以当两人冷不丁出现在她面前时，马可莹是一脸的惊讶。

在程悦被奸杀的案子中，韩印和顾菲菲曾与马可莹有过一面之交，但其实对她的印象都不怎么深，此时面对面坐在马可莹的办公室中，两人细细打量一番，不由得互相对视一眼——马可莹与樊敏确实很像，邵宏与她交往显然只是将她作为樊敏的替代品而已。

"你别紧张，我们今天来找你，主要是想问一些关于你男朋友邵宏的情况。"顾菲菲语气温和地说。

"邵宏？"马可莹更惊讶了，"他怎么了？"

"你知道他有一辆丰田吉普车吗？"顾菲菲没理会马可莹的问题，接着又问。

"不清楚。"马可莹干脆地摇摇头，顿了下，又赶紧说，"噢，是不是很多年前樊敏姐开的那辆？不过我没见邵宏开过。"

"冒昧地问一句，你和邵宏平时约会都选在什么地方？"半天没说话的韩印，突然插话问。

"差不多就那几个地方，"马可莹想了想，"他家、我家、咖啡厅、餐厅、电影院，再有时会逛逛商场。噢，我也经常陪他到康复医院护理樊敏姐。"

"你好像漏说了'泽龙湖水库'。"韩印微笑道，"还记得你和邵宏协助我们追捕网约车司机那晚吗？那也是我们初次见面，当时你和邵宏正好在泽龙湖水库边赏月，目击犯罪人企图抛尸的过程，不过我们想知道的是，那里是你们俩约会经常会去的地方吗？"

"有过那么三四次。"马可莹脸上浮起一片绯红说。

"你们俩为什么三番五次去那里？"韩印问。

"是邵宏的提议，他说樊敏姐出车祸前经常带他到那里兜风和赏月。"

"据说你有记录生活日记的习惯，不知道除了刚刚说的那晚，其余几次什么时候去的，你有记录吗？"韩印继续问。

"应该有。"马可莹说着话，从放在桌上的一个女士名牌背包中，又把她那本厚厚的带皮扣的记事本掏了出来，翻查一会儿，说，"有了，分别是2015年

8 月 13 日、2016 年 1 月 7 日、2016 年 10 月 18 日，再有就是你们刚刚说的 6 月 22 日那晚。"

"请允许我问个隐私性的问题，因为这对我们的调查很重要，我需要你如实回答。"韩印斟酌着用词，问道，"你和邵宏在泽龙湖水库这四次约会，你们在亲热时，他是不是显得特别兴奋。"

"嗯，对。"马可莹低头垂眸道。

虽然马可莹只是简单地应了两个字，但对韩印来说已经足够，和他来之前料想的一样：邵宏分别选择在实施绑架赵丽娜、张燕、刘晓、蔡小洁当晚，与马可莹在泽龙湖水库边疯狂地做爱。可以想象得出，身边是母亲的替代品，脑袋里回味着与母亲在泽龙湖边曾有过的美好记忆，同时身体里还激荡着俘获与母亲某个器官相像的猎物的紧张刺激感，具有严重恋母情结的邵宏会有多么的兴奋，所获得的快感想必也是前所未有的。由此，除了表明泽龙湖水库对邵宏和他母亲樊敏有着特别的意义之外，也让韩印怀疑那四个受害者的藏尸地点，或许就在泽龙湖水库附近。

叶曦从摆了满满一桌子的卷宗资料中抬起头，凝神思索片刻，冲坐在身边的艾小美说："咱们原先好像漏掉一个细节，除了张燕是凶手代江枫所杀之外，其余的几个受害者在工作单位都出现了一定的困扰。比如，赵丽娜的爆料专栏被停掉，同时又与上司有纠缠不清的情感问题，刘晓则是遭到同事的性骚扰，蔡小洁更是直截了当表现出对现有工作的不满，她们会不会因此有跳槽的想法？"

"很有可能，不过先前我仔细查过她们的电子邮箱，没发现她们发送过求职信。"艾小美也抬起深埋在卷宗中的头说，随后翻了翻手边的一个文件夹，递给叶曦，"喏，这是我先前查阅她们几个人邮箱情况的报告。"

叶曦接过文件夹，翻看起来，只一会儿便发现问题："不对，你查阅的这几个邮箱，都属于她们几个人单位的内部邮箱，容易被单位监控，她们不会用这种邮箱发送求职信。赶紧联系她们熟识的人问问，看看她们平常有没有在用别的邮箱？"

"好，好，我马上就联系。"艾小美道。

邵宏早晨从自家小区里出来，便直接把车开到时代大厦地下停车场，他所创办的"敏宏传媒公司"在时代大厦里租了一整层楼作为办公地点。大概两小时后，邵宏离开时代大厦，驱车前往樊敏所在的海达斯康复医院。中午，他在康复医院吃的午饭，直到下午 1 点左右离开。随后邵宏开车来到市中心，中途停车买了杯"星巴克"，接着把车开到福佳大厦的地下停车场。

杜英雄和专案组侦查员驾车跟踪邵宏进入福佳大厦地下停车场，眼瞅着邵宏朝电梯走过去，杜英雄与邵宏照过面，怕他认出来，便赶紧让一名侦查员下车，尾随邵宏进入电梯。看着电梯门关上，杜英雄心里不由得有些激动，因为杜炎的心理诊所便开在这座大厦 16 层的 1605—1606 室，如果邵宏也是来找杜炎做心理咨询的，那也就意味着他和江枫是在做心理咨询时认识的。或许两人聊得来，互加了微信，由此邵宏便开始对江枫进行摆布。那江枫微信上的联络人怎么会没有邵宏呢？是邵宏预感到要出事，指示江枫删掉电脑中的视频录像，也一并要求他删除自己的微信？

杜英雄正思索着，跟踪邵宏进入电梯的侦查员返回车上，带回来的消息正是他所期盼的那样。不过出于谨慎，在等了一个多小时之后，等着邵宏把车驶出停车场，杜英雄吩咐侦查员继续跟踪，自己则下车，坐上电梯，来到杜炎的心理诊所。

杜炎虽然拒绝透露邵宏做心理咨询的具体缘由，但他承认邵宏是他的病人，并且应杜英雄的请求，调出了江枫和邵宏前来做心理咨询的时间登记表，发现有一段时期两人的咨询时间是紧挨着的。杜炎随后主动解释说：有的时候，可能前面的病人在做咨询和治疗时，因某种原因出现拖时问题，那后面预约好的病人便会出现拥堵现象，江枫和邵宏由此结识也不奇怪。

这边厢，艾小美一脸兴奋地嚷嚷起来："叶组，真让你说着了，赵丽娜、刘晓、蔡小洁她们三个人都有私人邮箱，我刚刚都破解了，发现她们果然都发送过很多份求职信件。"

"出现一致的求职单位了吗？"叶曦问。

"有，三个人都给一家叫作'敏宏传媒'的公司发过求职信。"艾小美说。

"是邵宏开的那家公司？"叶曦问。

"就是他开的，看来咱们终于找到受害者与邵宏之间的交集了。"艾小美说。

"赶紧给韩老师和顾法医打电话，把情况汇报一下。"叶曦吩咐道。

"好嘞。"艾小美说着话，顺手抄起桌上的手机，拨打出去。

前后脚接到艾小美和杜英雄的电话，已经来到泽龙湖水库边的韩印和顾菲菲，以及前来会合的陈铎，均兴奋不已。可以说整个"8·13"案的疑点基本都已调查清楚，唯剩下"藏尸地点"的问题还没有解决。

三人围着泽龙湖水库，边转悠，边讨论。陈铎说："尸体有没有可能被邵宏沉到水底？所以他和马可莹在此约会时便格外兴奋？"

"不太可能。"叶曦迟疑着说，"感觉上邵宏绑架受害者后，并没有立即进行虐杀。一方面，他要赶着和马可莹约会，时间上不充分；另一方面，他可能需要和江枫约好直播的时间，才能动手。他应该有个藏匿作案车辆和受害者的地方。"

"对，我同意顾法医的说法。"韩印接话道，"邵宏应该有很严重的恋物倾向，所以在杀死四名受害者后并没有做出抛尸举动。这种情况的凶手，往往会把尸体埋葬或者藏匿在比较私密性的，是他所能控制的范围以内的地方。"

"那咱们到周边转转吧？"陈铎深叹一口气，"反正从房产登记信息看，邵宏和他母亲樊敏，以及他公司名下，在此区域都没有房产。"

"先找找再说。"叶曦道。

三人都上了陈铎的车，随即陈铎发动汽车，沿着水库边的金柳路向西行驶。汽车驶出十多分钟，便拐进西塘路——一条连接市区和近郊的主干道。沿着西塘路又行驶五六分钟，三人看到路边不远处有一个大院，大院里是一排排灰白色墙体的库房，其中一排库房上方架着四个红色大字——名扬冷库。

陈铎用力向右打了一把方向盘，汽车便从一个岔路口驶出西塘路，朝着名扬冷库方向驶去。到了冷库门口，一排铁栅栏门挡住汽车的去路。陈铎按了两下车喇叭，随即从门卫室里跑出一个穿保安制服的人，来到陈铎的车边。陈铎放下车窗玻璃，亮出警官证，随后又亮出邵宏的照片，让保安指认。未料，保安只稍加辨认，便指出照片上的人在厂内C区租了一间冷库房。

三人一阵兴奋，陈铎赶忙操起手机，拨给支队长，将情况做了汇报。支队长指示他原地待命，并表示自己马上向局领导汇报，申请搜查令，对名扬冷库中相关库房进行搜查。

大约过了一个半小时，支队长亲自带着搜查令和技术处勘查人员赶到名扬冷库。打开冷库厂C区的一间冷库房，首先映入众人眼帘的，便是那辆深绿色丰田普拉多吉普车，紧接着众人便看到靠墙摆放的一排铁架上，挂着四具女性尸体。在铁架的下方，还摆着四个装满液体的大玻璃罐，而那些液体中则分别浸泡着一对眼球、一根舌头、一只鼻子，以及一双惨白的手。

随即，陈铎冲着报话机向监视小组喊话——"收网！"

◎尾声

审视江枫和邵宏的成长轨迹，他们共同的特点，便是长期生活在以女性为主导的家庭环境中，所以无论是出于恨还是爱，他们最终都把罪恶之手伸向女性群体。

家庭关系不平衡的原因是多方面的，包括离异、病逝、父母双方的某一方不负责任等等。但锻造出所谓的连环杀手的成因并不复杂，甚至很多时候说白了就一个"爱"字。但是这个爱字的背后，是责任和智慧的担当。

越来越多的事实证明，孩子是父母的缩影。父母种什么因，孩子便得什么果，父母在孩子面前的暴戾、对孩子无休止的摆布，以及过度的控制、溺爱，最终都会在孩子身上再度重演。不仅如此，心理承受能力差的孩子，最终会养成极端的个性，甚至是反社会的人格。

总之，韩印想说的是，当你决定要为人父母时，一定要担负起养育和教导孩子的责任，不仅仅是身体发肤，更重要的是对心灵的培育。即使受环境所迫，做不到保持一个完整的家庭，但也请你用责任和智慧去弥补，让孩子能够感受到完整的爱。

第四卷

秋时别离

愤怒是一种毒药。它从内部噬咬着你。我们以为，我们可以把仇恨当作一种武器，来攻击伤害过我们的人。但是，仇恨是一个弯弯的刀刃。我们去伤害别人，实际上却伤害了自己。

——米奇·阿尔博姆

◎楔子一

"他们"渐渐睁开沉重的双眼，渐渐感受到身上的刺痛，也渐渐闻到了死亡的气息。

这里原本是他们熟悉的地方，但现在他们昏然懵懂地半裸着身子，被绳索五花大绑，嘴巴也被塑胶带死死缠住，困在油腻腻的水泥地上无法动弹，只能瞪着错愕惊恐的双眼，无助地望着彼此。

幽室内窗帘紧闭，老化的日光灯管忽明忽暗，闪着奄奄一息的光亮，犹如鬼门关前的冥灯。那光亮投射在一张既熟悉又陌生的男人脸庞上，那张脸距离他们很近，看上去一点也不狰狞，甚至还有一丝文弱的书生气。

"他"丝毫不理会"他们"的恐惧反应。他很专注自己手上的动作。他在他们身上"作画"。小心翼翼地，像要完成一幅艺术杰作。

良久之后，他终于放下手中的"画笔"，大口、大口喘了几口粗气，一副如释重负的模样。

他声音嘶哑，死一般的低沉：

"我一直在犹豫，要不要等你们醒来？要不要解释我和你们为什么会以如此的方式面对彼此？

"既然都醒了，那我就给你们一个理由，让你们死个明白。

"实质上，更早之前，咱们已经见过面，只是你们记不得我了，但你们每一张脸都深深印在我脑海里，我找机会认识你们，和你们混成朋友，请你们喝我的陈酿好酒，就是在等待着这一刻的来临……"

他消失了，但只是片刻，再出现时，手里拖着一只大铁锤。铁锤缓缓挪动，摩擦着水泥地面，发出"令人惊怵"的声响，刺痛着在场所有人的神经。

他对着他们的头，用尽全力，抡起铁锤，狠狠地砸了下去。

一下，两下，三下……

◎楔子二

晴朗的夜，月光皎洁明亮，微风轻盈拂面。静谧的海滨盘山公路上，一双白色的光影欢快自如地游弋着。不远处，大海的轻涛细浪正连绵不绝拍打着细细的沙滩，仿佛相拥的情侣在低喃情话。

借着公路边朦胧的路灯光亮，能看到疾驰而过的汽车里有两个人的身影。他们是一男一女，男士穿着深色西装，女士穿着紫纱礼服，如此盛装打扮，想必这是一个对他们有着重要意义的夜晚。

他们牵着彼此的手，似乎一刻也不想分开，而女士无名指上戴着的那颗晶莹的钻戒，遇上划过的路灯，便会发出璀璨的光芒，映照着两张深情的面庞。

尤其，当男士的目光从女士微微起伏的小腹掠过，幸福和满足感便更加溢于言表。

男士情不自禁伸手向女士的小腹轻抚过去。

突然，一道强烈的白炽光亮，猛地冲向他们。

而就在这时，黑暗中响起一声惊叫，一个男人噌地从床上坐起身来。蓬乱的长发遮着他的脸颊，一只手停滞在半空中，似乎有某种东西近在眼前却又无法触及，瘦削的双肩瑟瑟抖动着，低低的啜泣声，幽幽可闻……

◎第一章　人皮密码

刑事侦查总局，重案支援部。

叶曦和顾菲菲一同被老领导吴国庆召集到办公室，可以预见一定是支援部又接到了情况紧急而又恶劣的案件。

吴国庆废话不多说，直接开始陈述案情简报。

"自昨日（10月20日）清晨5时起，春海市街头陆续发现来自人体皮肤组织的碎片，经法医初步鉴定，被抛弃的人体皮肤组织至少来自三名受害者，所以案件已经定性为恶性连环杀人案件。"吴国庆说着话，打开桌上的文件夹，取出两张来自案发现场的存证照片，分别递给两人，"你们注意看一下皮肤组织碎片上刻着的图案。"

顾菲菲接过照片，只打量一眼上面的图案（————．），便脱口而出道："这是摩斯密码？"

"对。"吴国庆点点头，从文件夹中又接连取出几张照片，摆到身前的桌上，"据目前掌握的信息显示，凶手总共在市区内五个地段接连抛出五张人皮组织碎片，每一张碎片上均刻有类似摩斯密码的图案。由于是突发案件，春海市局方面能给出的信息也不多，而凶手把人体皮肤碎片抛在闹市街头也实在太嚣张了，造成的社会影响极其恶劣，所以无论是春海市公安局还是咱们总局，都希望能尽快让案件真相水落石出，所以你们只有二十分钟准备时间，之后会有车送你们到机场。"

"韩老师那边怎么安排？"叶曦追问道。

"协调好了，他已经动身出发，如果顺利的话，今日午后他应该会在春海市和你们会合。"吴国庆缓和了口气，又恢复到平常和蔼的模样，"好了，在办案期间有什么需要部里和我配合的，随时给我打电话。"

春海市，位于辽沈省南部，地处黄渤海之滨，具有海洋性特点的暖温带大陆性季风气候，冬无严寒，夏无酷暑。

而秋天是这座城市最浪漫的季节，景色优美，气候舒适，姑娘和小伙穿着靓丽，让人感受到恋爱的气息。当然，韩印对这座城市有着如此的偏爱，是因为这里是他的故乡，是他从出生到长大成人的地方。

"木林路"韩印再熟悉不过了。临近马路有一所学校，他向同行的叶曦介绍说，自己曾在那里度过了高中的三年时光。只是没想到，时隔多年他再次站在母校门前，竟是因为街边的垃圾箱旁出现了一张人皮。

"抛皮现场"所在的木林路，是一条南北向的次干路，南北两端都与城市主干路相交，周边有学校、超市、饭店，监控摄像头分布密集，风险性极高。韩印一边观察着周边的环境，一边在记事本上做着记录，在写到母校名字时，不禁抬头深深望了一眼母校的大楼。

离开木林路，驱车二十分钟左右，韩印和叶曦进入到一个叫作"富民花园"的住宅小区。小区中有一条大马路名为"玉水路"，凶手同样将一张人皮碎片抛在路边的垃圾箱旁。

富民花园是一个开放式的老旧住宅小区，人员密集，生活配套设施完善，距抛皮地点不远处便有一个菜市场，周边还有小型邮局、银行储蓄点、药店、饭店等场所，抛皮被目击的风险性同样非常之高。

韩印发动汽车，穿越富民花园小区向东行驶，半个多小时后，他把汽车停在一家"老机械工厂"门前。之所以称之为"老厂"，是因为这家大型国有机械厂自新中国成立初期便存在于此，直到前些年才因环保问题整体迁至郊区。

现如今荒废的老厂区中杂草丛生，锈迹斑斑的铁丝网门中间破了一个大洞，左边花岗岩门垛上挂着一个白底黑字的厂牌，经过风雨和岁月的洗礼，如今只能隐约看到"中土机械厂"几个大字。就在这个工厂的大招牌下，凶手抛下了一张人皮碎片。

中土机械厂紧邻的马路也因工厂得名，称之为中土路。马路沿线基本都是近几年开发建成的住宅小区，公交车站台也比较多，工厂大门正对着的是一个住宅小区，斜对面是一个带红绿灯的十字路口，灯架上设有交通监控摄像头。

韩印掉转车头，向城市西区方向驶去。大概一刻钟之后，汽车进入金柳路，韩印看到路边一处公交站台上，连着公交站牌和广告牌均被黄白相间的警戒线圈了起来，这即是本次案件中又一个抛皮现场。

该现场，地处繁华地带，公交站台背后便是春海市妇产医院，公交车和出租车来往密集，不远处同样有一个带交通监控摄像头的十字路口。

韩印再次发动汽车，顺着金柳路继续向西行驶，到了路的尽头右转，行驶一段距离再左转，便上了一座立交桥。下了桥，又行驶了两公里左右，汽车进入星火路，路边一处绿化带中间的花坛，同样被黄白相间的警戒线围住，凶手曾将一张人皮碎片抛在花坛边的水泥台上。

星火路是一条连接城市和郊区的城市主干路，周边为城市低收入人群和外来人口密集居住区，人员构成比较复杂，花坛背身临近一栋居民楼，楼下开着小超市、药店、面馆等店铺。花坛正对着的马路对面，便是街道派出所的办公楼。

技术处，法医科，解剖室。

共五张人皮组织碎片，放在五个托盘中，摆在法医工作台上。顾菲菲身披白色医袍立在台前，旁边站着春海市公安局的柳法医，也是位女性，年纪和顾菲菲仿佛。

"每一张人皮组织碎片，规格都大抵相近，长三十厘米左右，宽二十厘米左右，近似一张 A4 打印纸的大小。"柳法医介绍说，"基因检测显示，凶手抛出的人皮组织碎片来自三名受害者，包括两名男性和一名女性，皮肤碎片均取自受害者的躯干部位，切割面无生活反应，显然割皮时三名受害者已死亡。观察人皮碎片上的凝血状态，以及在显微镜下对红细胞的观测，大致推测三名受害者的死亡时间为 48 至 72 小时之前，即是大前天——嫌疑人实施抛皮动作的前一天夜里。凶手留在皮肤碎片上类似摩斯密码的图案，是用专业文身工具文上的，文图部位有皮下出血迹象，说明当时三名受害者均未停止呼吸。"

"切割工具看起来倒是挺锋利的，只是这手法太业余了。"顾菲菲戴上无菌乳胶手套，摆弄着其中一张人皮碎片，看到皮肤组织与肉体的分隔层并不平整，有的地方还带着厚厚的一大块血肉，"毒理检测有发现吗？"

"只在三名受害者血液中检测出高浓度酒精成分，估计犯罪人是把他们用酒灌醉之后痛下杀手。"柳法医指了指其中一张人皮碎片上的图案，"对了，您对摩斯密码有研究吗？这方面我还真没涉猎过。"

"噢，这几幅图案对应的是几个数字。"顾菲菲微笑一下，轻松说道。

顾菲菲从法医科出来，进了电梯，上了两层楼，走出电梯门便看到对面墙上挂着鉴定科的牌子。实质上，凶手是用"泡沫保温箱"装着皮肤组织碎片抛到市区街头的，顾菲菲来此是想看看痕检员在保温箱上有没有发现什么线索。

接待她的是一个长相精明的小伙子，接连捧起案件中涉及的保温箱，分别将底部向顾菲菲展示一遍，说："每一个装皮肤组织的保温箱底部都多多少少有些污迹，我们采集样本进行了检测，发现其中主要成分是甘油三酯，同时也检测出铅和砷的成分，不过酸价和过氧化值都偏高。"

"是地沟油？"顾菲菲皱着眉说。

"您说得对。"痕检员使劲点着头说。

"文图工具方面有什么发现没？"顾菲菲问。

"我们仔细研究过，应该用的是那种小而精的多功能一体文身机。"痕检员敲击几下身边的电脑键盘，指了指显示屏，"喏，就是类似这种的，价格很便宜，也容易上手使用，网购平台和电子市场都能买到，想要追查到源头比较困难。"

凶手"抛皮"的五个现场，要么位于城市繁华地段，要么系人口居住密集区域，周边的交通监控摄像头，以及一些公共事业单位和商铺外部架设的监控摄像头，相继记录下抛皮的过程。

艾小美针对专案组搜集到的一系列相关监控录像进行汇总分析，从而梳理出一条凶手"抛皮"的时间线：

10月20日深夜1点19分，一辆牌照为春BL5358的微型面包车，出现在春海市中山区友好街道木林路南段，春海市第十八中学门前的监控录像显示，凶手从右侧后车门下车，将一个白色保温箱放到路边垃圾箱旁，随后反身上车离去，整个过程仅用了15秒左右。

10月20日深夜1点46分，嫌疑车辆出现在春海市沙河区周山街道金柳路中段十字路口的交通监控视频中，距此50米左右便是601路公交车站台，即是嫌疑人第二次进行"抛皮"的现场。

10月20日凌晨2点05分，嫌疑车辆出现在春海市沙河区王家街道中土路东段十字路口的交通监控视频中，十字路口的斜对面便是中土机械厂老厂区，嫌疑人在厂区门口实施了第三次的"抛皮"动作。

10月20日凌晨2点21分，嫌疑车辆出现在春海市甘宁区富民街道富民花园小区玉水路东段一处垃圾箱旁，马路对面一家银行的ATM机监控摄像头，记录了凶手第四次的"抛皮"过程，仍旧从右侧后车门下的车，随后原路返回车上，开车逃走。

10月20日凌晨2点39分，嫌疑车辆出现在春海市甘宁区机场街道星火路旁一处绿化带的花坛旁，花坛背后一个开在居民楼一楼共建处的药店门口上方的监控摄像头，拍到了嫌疑人从右侧后车门下车"抛皮"的过程。

10 月 20 日凌晨 2 点 58 分，嫌疑车辆最后一次出现在监控录像中，拍摄地点为距离春海市区南部边界 9 公里处的南关镇镇政府门前的十字路口处。

本案共有五名报案人，其中住在中土机械厂老厂区对面住宅小区中的王先生，声称目击到了凶手抛皮的过程，杜英雄在他协助警局画像师完成了凶手的模拟画像后见到了他。

"你好王先生，麻烦你再说一下当晚你看到的情形。"杜英雄客气地说道。

"大概凌晨 2 点钟吧，我让尿憋醒了，去了趟厕所。"王先生未加回忆道，"上完厕所出来，觉得屋子里比较凉，便想起阳台厨房的窗户还敞着，就走到厨房那里想把窗户关上。然后便看到路灯下有个男人鬼鬼祟祟的，正从一辆面包车里捧出一个白色箱子，扔到那个机械厂门口。我当时也没太在意，关完窗便接着上床睡觉了。后来大概早上 5 点，我出来晨跑，路过那白色箱子，一时好奇便打开了箱子。其实我当时也不敢确定是人皮，就是觉得三更半夜有人把一张血肉模糊的皮扔到路边有点诡异，想来想去还是报了警。"

"你确定你当时看到的人就是这副模样？"杜英雄打量着手中的模拟画像，"你确定他当时脸上没戴口罩？"

"应该是吧。"王先生低头沉吟了一下，随即抬头说，"反正我记得差不多就是这个样子。"

"这个人走路有什么特征吗？"杜英雄继续问。

"一瘸一瘸的，好像有点跛脚。"王先生说。

◎第二章　神秘数字

次日，案情分析会。

与以往一样，案件侦办以春海市公安局成立的专案组为主导，支援小组负责提出案件侦破方法、方向的建议，以及通过犯罪侧写等科学的侦破手段，协助专案组缩小犯罪嫌疑人搜捕范围。当然建议也好，侧写也罢，都需要从实践中分析和总结，以及科学合理的演绎，所以支援小组在办案过程中必须要躬行践履，甚至冲到第一线去。

专案组方面的负责人，由春海刑侦支队支队长张宏斌担任，是一个刚过40岁正值年富力强的精壮男人，一双眼睛圆鼓鼓的，眼神格外凌厉，透着一股老辣的精气神。讲话也是干脆利落，只简单介绍了两方的组员，便将时间交给支援小组。

顾菲菲摊开记事本，首先说道："尸检和物证鉴定报告各位都看过了，我就不再赘述，只谈几点我对报告的感受。其一，凶手割皮的手法比较业余，应该不是从事与使用刀具有关的职业；其二，凶手五次'抛皮'所使用的泡沫保温箱底部，均沾染到了地沟油，很有可能是第一作案现场地面上残存有地沟油污迹的缘故，由此推测第一作案现场，有可能是黑心粮油批发店，或者制地沟油的作坊，又或者是一些黑心饭店和食堂等场所；其三，是关于凶手在皮肤组织碎片上文图的问题。"

顾菲菲停住话头，冲艾小美点头示意一下，后者便操作起笔记本电脑，将五张带着图案的皮肤组织碎片照片，同时显现在会议室中的大屏幕上碎皮上摩斯密码图示："．————""————．""————‥""—‥‥""‥————"。

　　顾菲菲随即说道："各位现在都知道凶手留在皮肤组织碎片上的图案是摩斯密码，而大屏幕上这五张照片，是按照凶手'抛皮'时间线来排列的，破解之后相对应的是五个数字（1、9、8、6、2），显然凶手想以此传递某种讯息给咱们，至于更深层次的解读还有待研究。"顾菲菲又顿了顿，眼睛瞄向艾小美，后者便赶紧又摆弄几下笔记本电脑，大屏幕上便显示出一张带有青年男子照片的网上通缉令，顾菲菲接着说，"这是我要说的最后一点，通过在皮肤组织碎片上提取到的材检进行 DNA 鉴定，并在数据库中进行检索，已经锁定一名受害者身份，就是照片上的男子，名叫王威，本省路江市人，现年 22 岁，三年前因涉嫌强奸妇女，被当地警方通缉。"

　　见顾菲菲合上记事本，艾小美接着说道："顾法医刚刚提到了我们根据监控录像梳理出凶手'抛皮'的时间线，也即是凶手'抛皮'的大致时间和先后顺序，而最终凶手逃窜至郊区地带消失踪影。喏，大家可以看下大屏幕。"艾小美说着话，敲了敲键盘，将一幅注有特别标记的城市卫星地图显示到大屏幕上，然后说，"如果说郊区隐蔽地带是凶手逃窜的终极目的地，那么回过头看凶手五次'抛皮'的行程，便显得不是十分顺畅。各位都是本地人，应该比我更清楚春海的公路和街巷，各位从大屏幕上的这幅图也能看出来，凶手显然走了不少的冤枉路。这有可能因为凶手不是本地常住人口，对市区道路不熟悉的缘故；还有一种可能性，即五个'抛皮'地点，是凶手精心选择的。至于凶手，多个视频中显示他有意避免自己过多地暴露在车外，'抛皮'时均选择从面包车内部驾驶座位蹿到后座部位，然后从右侧后车门下车，实施'抛皮'。但我们还是通过凶手在多个视频中暴露出的特征，拼凑出一个大致的轮廓：凶手为男性，'抛皮'时头上和脸上分别戴着长舌运动帽和黑色口罩，把整个面部包裹得严严实实，两鬓的鬓角很厚很长，已经完全遮盖住脸颊，想必其头发是比较长的，身材方面算是比较瘦，身高在 1.75 米到 1.78 米之间，走路姿势有些特别，应该是左边那条腿有残疾。另外，关于嫌疑车辆，目前可以确认为国产金星牌微型面包车，颜色是灰色的，车牌号码是假的。"

随着艾小美操作笔记本电脑，在大屏幕上显示出两张照片后，杜英雄便发言道："大屏幕上的两张照片，左边的照片是我们根据视频中凶手暴露出的特征做成的模拟画像，右边是画像师根据目击者提供的线索完成的模拟画像。单从轮廓上看，两幅画像有些神似，但很大一个区别，在于左边的画像中凶手面部罩着黑口罩，右边的画像中则没有。

"为什么要拿它们做对比呢？是因为我们觉得目击者的证言并不可靠。心理学家的研究表明：目击证人所看到信息的记忆，很容易被自己的主观倾向和后续出现的信息所左右。有些时候，目击者的证词实质上是在某种心理暗示的促使下加工过的，可信度值得商榷。当然，并不是每个目击证人的口供都是如此，我们之所以对王姓目击者提出质疑，是因为他声称目击到凶手'抛皮'的那个当下，是在凌晨光线条件极差的时候，他自己又处在半梦半醒的状态，并且随后他又继续睡了一觉，对于大脑中的真假信息很难做到准确区分。关键是我们在监控录像中，但凡能看到凶手的身影出现时，他都是戴着口罩的，怎么会偏偏在那一次'抛皮'时，他就摘掉口罩了呢？

"总的来说，我们认为右边的模拟画像可信度不高，各位要谨慎对待，以免被误导。不过目击者的证词和我们在监控录像中所看到的凶手特征，也有统一的地方，那就是凶手走路一瘸一拐的，基本可以确认凶手左腿有残疾。"

见大家都说得差不多了，叶曦冲韩印点点头，韩印便道："我虽然是春海本地人，但因为工作关系回来的机会不多，对咱们春海一些街道周边的环境也不是特别熟悉，所以五个'抛皮'现场，我和叶组长都走了一遍。走过之后，再去审视凶手一系列抛皮动作，我心中有种很强烈的感受，就是两个字——展示。凶手在刻意向老百姓、向我们警方、向整座城市展示他的疯狂行径。那么这是为什么呢？答案就在凶手文在五张人皮上的摩斯密码所对应的五个数字中，而这五个数字的组合，一定代表着某个对凶手至关重要的事件或者诉求。当然不能只局限于顾组长刚刚给出的这组数字组合，凶手冒着巨大风险、费尽周折展示出了五个数字，是不会轻易让咱们找到正确答案的。由此我想就小美刚刚阐述的观点，再做一些补充说明：到目前为止，从凶手'抛皮'的过程，从他最终选定逃窜的目的地，从他在皮肤组织上所做的文章，可以看出凶手是一个心思极为细腻的人，对整个案件一定有着缜密的规划，因此我认为凶手'抛皮'的五个地点，是精心考量过的。他应该就是春海本地人，或者长期居住人口。"

叶曦接着说："另外，摩斯密码对一般人来说可能会觉得很高深，但破解起来并没有多大难度，凶手应该很清楚这一点，那么他执意这么做是为什么呢？可能有两点原因：一是，虚荣心作祟，故作高深；二是，摩斯密码对他有着特别的意义。关于这第二点，各位在排查走访时要留意下，凶手在生活中一定会显示出一些与摩斯密码有关的细节，比如与工作有关，个人爱好，或者小情趣，等等。"

散了会，众人走在走廊里，正准备回支队为支援小组临时安排的办公间。迎面走来一个女内勤叫住韩印，说是支队大门口有个 50 多岁的老阿姨点名要见韩印，还特别强调要顾法医也一同出去。

叶曦识时务地挥挥手，示意自己先回去，韩印点点头，随即扭头在顾菲菲耳边轻声说了句："是我妈（继母）"。

顾菲菲脸腾地红了，不自觉地抬手理了理耳边的头发，随即垂眸无语。

按理说她和韩印年龄都不小了，正式交往也有两三年了，早该到见家长的环节，只是她心里始终觉得自己还没做好准备。倒不是因为矫情和扭捏，主要是以她的个性来说，是真的打心眼里忌惮那种所谓婆媳见面的场合，她是真的不会应对，又担心给韩印家长留下不好的印象，所以一直以来便索性不提拜见双方家长这茬，但没想到韩印母亲今天竟然主动找上门来。

"要不，我……我还是不出去见阿姨了吧？"顾菲菲眼神无措地望着韩印，支吾地说道。

"丑媳妇总要见公婆的。"韩印笑笑，拉过顾菲菲的手，使劲攥了攥，"何况你貌美如花，放心吧，我老妈不会为难你的。"

实际上韩印一直在等待顾菲菲突破心结，他爱顾菲菲，真心实意尊重她，所以在任何事情上对她都不想有一丝勉强。不过关于婚姻大事，父母确实也提过多次，一直拖着不把女朋友正式介绍给父母也不是个事，何况母亲近在眼前，再回避就有点不近人情了。

支队大门外，一个容貌保养极好，看上去雍容华贵、气度不凡的中年女人，笑容可掬地冲院内张望着。

韩印拖着顾菲菲的手，紧走几步："妈，您怎么来了？"说着话，韩印顺势轻轻推着顾菲菲的后背，把她推到母亲身前，介绍说，"这是菲菲。"

"您好阿姨。"顾菲菲略显拘谨地说。

"好，好。"韩印母亲一边笑着点头，一边从头到脚细细打量起顾菲菲来。

韩印知道顾菲菲最怕这个，便赶紧替她解围道："妈，您怎么知道我在这儿？"

"还说呢，你说你这孩子都回春海了也不回趟家，我和你爸看报纸才知道公安局请你们过来帮助破案。"果然被韩印这么一问，母亲的注意力便转到韩印身上，故意拉下脸数落起他来。

"案子太紧急，我一时没顾得上，恕孩儿不孝。"韩印打趣道，"等这案子办完，我带菲菲回去好好陪您和爸吃顿饭。"

"对，对，菲菲可一定来啊，尝尝阿姨的手艺。"韩印母亲牵起顾菲菲的手，轻轻拍拍，眼神中充满亲切。

"嗯，嗯。"顾菲菲僵着身子，使劲点点头。

韩印知道母亲来主要就是为了见见顾菲菲，便笑道："好啦，您的目的达到了，该放我们回去工作了吧？"

韩印母亲这才放下顾菲菲的手，但眼睛还不肯从顾菲菲脸上挪开，嘴里嘱咐道："好了孩子，回去工作吧，别太累了，记得一定来家里吃饭啊！"

"记得了，记得了。"韩印一边替顾菲菲应允着，一边抬手拍拍她的肩膀，示意她和母亲道别。

"那好，阿姨我们进去了。"顾菲菲挥挥手说。

随着韩印和顾菲菲的身影逐渐从视线中消失，韩印母亲脸上的笑容也慢慢淡了下来，她掏出手机拨打了个电话，一辆黑色豪华轿车很快便停到她身边。

韩印母亲拉开车门坐进车里，车里面早已坐着一个模样富态的男人，似乎已经等得有些不耐烦了，男人急促问道："见到人了吗？怎么样？和咱们家小印般配吗？"

"让你跟我一起见你偏不肯，这会儿又急成这样。"见自己丈夫——韩印父亲着急忙慌的模样，韩印母亲不禁哑然失笑，"孩子挺不错的，人长得很漂亮，看起来比实际年龄也年轻不少，就是性格太内向，除了打声招呼，啥话也没说。"

"你觉得这俩孩子有戏吗？"韩印父亲又问。

"我觉得差不多，那孩子看着就是个认真本分的人，咱家小印更不用说了，看那女孩的眼神里全都是欢喜。"韩印母亲道。

"咳，就是年龄大点，"韩印父亲叹口气，"反正小印喜欢就好。"

◎第三章　　百里追凶

截至目前，案件涉及三名受害者，其中已经确认身份的是一个叫王威的男子，原籍为距春海市三百公里左右的路江市。

具体些说，王威老家在路江市边缘一个叫作王沟村的小村子里，杜英雄和叶曦驾驶着越野大吉普车一路高速疾驶，只用了两个半小时便赶到村里。紧接着两人便在当地派出所民警的陪同下去了王威家中。

王威家经济条件看上去还不错，五间宽敞的大瓦房，院子也大大方方的，父母都是承包果园的农民，家里还有一个大王威四岁的姐姐。赶上中午吃饭点，一家三口正聚在饭桌前吃饭，也省得杜英雄特意召集他们。

王威家隔壁住着王威姑姑的儿子和儿媳妇，也就是王威的表哥和表嫂，表哥王闯在江边承包了一个打鱼船，表嫂陈艳红是裁缝，在自家偏房开了个裁缝店。案发当年，王威19岁，高中毕业后待业在家无所事事，便经常往表嫂的裁缝店跑，和表嫂闲聊天打发时间，日子久了竟暗暗喜欢上表嫂。案发当天，下着小雨，裁缝店没客人，王威喝了点酒，向表嫂表白自己喜欢人家，结果当然是被拒绝。王威一时冲动，趁着酒劲愣是把表嫂强奸了。事后才感觉到事态的严重性，于是回家收拾些衣物和钱财便逃离了村子。

"王威自畏罪潜逃后真的没和家里联系过吗？"叶曦望着略显惶恐的王威家人问道。

"没有，没有。"王威三位家人异口同声道，王威母亲更是把头摇得像拨浪鼓似的。

"你们家在'春海市'有亲戚吗？"叶曦刻意在"春海市"三个字上加重了语气，"或者说据你们所知，王威在'春海市'有没有什么认识的人？"

"春海？"王威姐姐不自觉地跟着重复一句，脸上的表情也颇为紧张，和父母面面相觑一番，才慌不迭地摆摆手，"没有，我们全家人连春海都没去过，怎么会有亲戚和认识的人？"

派出所民警闻言，看了眼坐在身边察言观色的杜英雄，随即凑到杜英雄耳边低声说了几句。杜英雄听了会儿，然后摇摇头，又在他耳边回了几句。实质上民警是在和杜英雄商量要不要向王威家人透露他已经遇害的消息，杜英雄则表示先不急着说，毕竟尸体还没找到。当然两人这番咬耳朵的情景，客观上也会带给王威家人一些压力，如果他们心里有鬼的话。而这个当口，杜英雄也一直在暗中观察他们的表现，显然对面一家人都很紧张，尤其王威的母亲，来回不住搓着双手，眼睛时不时瞟向放在窗台上的座机电话。

杜英雄随即起身走到窗边，皱着眉头摆弄起电话机来。电话机是来电显示电话，也就是说里面会储存近期拨打或者已接和未接电话的信息。杜英雄按着上下键，翻看里面的信息，而此时王威的家人几乎同时挺直了身子，似乎也屏住了呼吸，一副紧张万分大气也不敢出的模样。

杜英雄不再理会电话机上的信息，因为有对面一家人的反应已经足够了，便反身坐回椅子上，斟酌一下，眼睛扫过对面的三人，说道："有些话想必派出所的同志已经跟你们说过很多遍了，但我今天还想重申一次，包庇畏罪潜逃的犯罪人，同样也是一种犯罪，同样也需要承担法律责任。而且我不妨跟你们说句实在话，有些话你们现在说，和我们回去查了你们家电话的通话记录后再说，意义是截然不同的。"

"王威往家里打过电话，对吗？"叶曦心领神会，跟着逼问道。

话音刚落，便见王威母亲身子一软，差点从椅子上滑落到地上，幸好被身旁的女儿拉了一把，但还未等坐正身子，嘴里便带着哭腔嚷道："我们知道错了，你们可不要抓我们啊，小威的确打过电话回来。"

"是，是，是，去年6月份他妈过生日，他特意打过一个电话给他妈祝寿，还有就是大年三十打过一个，给我们拜了个年。"王威父亲急赤白脸补充道，"就这么两次，也就说了几句就挂了，我们真不知道他具体在春海哪儿。"

"他都说了些什么？"叶曦一脸严肃道，"请一字不落地复述一遍！"

"其实真没说几句话，第一次打电话给我妈说了句祝寿的话就挂了，后来三十晚上那次多说了几句，才告诉我们他在春海，说在那儿待得挺好的，还说过完年后要跟几个朋友合伙开个饭店，然后就又挂了。"王威姐姐接下话说。

"王威一点也没透露他在春海跟什么人在一起？"叶曦追问道。

"真没有，刚刚我们没撒谎，我们家跟春海一点关系也没有。"王威姐姐声音稍微扬了下，强调说。

"王威在春海的事你们跟谁说过？"杜英雄问。

"没有，没和任何人说过。"王威家人又是异口同声道，王威父亲还跟着说了句，"哪敢提，尤其那两口子据说也在春海。"

"那两口子是谁？"杜英雄追问道。

"我大姐的儿子和媳妇，"王威父亲说，"就是王威的表哥和表嫂。"

"咳，也都怪我们家小威，干出那种丑事，把小闯和艳红害苦了。"王威母亲唉声叹气道，"那件事后，村里风言风语可多了，说啥的都有，小闯和艳红实在待不下去，后来便外出打工去了。"

"那你们怎么知道他们去春海了？"杜英雄问。

"是听村里人说的，自从小威把艳红祸害了，我们两家就不来往了。"王威父亲说，"要不然你们去问问我大姐吧，她家住在前面不远，我可以把你们带过去。"

"不必了，他家我知道，我带路就是了。"派出所民警插话说。

从王威家出来，杜英雄和叶曦随派出所民警去见了王闯的家人。王闯母亲确认了王闯和陈艳红在春海打工的消息，但说不清楚他们具体住在什么地方，只知道两人在一个叫英华市场的大市场里卖海鲜。末了，还给了一个王闯的手机号码。

回程的路上，杜英雄把王威家的座机号码发给了艾小美，让她通过电信部门调取一下通话记录，看看能不能通过王威拨打电话时使用的电话号码锁定他的位置。另外，王威给家里打的拜年电话中，透露出他与朋友在春海合伙开饭店的信息，意味着顾菲菲先前的判断是对的，第一作案现场极有可能就是饭店之类的场所。

至于王闯和陈艳红在春海打工的消息倒是很让人意外，而且通过当地派出所了解，这王闯也不是什么善茬，曾经因带头聚众斗殴被派出所拘留过。这样一个人，媳妇被人强奸了，他怎么可能咽下这口气？巧合的是，眼下王闯和陈艳红两口子与王威同在春海市谋生，那么会不会有更巧合的事，某个偶然的机会让他们相遇了呢？如果真的撞见，王闯会放过王威吗？从动机来说，王闯绝对有杀害王威的可能性，作案嫌疑巨大。

虽然支援小组指出目击者提供的模拟画像并不可信，但为免错过线索，专案组还是把两幅模拟画像一同发送到各分局以及派出所，同时发送的还有已知受害者王威的照片，希望基层民警能指认出王威曾在哪个辖区内生活过。当然更多的警力被专案组调集至郊区南关镇，全力搜捕嫌疑车辆。

南关镇下辖 11 个自然村，其中最大的，也是离镇政府最近的便是永兴村。专案组推测嫌疑车辆路过镇政府之后，很有可能进入了永兴村，便以此村为核心，逐步向外扩展进行搜捕。

与此同时，韩印和顾菲菲则把全部精力放在破解摩斯密码真正的含义上。5 个数字，不重复的排列，可以得出 120 种组合，到底哪一个才是凶手想要展示的？又代表着什么含义呢？

◎ 第四章　冰柜藏尸

春海市沙河区东关路 101 路公交车站台向西二十米处，立着一个破旧不堪的磁卡电话亭，王威打回家的两通电话便是从这个电话亭打出去的。

艾小美身子靠在电话亭上向四周瞭望。东关路是城市东北部老街区中的一条大马路，两边都是做各种买卖的小店，有杂货铺、五金建材商店、文具店、拉面馆等等。店铺后身是些老旧的居民楼，还有些低矮的平房，看上去房租也不会太贵，对畏罪潜逃的王威来说是个不错的落脚点。不过从现实角度出发，王威显然是担心被电话追踪，所以才选择利用磁卡电话往家里打电话。问题是随着手机和网络通信软件的普及，磁卡电话亭在城市中早已寥寥无几，如果磁卡电话亭是个特定的选择，那么王威打电话的方位是由电话亭来决定的，与他生活的区域有没有交集便不好说了。

思来想去，艾小美还是决定拿着王威的照片，让马路沿线的小店老板们指认一下，尤其是经营饭店、餐馆的，没准会有人认识王威。找到王威的落脚点，也许就能知道其余两名受害者的身份，甚至找到他们所有人的尸体。

杜英雄和叶曦回到支队，将路江之行的情况做了汇报，也点出他和叶曦对王闯的怀疑。张宏斌、韩印、顾菲菲等人商量了一番，决定先试着到英华市场找一找这个王闯，探探虚实。

英华市场在一个大型生活社区的中心地带，属于室内型的综合市场，卖菜的、卖熟食的、卖粮油的、卖日用品的都有，海鲜摊位都集中在市场西区，靠近市场西大门的位置。

时间已接近傍晚，正是买卖高峰时段，各个摊位前都围满了人，卖海鲜的小老板们也都忙得不可开交，没空搭理张宏斌和杜英雄。两人只好拿着王闯的照片，跟着买海鲜的顾客挤来挤去，挨个摊位端详摊主。

巡视一圈下来，并没发现与照片相像的男子，除了一个卖海鱼的摊位，案板上扔着几条鱼，老板却不知道去哪儿了。这也是杜英雄和张宏斌最后的希望，也不顾旁边摊位摊主正忙着，杜英雄拉住摊主的胳膊，指着空着的摊位，问道："这摊位老板是不是叫王闯？"

"是，是，是。"旁边卖鱼摊位上的摊主，不耐烦地应着。

"是这个人吗？"杜英雄亮出王闯的照片，担心摊主不用心看，旁边的张宏斌适时亮出警官证。

"是他，没错。"看到警官证，摊主果然和气多了，认真看了眼照片说。

"他这会儿去哪儿了？"杜英雄继续问。

"去市场外边的诊所了。"摊主冲门口指了指。

"他怎么了？"张宏斌问道。

"刚刚给客人收拾鱼时刀切到手了。"摊主叹口气说，"平常都是他媳妇艳红收拾鱼，这不艳红回老家了，他一个人忙不过来，一着急就把手伤了。"

"明明王闯家人说他和陈艳红都在春海的啊！"杜英雄闻言，心里涌起一丝疑问，皱着双眉问："谁跟你说陈艳红回老家了？她走多长时间了？"

"王闯说的，"摊主想了一下说，"走了有半个多月了。"

杜英雄正纳着闷，眼睛余光瞥到一个手上缠着白纱布的男人从市场西门走进来，刚刚被问话的摊主显然也看到了，一边招手，一边嚷着："王闯，赶紧的，有警察找你。"

王闯一听，顿时定住身子，与杜英雄和张宏斌短暂对视几秒，猛然反身推开身边的人群向市场外面蹿去。两人愣了一下，杜英雄先反应过来，冲着王闯的背影追了上去,紧跟着张宏斌也冲了过去。

正逢下班时间,马路上人多、车也多王闯撒丫子在人群中穿梭着,杜英雄和张宏斌在后面紧追不放,引起马路上一阵骚乱。担心不明真相的群众被吓到,引起更大的骚乱,张宏斌一边跑着,嘴里还一边喊着:"警察办案,警察办案,大家都让开点,让开点……"

大概追过了两条街,杜英雄渐渐赶上王闯,瞅准时机一个前扑,把王闯扑倒在地,紧跟着用膝盖顶着王闯的后背,将他的两条手臂别到后面,麻溜地铐上手铐。这一系列动作完成后,张宏斌才气喘吁吁地赶上来。

王闯困兽犹斗般做着无谓的挣扎,嘴里恶狠狠地嚷着:"我杀了那臭娘儿们怎么了?敢给老子戴绿帽子,老子就送她见阎王!"

陈艳红当年被王威强奸后,丈夫王闯表面上表示不介意,实质上内心一直无法释怀。加上村里风言风语不断,尤其有人传瞎话说陈艳红是在半推半就下与王威发生的关系,让王闯不由得在心里暗暗怀疑起妻子来。此后他带着妻子离开老家,来到春海市,但心里的疑虑不仅没有消减,反而疑心病越来越重。但凡妻子与男人接触,哪怕只是无意中瞥了哪个男人一眼,都会招致他一顿盘问和痛斥。夫妻俩每天在外面看起来和和睦睦,但一回到家里,关上门,王闯便像恶魔似的摧残着陈艳红的身心。终于半个多月前,陈艳红因帮市场中附近摊位做买卖的男摊主,挑了一根扎在手上的刺,结果再次招致王闯的毒打。这过程中,处于极度愤懑中的王闯,掐死了妻子陈艳红。在其被抓捕之后,警方在出租屋内的大冰柜中,发现了陈艳红完整的尸体。

连夜突击审问,王闯对于自己的犯罪事实供认不讳。当然,警方更想了解的是王闯与王威的死到底有没有关联?而到目前为止,在王闯家中并未发现与"抛皮案"相关的物证。

"你知道强奸你妻子的王威也在春海吗?"杜英雄问。

"他在春海?"王闯瞪大了眼睛,情绪略显激动地说,"我不知道啊,要是知道早把那王八蛋阉了。"

"10 月 18 日夜里，10 月 19 日夜里至 10 月 20 日凌晨 3 点，你在哪儿，在做什么？"杜英雄问。

"哪儿也没去，在家陪媳妇，喝酒，睡觉。"王闯干脆地说道，提到"陪媳妇"三个字时，咧了咧嘴，露出一丝阴沉的笑容。

"有人能证明吗？"张宏斌问。

"证明？"王闯一副无赖样，"你脑子没病吧？换成你把你媳妇杀了，搁冰柜里躺着，敢大张旗鼓地把人召家里喝酒？没别人，就我自己，还有我冰柜里的媳妇。"

"不是他，应答问题反应很直接，没有事先准备的痕迹，更主要的是他没有'抛皮凶手'那份素养和耐性。"韩印在隔壁观察室说道。

"你心里是不是对犯罪人已经有了大概的轮廓了？"顾菲菲仰着头问。

"线索太少，只能说初步印象。"韩印微微颔首道，"我又仔细看了遍皮肤组织碎片上的摩斯密码图案，可以说凶手文得非常精细和认真。横和点都非常直和圆，每一条横线、每一个圆点长度和大小也都差不多，看得出他在力求让五张人皮碎片上的图案，都达到清晰和工整。这已经超出我先前认为'卖弄'的境界，而是一种强烈和炙热的精神诉求，同时也让我看到了一个有着一定的文化底蕴和个性坚韧、耐心、细致的人的影子。"

"这几点王闯显然不具备。"叶曦插话说，接着扭头冲刚走进屋子的艾小美问，"电话亭周边走访情况有收获吗？"

"暂时还未有收获。"艾小美斟酌了一下，"不过我也不知道这条线值不值得跟下去，正想听听大家的建议。"

"咱们经常看到，不管多么高智商的罪犯，最后依然会被绳之以法，实质上很多时候都是因为他们过于自信，从而放松警惕，留下了破绽。借此从心理层面，咱们再来推理王威打电话的问题。他第二次往家里打电话时显然从容多了, 不仅告诉家人他身在春海市, 还说了自己想要开饭店的打算。表明经过两年多的时间, 他已经完全适应了负案在逃的生活, 心里原本紧绷的弦正逐渐松脱, 对于外界的警惕性也不那么高了。且当时还是除夕夜, 而王威依然选择那个磁卡电话亭, 很可能是因为电话亭距离他日常活动的区域并不远。" 韩印顿了下, 强调说, "但是要注意, 这个不远只是相对的, 因为毕竟会有个心理安全边界在。那么以电话亭为中心的话, 我认为距离在一公里到三公里之间, 也就是说从王威所处的方位, 要么走路, 要么骑单车, 都可以到达电话亭的距离。"

"这样吧, 我跟张队说一下, 让辖区派出所协助参与走访调查。" 叶曦听出韩印是支持在磁卡电话亭周边继续排查下去的, 便冲艾小美嘱咐说, "还要特别留意有没有近期关闭, 或者原本营业得好好的, 但突然间不营业了的饭店、餐馆。"

"我知道了。" 艾小美点点头, 沉吟一下, 抬头说, "王威系负案在逃的强奸犯, 凶手有没有可能是使命型杀手, 他在为这座城市清除不为人知的坏分子?"

"那就要看另两名受害者的身份背景了。" 韩印道。

"当务之急, 还是要尽快破解摩斯密码背后的诉求。" 顾菲菲甩甩头, 插话道。

次日一大早, 张宏斌得到消息, "模拟画像" 中的犯罪嫌疑人找到了。随之嫌疑人很快被带到了队里, 支援小组也接到通知从宾馆赶过来。

嫌疑人是个乞丐, 外形和相貌与目击者王先生给出的模拟画像非常相像。他戴着一顶破长舌帽, 头发很长, 乱糟糟地盖着耳朵, 满脸胡楂, 年纪四五十岁的样子, 腿部有残疾, 走路一瘸一拐的。一个派出所的民警, 早上开车送媳妇上班路过松江路十字路口等绿灯时, 该嫌疑人主动拍他的窗户讨要钱财, 被他逮个正着。

韩印看了第一眼便猛摇头——能做出那么惊天恐怖事情的人，不会去沿街乞讨的。

顾菲菲也皱着眉头："那个给出模拟画像的目击者，是做什么工作的？与这个乞丐有没有交集点？"

"是四院的大夫。"张宏斌翻了翻手边的材料，"噢，还真有交集的地方，王先生上班时也会经过松江路十字路口。"

"这就对了。"杜英雄接下话，"'抛皮凶手'外部轮廓和乞丐的确有点像，而且都显示腿部有残疾，所以目击者当夜看到'抛皮凶手'时，下意识将他白天上班时看到的特征相似的乞丐，联系在一起。等他睡了一觉之后，便分不清他眼睛看到的和当时下意识想到的，哪个是真实的。最后便将两者特征糅合在一起，给出了一个加工过的口供。"

"咳，白高兴一场。"张宏斌摇头叹气道，"行吧，程序上还得做一下确认，待会儿派人跟这个要饭的去他的落脚点走一趟，如果有线索再通知你们。"

"嗯"。顾菲菲轻声应道。

上午 10 点多，早上失落的劲儿还没过，张宏斌接到南关村搜捕小组传回来的消息，嫌疑车辆终于找到了。

南关村是个靠山临海的村子，山和海主要集中在村子的南面，距离村民密集居住的区域有两公里左右。群山中有一座山叫野鸡山，山下有一处沟壑叫红岭沟，嫌疑车辆就是被村民在红岭沟的灌木丛中发现的。

顾菲菲跟随张宏斌赶到红岭沟，技术处的勘查员已经把周边的灌木丛清理干净，正在对嫌疑车辆进行初步勘查。顾菲菲便也加入进去。

嫌疑车辆是个七座的微型面包车，车里车外都脏兮兮的，看起来车龄很长了。后排五个座位被拆掉了，空出来的地上铺着一块木板，上面有被重物拖行摩擦的印迹，估计面包车被车主非法改成了载货车。

微型面包车和轿车不同，发动机安置在副驾驶座位下面，勘查员掀开副驾驶座位，在发动机与车架连接处的三角铁上找到了车架号。另一位勘查员在汽车尾部不远处的地面上，发现一条轮胎印迹和几枚脚印。顾菲菲则在驾驶员座位周边细细观察着，很快刹车踏板下面的一团油污和一撮黄色粉末，引起了她的注意……

到了午后，关于嫌疑车辆的信息陆陆续续都有了结果：通过车架号，锁定该车的真实车牌号，也找到了车辆所有者，同时调阅报案记录，证实该车为被盗车辆。据车主介绍：他本人是水果贩子，私自拆除车后座是为了便于他采购运输水果，在一个多月前，该车停在自家楼下被盗。

在凶手遗弃车辆现场发现的轮胎印迹，经比对为自行车行驶的印迹，进一步观察可以看出，轮胎是深齿结构的，齿纹之间间距较大，多用于越野山地自行车，也就是说凶手很可能抛弃作案车辆之后，是骑着山地自行车逃走的。至于留在现场的脚印，不出意外是来自凶手的，脚印长 25 厘米，通常人的脚印约是身高的七分之一，因此推测凶手身高在 1.75 米至 1.8 米之间。

顾菲菲亲自对"油污和黄色粉末"做了检验，证实油污为地沟油，应系凶手在第一作案现场地面上踩到的。而黄色粉末，则来自一种叫作"尼美舒利"的药片。

就以上信息，可以坐实支援小组先前的一些判断：案件确实有过精心谋划，从盗车到制定逃脱路线都是规划好的，由此也能确认"抛皮地点"是凶手刻意的选择。另外一点，尼美舒利药片，适应症为类风湿性关节炎和骨关节炎等，以及用于治疗手术和急性创伤后的疼痛和炎症，这就与凶手腿部的残疾对应上了。想必药片很可能是凶手随身携带、服用的，但不小心掉到脚踏板下被踩碎了。

◎第五章　直播死亡

夜已经很深了，支援小组的办公间依然亮着灯，五个人围坐在长条办公桌旁，眼睛齐齐盯着立在长条桌右侧的一张白板，白板上用黑色水性笔写满了数字。

"1、9、8、6、2"，即是凶手通过受害者皮肤组织碎片上的摩斯密码所传递的数字。前面顾菲菲已经提过，目前的这种排列顺序是根据凶手"抛皮"先后顺序组合而成的，乍看起来很像是一个时间提示——1986年2月，难道犯罪人是想提示1986年2月春海市发生了某个与他有关的重大社会事件或者案件？问题是正如韩印先前说的那样，犯罪人费尽周折布下的迷局，有可能这么容易便让警方猜到密码数字正确的顺序组合吗？而若沿着"时间提示"的思路——也确实是一个值得深入追查的方向，五个数字可以组合成的时间那就太多了。比如只精确到月的，1982年6月、1968年2月、1928年6月……甚至更远的1826年9月等等；再比如精确到日的，1992年6月18日、1996年8月16日、1998年1月26日等等。

这两天韩印没干别的，满脑子都是这些数字，他把所有与时间有关的组合全部列了出来，从1986年2月开始，由近及远，通过网络搜索引擎进行搜索，去资料室查找旧报纸和城市日志，到档案室翻阅案件卷宗，林林总总做了好多工作，可截至目前仍是一无所获。他只好把5个数字，不重复排列的120种组合，全部写到白板上，把大家召集到一起，集思广益、共同讨论，来找出答案。

　　"韩老师您不是判断'抛皮地点'是特定的吗？"杜英雄说道，"有没有可能数字的组合顺序，与五个'抛皮地点'的某种特质有关系？"

　　"抛皮现场我倒是都仔细观察过，"韩印犹疑道，"如果说周边显著地标的话，分别有学校、住宅区、工厂、妇产医院、派出所。"

　　"好像有点意思，你们注意到没有，把韩老师刚刚说的顺序改一下，变成医院、派出所、学校、工厂、住宅区，这样的顺序是不是代表着一个人成长的轨迹？"艾小美一脸雀跃解释说，"人出生是在妇产医院，然后需要到派出所落户口，再然后需要读书学习，结束求学生涯之后便要参加工作，再下一步便是离开原生家庭组织自己的家庭。"

　　"还真能说得过去。"叶曦跟着总结道，"'医院'出现在犯罪人第二次的抛皮地点，相对应的数字是'9'，以此类推，'派出所'对应的数字是'2'，'学校'对应的数字是'1'，'工厂'对应的数字是'8'，'住宅区'对应的数字是'6'，组合到一起便是'9、2、1、8、6'。"

　　"92186？"韩印轻轻念着，随即摇摇头，"应该不是个时间提示。"

　　"有没有可能是某个案件卷宗的编号？"艾小美说。

　　"不会，编号没这么短。"顾菲菲说。

　　"或许是截取了编号中的某几位数字呢？"杜英雄说。

　　"有可能，我来查查看。"艾小美说着话，便敲了几下手边的笔记本电脑键盘，登录到案件数据库查询系统，试着输入上面的数字。

　　"又会不会是把时间精确到小时了？比如1992年1月8日6点？"杜英雄又延伸了想象，紧跟着也摆弄起自己手边的笔记本电脑，开始在网络搜索引擎中寻找契合的线索。

　　数据库搜索需要一定的时间，艾小美盯着显示屏看了好一阵，一直也没出来个结果，便把头凑到旁边杜英雄的电脑前，想看他找没找到一星半点线索，结果却看到显示屏中正播着略显香艳的画面：一个身材火辣的女孩，穿着刚刚包住臀部的短睡裙，黑色的三角内裤隐约可见，怀里搂着一个毛茸公仔，挡住她大半个脸，身子侧卧在床上，一双又长又白的美腿裸露在外，很是惹眼。

艾小美抬起粉拳使劲捶了下杜英雄的肩膀，嚷着说："你这个臭家伙，还以为你在找线索，原来在欣赏网络女主播直播睡觉！"

"没，没，别瞎说。"杜英雄红着脸辩解道，"我也是刚刚看到浏览器的推送，说是网络美女主播创造直播睡觉纪录，有些好奇才点开的。信息显示这女孩是春海本地的，已经连续睡了超过二十四小时。"

"真的假的？"叶曦也被勾起好奇心。

"确实是真的。"艾小美撇撇嘴，把电脑显示屏转向叶曦一侧，讪讪地说，"这些网络主播都跟疯子似的，为了出点名啥招都敢使。"

顾菲菲也凑到叶曦身边，跟着瞅了眼视频，随即双眉微微蹙起，伸手把电脑又往自己身前挪了挪，似乎感觉有点不对劲："这姑娘不冷吗？现在可是春海深秋时节，像咱这室内温度也就十几摄氏度，穿这么少也没盖被子能睡那么久？"

"可能开着空调吧？她们干这行的都这样，故意露着大长腿好勾人看。"艾小美顿了下，摇着头说，"我这边搜索完毕了，数据库中没有与 92186 相匹配的案件档案编号。"

"嗯。"顾菲菲随口应道，单手扶着显示屏，几乎把眼睛快要贴到屏幕上，须臾，扭头冲韩印冷冷地说，"这姑娘死了。"

韩印身子一凛，追问道："死了，何以见得？"

"以我的经验，这姑娘身子没有任何呼吸的律动。"顾菲菲冲女孩下体部位指了指，"还有你仔细看看这儿，床单上湿了一大片，这是因为人死之后膀胱和肛门括约肌松弛了，导致尿液和粪便都漏了出来。"

"那赶紧找到这姑娘吧？"韩印将电脑推向对面，"小美，锁定下具体方位。"

"好嘞。"艾小美接过电脑，噼里啪啦敲起键盘，没费多长时间，便停下手，"找到 IP 地址了，登记在'张瑶'名下，地址为春海市甘宁区东特路 185 号 1 单元 601 室。"

"通知张队出现场，咱们也跟着过去看看。"叶曦干脆利落地吩咐道。

午夜时分，一队警察出现在一栋居民楼里，为首的正是张宏斌，身后跟着顾菲菲和韩印等人。

来到 6 楼 601 室门前，张宏斌试着敲了会儿门，里面没有任何回应。他拔出枪，冲身边的杜英雄示意了一下，后者便运用技术开锁悄无声息打开了房门。

出于谨慎，张宏斌和杜英雄举着枪和手电筒率先走进室内，韩印和顾菲菲等人暂时候在门外，不过很快张宏斌便确认解除危险，众人便全部进入室内。

这是个一室一厅的房子，进门之后是个小客厅，左首是洗手间，右首便是卧室。卧室敞着门，里面亮着灯，可以很清晰地看到一张单人床上侧躺着一个穿短睡裙的女孩。床的侧面，也是女孩的脸正对着的，是一张电脑桌，上面摆着电脑显示器，显示器上别着摄像头，由显示器背后伸出一个麦克风支架，上面挂着灰色的麦克风。一看便知，都是网络主播必备的硬件设施。

艾小美第一时间走过去将摄像头关掉，顾菲菲跟着走过去探了探女孩的脖脉，又扒开女孩的眼皮看了看，确认女孩已完全死亡。

连夜全面尸检表明：女孩血液中含有超高浓度的苯二氮䓬类催眠药物三唑仑，相较于其他催眠类药物，三唑仑药力强劲，起效迅速，无味，且易溶于水和各种饮料中，黑市中有广泛售卖，所以在很多类似使用迷药抢劫、强奸，乃至下毒的案例中，都能看到这种药物。回到案子中，女孩是因为服用过量三唑仑导致死亡的，完全停止呼吸大致在案发 24 小时之内，而关于她睡觉直播的整个录像近 27 小时，也就是说女孩直播了自己的死亡过程。

在案发现场找到女孩的身份证和关了机的手机，确认被害女孩名叫张丽，网名叫大丽丽，张瑶是她的姐姐，也是房主，与丈夫和孩子住在自己另外一套房子中。据张瑶介绍：张丽原本在一家酒店做前台服务工作，大概两年前被一个高中同学拉入网络主播行列，便辞了工作。因跟父母住在一起直播起来不太方便，便借了姐姐空出来的一套房独自居住。对于张丽日常网络直播状态，张瑶表示自己工作忙并没怎么关注，至于社会交往方面，她倒是经常催妹妹赶紧找个男朋友，但张丽一直声称等赚足了钱再好好谈恋爱。

警方回放了张丽直播的整个录像：直播是自 10 月 22 日晚上 9 点整开始的，张丽起初并没有出镜，只是放了一张她的照片在画面上，并用文字滚动预告，将要创造持续直播睡觉纪录。随后在 9 点 15 分 20 秒时，张丽才出现在直播画面中，那个时候她已经一动不动地睡在床上了。这表明当时除了张丽，屋子里应该还有第二个人。

与网络直播平台的管理员取得联系得知：张丽的直播时间段主要为下午 2 点和晚上 9 点，粉丝平均在线人数是五六千，偶尔也有一两万人的时候，作为素人主播来说，人气还算可以。除了在直播中唱歌、跳舞，张丽很多时候也会剑走偏锋，做一些稀奇古怪的室外直播。她胆子超大，有时候会大半夜独自开车到空无一人的山林中或者大海边直播，甚至还有一次夜里偷偷溜进寺庙中搞直播。

查看张丽手机，显示 10 月 22 日一整天，她只接听过两通电话，全部都是推销电话，未有拨出电话记录。微信方面，保留在主页的私人聊天记录，有与姐姐张瑶的，还有一些是与奢侈品代购人的聊天，联系比较紧密的便是那个拉拢她做网络主播的高中同学，也是个女的，叫陈萍。而从张丽和陈萍两人多次的聊天信息中，透露出她们不仅在直播中与粉丝互动，而且私下里有过多次与粉丝会面的经历，甚至还有约会、开房。当然，粉丝需要付出一定的金钱代价。

警方在案发次日下午联系上了陈萍，并请她到刑警支队协助调查。

　　在聊天记录这样的证据面前，陈萍也只好老老实实交代她和张丽与一些网友在线下的钱色交易问题。陈萍供认说："我们平常在做直播时会把微信号或者微信群号打在屏幕下方，有想法的网友便会加入进来，有外地的，也有春海本地的。有诚意的就会通过私信进一步聊聊，谈好价钱，然后约个地方先见见面，感觉不错再到酒店开房。"

　　"你们还谈感觉？"杜英雄讥诮说道，"你们知不知道这属于卖淫行为？"

　　"我们一开始也没想……后来慢慢地就……我知道错了。"陈萍低下头，嗫嚅道。

　　"你知道张丽都和什么人出去过吗？"张宏斌问。

　　"她那部手机里应该有聊天记录。"陈萍解释说，"她有两部手机，其中一部是专门用于加粉丝微信互动的。怎么，你们在她家没看到那部手机？"

　　"那部手机号码是多少？"张宏斌没理会陈萍的问题，继续问道，"张丽在那部手机上使用的微信号是什么？"

　　"181……35。"陈萍说出一串号码，"微信号就是这个手机号。"

　　"张丽跟没跟你提过与什么人发生过纠纷或者结仇？她有没有比较长期交往的网友或者男朋友？"杜英雄连续问道。

　　"她做主播前倒是有个男朋友，后来因为做主播的事儿两人闹掰了，张丽提出分手，那男的死活不同意，纠缠了她好长时间才肯罢手，和别的人有没有结仇我就不清楚了。"陈萍想了一下，继续说，"噢，最近一段时间她倒是真认识了一个不错的男网友，也是通过看她直播加她微信认识的。我听张丽说，她和那男的出去过几次，那男的出手特别大方，而且也不急着和她开房，就是一起吃吃饭、聊聊天。"

　　"张丽提过那网友的具体情况没？"张宏斌问，"比如年龄、相貌、工作之类的。"

　　"我问过她，她不肯说，神神秘秘的，估计那男人有老婆，不让她乱说。"陈萍说。

"她前男友的联系方式你有吗？"杜英雄问。

"有，是个渣男，和张丽分手后，加了我的微信，有一段时间还想泡我。"陈萍说。

"你觉得张丽有自杀倾向吗？"杜英雄继续问。

"没有，她绝对不会是自杀。"陈萍语气坚决地说。

张丽系服用安眠药过量死亡，就目前警方掌握的一系列信息看，案发当晚曾有第二个人出现在张丽家中，并极有可能带走她用于与网友互动的手机，且张丽死前曾与身份不明男子交往，综合判断：他杀的可能性极大。

张丽住的是一个老房子，楼洞口没有安装防盗门，更没有监控摄像头。她有一部经济型的私家车停在楼下，包括车里和她的家中，警方细致勘查后并未发现有关犯罪嫌疑人的线索。推断张丽很可能是在外面被犯罪人下的药，随后才被转移回住所的。

接下来，首先要在案发现场周边寻找潜在目击者，同时还要调查张丽的前男友。关于不在案发现场的那部手机，只能试着查查通话记录，微信聊天记录肯定是查不到了……

◎第六章　破解密码

张丽在直播中死亡的案件，抛开人道主义因素，就案子本身来看，可以说是一个很有意思的案子，但对支援小组来说只是一个小插曲，他们还是需要把注意力放到"抛皮案"上。

快到傍晚的时候，艾小美接到派出所打来的电话，说是辖区内有人看过王威的照片表示见过他。她便和杜英雄立马赶了过去。

认出王威照片的是一家叫作满天星网吧的老板，他向艾小美和杜英雄反映曾经有一段时间王威经常到他店里玩。小美便追问道："你说的这个'曾经'具体是什么时间？"

"去年，差不多一周能来个两三次，基本都是晚上八九点之后。"老板说。

"那么晚？"杜英雄问，"都是他一个人来吗？"

"对。"老板说。

"他最近一次来玩是什么时候？"艾小美问。

"准确时间说不好，不过大概从年初就没怎么看他来过。"老板想了一下说。

"你怎么称呼他？他有没有透露过在什么地方上班？"杜英雄接连问道。

"我印象里他来上网时出示身份证上的名字叫耿亮，其余的就不太清楚了。"老板摆弄几下放在吧台上的电脑，然后指指显示器荧屏，"喏，这是他所有的上网记录，下面还有身份证号，不知道对你们有没有用处？"

"嗯，谢了。"艾小美拿出记事本抄下身份证号码。

从满天星网吧出来，天色已晚，艾小美和杜英雄商量了下，决定还是先回队里把假身份证的问题落实清楚，再研究下一步的调查方向。

不用说，王威肯定是买了个假的身份证。其实说假也不假，是犯罪分子盗取他人身份证，卖给王威。这个"他人"叫耿亮，从身份证登记系统中查到，此人为本省鼎山市人，年纪和王威仿佛，身家清白，没有犯罪记录。直到艾小美第一时间通过电话联系到他时，他才知道自己身份证被盗用，并坚决表示不认识王威。

满天星网吧与磁卡电话亭有两公里左右的距离，尚在韩印地理侧写的范围之内，想必王威的落脚点也不会离网吧太远。当然现在看来，应该是曾经的落脚点。分析网吧老板提供的线索，王威应该自年初便离开了原生活区域，至于原因很可能像王威家人所说的那样，他和朋友去别处合伙开饭店了。另外，王威在满天星网吧活动的时间，集中在晚间八九点钟之后，这有可能是出于谨慎，毕竟他是负案在逃人员，还有可能是跟他当时的工作属性有关。比如，餐饮娱乐场所等，下班都比较晚。

听了艾小美和杜英雄从满天星网吧带回的线索，所有人都有一种感觉，似乎距离找到王威，或者准确点说是找到王威的尸体，又近了一步。

墙上的时钟指向凌晨 2 点多，韩印依然没有就寝的意思，手里握着一支水性笔，低垂着眼眸，一脸郁郁地坐在宾馆房间里的地毯上。身子周边摆着笔记本电脑、来自"抛皮现场"的"人体皮肤组织碎片"从各个角度拍摄的存证照片，床上也同样被卷宗和各种资料占满，差不多大半个晚上，他的视线和心绪一直在这些照片和资料中徘徊。

"1、9、8、6、2"，5 个数字，不重复的 120 种排列组合，已经深深刻在韩印脑海里。包括时间节点、案件档案编号、社会重大事件等等，能想到的调查方向都尝试搜寻过了，还是找不出它们真正要表达的含义。

　　会不会与第一作案现场方位有关？破解出密码真正的含义便能找到受害者尸体？韩印脑袋里又蹦出一种假设。5个数字，可以组成一个街道编码和门牌号码吗？比如，什么什么路，多少多少号，几单元，多少多少室。不过就算是这样，还是要回到老问题上，先得找出正确的数字组合顺序。一想到这个，韩印便又有些气馁，但也只是一瞬间的泄气，很快他大脑又开足马力，高速运转起来。

　　对了，"抛皮地点"是犯罪人刻意选择的，这一点已经确认过，除了艾小美曾经提过一个所谓"人类生长轨迹"的假设，似乎还是缺少更全面的挖掘。想到这个疏漏，韩印不禁用手指敲敲额头，扭过头在床上的一堆资料中，翻出记载"抛皮地点"的一页报告纸。

　　韩印盯着报告纸看了会儿，大概觉得不够立体，便起身来到床对面的梳妆镜前，用水性笔按照"抛皮顺序"，把地点抄写到镜子上面：春海市中山区友好街道木林路南段；春海市沙河区周山街道金柳路中段；春海市沙河区王家街道中土路东段；春海市甘宁区富民街道富民花园小区玉水路东段；春海市甘宁区机场街道星火路绿化带花坛旁。

　　写完之后，韩印伫立在镜前，抱着膀子，一只手习惯性地推着眼镜框，镜框背后那双深邃的目光犹如手术刀般，逐一解剖着那几个地址上的每一个字。

　　突然，他身子一震，像感悟到了什么，紧跟着迅速用水性笔把几个字画上圈，重点标注出来——

　　春海市中山区友好街道木林路南段；春海市沙河区周山街道金柳路中段；春海市沙河区王家街道中土路东段；春海市甘宁区富民街道富民花园小区玉水路东段；春海市甘宁区机场街道星火路绿化带花坛旁。

　　"木、金、土、水、火"，系古人把宇宙万物划分为五种性质的事物，称之为"五行"。这也便是犯罪人选择五个"抛皮地点"所要传递的信息。而关于五行是有着相生相克的对应关系，即：五行相生——木生火，火生土，土生金，金生水，水生木；五行相克——金克木，木克土，土克水，水克火，火克金。联系到案子上，显然受害者都已经死亡，应该适用于五行相克关系。也就是说，凶手文在5张人体皮肤组织碎片上的摩斯密码，所对应的5个数字，是以五行相克顺序排列的。

以凶手"抛皮先后顺序"，对应5个"抛皮地点"地址上有关五行的关键字，所展示出的五行顺序为木、金、土、水、火，相应的摩斯密码代表的数字为1、9、8、6、2，那么按照五行相克关系（金→木→土→水→火）重新排列，凶手真正想表达的数字排列顺序，应该是"9、1、8、6、2"。

不分白夜、费尽心思、来回往复推敲了多日，凶手通过人皮设置的心灵密码终于被有效攻破，但韩印脸上却并未表现出有多么兴奋，这与他向来喜怒不形于色的个性有关，更主要的是他清醒地认识到，破解数字密码正确的顺序组合仅仅只是第一步，接下来还要找出这组数字隐含的真正寓意。或者更形象些说，"91862"这组数字只是谜面，凶手借用五行学说将之展现出来，那么谜底会不会也与五行学说有关联呢？

五行学说是中国传统文化的核心，其内涵博大精深、源远流长，对于中国哲学、科学、中医学、历法领域的发展，都有着积极重大的促进作用。当然，在民间运用更广泛的是将之作为人生预测的基本元素，直白些说就是占卜、算命。至于五行学说这一现实运用，到底是科学还是迷信，民间争论已久，韩印没精力和能力去研究定论，他现在只想知道的是，凶手费尽心机将五行学说融于案件当中，是不是意味着案子与命理有关联？总之，韩印对五行学说只有浅显了解，所以只好转身坐回地毯上，捧起笔记本电脑，试着在网络上搜索一番。

随着一页一页翻阅搜索页面，韩印蓦然注意到五行学说在现实生活中的又一功用，是他先前从未注意过的，也是与时代发展息息相关的，原来在某些彩票网站和彩民中间流行着一种运用五行相生相克理论来选择彩票号码进行投注的方法，被称之为五行选号法。而在众多彩票种类中，一种叫作"排列五"的彩票,运用其选号方法的人群最多。

"91862"会是排列五某期的中奖号码吗?带着这一疑问,韩印进入专门的彩票网站,试着翻阅对比排列五的往期中奖号码。排列五每天都有开奖,自2004年销售至今,时间由近及远,韩印耐着性子不断翻阅。终于在翻阅到上年度10月28日第295期中奖号码时,韩印看到了一个期待多时的号码——"91862"。果然,凶手在5张人皮碎片上借由摩斯密码传递的,就是一个排列五的中奖号码!

韩印长出一口气,压在身上多日的重担终于可以卸下些许,待天亮之后,去彩票管理中心调阅领奖记录,应该很容易便能查到中奖者身份。只是这中奖者与凶手和受害者会有着怎样一种关联呢?

韩印继续在网络搜索引擎网站中,打上"排列五中奖 + 春海"几个字,按下回车键。只翻过两页搜索页面,便看到一则转自《春海早报》的新闻,是本年8月份的一篇报道,标题为《本市彩民频频中奖,原因乃是借用了五行选号法》。内容写道:记者从一家彩票销售点获悉,在本市工作的彩民程先生,购买彩票经常中奖,最高纪录曾一月中奖3次排列五彩票。记者至本市西城区玉田路30号的13546彩票销售点采访时,恰巧碰到程先生正在购买彩票。据程先生介绍,他自己开着一家小饭店,平时除了爱钻研、购买彩票外,还愿意读一些风水算命之类的书籍,对"五行"有一定了解,因此会将五行相生相克的理论,用于选择彩票号码和排列顺序上。比如,借用1、6为水,2、7为火,3、8为木,4、9为金,0、5为土,1与6共宗,2与7为朋,3与8成友,4与9同道,0与5共守等说法。文章最后写道:据悉,程先生还曾于去年10月份中过一次排列五大奖。随文,还附上一幅程先生接受采访时笑逐颜开的照片。

经营"饭店",运用"五行选号法"购买彩票,去年10月份中过一次"排列五大奖",仅从这三个特征上看,这位程先生似乎正是警方要找的人——要么是犯罪人,要么是受害者!

◎第七章　饭店遗尸

早间例会，韩印将昨夜的一系列发现集中做了阐述，随后各路人马立即投入到调查当中去。

彩票管理中心对彩票中奖和领奖的相关程序和规定非常严谨，所以专案组侦查员很容易就查到去年 10 月 28 日春海本地确实中过一注中奖额为 10 万块钱的排列五彩票，中奖者叫程强，本省富阳市人，现年 32 岁，职业是厨师，工作单位一栏填的是旺海老菜馆。

旺海老菜馆与满天星网吧隔了两条街，此时距离中午开档时间尚早，饭馆里很冷清，除了两个打扫卫生的女服务员外，便只有一个 40 多岁的中年男子站在吧台里面低头翻着各种单据，看起来应该是老板。

虽然摩斯密码真正的谜底被彻底破解，并且一位姓程的男子已经被列为案件中最为关键的人物，但韩印认为王威这条线还要继续挖下去，必须要弄清楚他与姓程男子到底是怎样一种交集。所以散了早会，杜英雄便和艾小美以满天星网吧为中心，对四周的餐饮场所进行排查。旺海老菜馆是他们这一上午走的第五家店。

"你好，我们是警察，麻烦你看一下，见过这个男人吗？"杜英雄走到吧台前，亮出王威的照片问。

老板听见话音，赶紧放下手上的活，抬头稍微打量了下杜英雄和艾小美，便把目光集中到照片上，没多大会儿，使劲点着头道："见过，见过，这不是耿亮吗？在我这儿干过一段日子。怎么，这小子惹事了？"

"你知道他离开你这饭店去哪儿了，做什么工作吗？"艾小美急促地问。

"噢，他跟原来在我这里炒菜的师傅和一个女服务员合伙开饭店去了。"老板说。

两男一女，三个人开饭店，会不会就是案件涉及的三名受害者？杜英雄心里一个激灵，赶紧冲老板追问道："麻烦你跟我们详细说说这三个人的情况。"

"行，行。"老板稍微想了下，说，"他们仨都是外地的，那炒菜的师傅叫程强，女服务员叫姜春花，和程强是老乡，两人也正在处对象。耿亮最开始在我这里干服务员，后来经常跟程强一起研究彩票，关系混得不错，程强便把他要到后厨打荷去了。"

老板话音未落，杜英雄心里又是一凛，莫非程强就是案子中关键人物程姓男子？便忍不住插话问："程强中过一注排列五彩票？"

"对，对，应该是去年10月份，他跟耿亮合买了个96块钱的复式，中了10万块钱。"老板一脸羡慕地说，"还别说，程强这小子买彩票真有两下子，虽然没中过啥特大奖，但几千块钱、一两万块钱的小奖没少中，有一阵子都上报纸了，微信朋友圈也都传开了。"

"你继续说饭店的事，他们仨现在在哪里开饭店？"艾小美问。

"那时程强和耿亮中了10万块钱，刨去税，剩8万，也算手里有点底了，正好年初程强有个老乡要转让个小饭店，他俩就给接下了，春花也跟着过去了。"老板又想了下，"说是在玉田路靠近西郊那块，具体地址我还真不清楚，没去过，但名头我知道，叫旭日饭店。"

旭日饭店是一个单独的门脸，临近马路，背靠一处工厂的围墙，从外表看也就是两个大玻璃窗加上一个大门的面积。玻璃窗被窗帘挡得死死的，大门外拉着冰冷的卷闸门。韩印、顾菲菲、叶曦和张宏斌等人，先去了 13546 号彩票销售点，然后在老板的指点下找到这里来。

张宏斌试着拉起卷闸门，果然未锁，一拉即开，接着推开两扇玻璃门，一股恶臭便猛扑过来。紧随着，众人看到差不多八九十平方米的屋子中央，直挺挺躺着三具庞然大物——两男一女的裸尸，应该死亡相当长一段时间了，尸体腐败已经扩展到全身，形成所谓的"腐败巨人观"形态。进一步观察，三具尸体头部均有明显，遭钝器重击的痕迹，胸前也毫无例外缺少了一块四四方方的皮肉。旁边的餐桌上散落着一些衣物，桌子下面漫着血迹的水泥地上，躺着一把锋利的剔骨刀和一支带着木把手的大铁锤。刀身和锤身均沾满血迹，想必便是作案工具了。饭店后厨中，一个 5 升容积的油桶倒在地上，洒了一地的黄油……

毫无疑问，旭日饭店即是第一作案现场，现场搜集到了三张身份证，分别属于 1995 年生人的（耿亮）王威、1993 年生人的姜春花，以及 1985 年生人的程强。王威系负案在逃人员，指纹和 DNA 数据在库，首先被确认了尸身，程强和姜春花为富阳市人，专案组第一时间联系到两人家属，通知他们尽快赶来春海市认尸。

虽然法理上尚无法正式宣告旭日饭店中被铁锤砸死，除王威外的另两名受害者，为程强和姜春花，但专案组和支援小组已基本认定两人的受害身份。现场勘查显示：三名受害者平日生活起居都在饭店中，包括少量现金、金银首饰、手机等均留在现场，并未被行凶者带走，显然其杀人举动不是求财，那他为什么要在那张中奖的彩票上做文章？又为什么要冒着巨大风险，以隐秘而又恐怖惊心的方式，来展示那组彩票的中奖号码？是那张彩票带给行凶者某种伤害了吗？还是说程强和王威中奖那天发生了什么事情？带着一系列疑问，专案组将旺海老菜馆的老板请到队里协助调查。

老板姓陈，张宏斌首先发问道："陈老板，麻烦你跟我们详细说说去年 10

月 28 日，也就是王威和程强中得彩票大奖当天的情形。噢，对了，跟你说一声，王威就是曾在你们饭店工作的耿亮，王威是他的真名。"

"噢，明白了。"陈老板说，"那天晚上 9 点左右，他俩兴高采烈从后厨跑到前厅，程强手里举着一张彩票，嚷嚷着说刚刚在网上查过开奖号码，他和王威中了一注排列五彩票，还说待会儿收工之后一起出去庆祝一下，他和王威请大家到 KTV 喝酒唱歌。后来 9 点半左右，饭店客人都散了，他俩加上姜春花和我，还有后厨两个厨师，以及前厅两个女服务员，总共八个人，打了两辆出租车，去西安路一家量贩 KTV 唱歌了。"

"哪家 KTV？"张宏斌插话问。

"先锋？"陈老板说。

"你接着说，后来呢？"杜英雄紧跟着问。

"因为那天去到 KTV 时已经不早了，所以感觉玩了没多大一会儿就 12 点多了，我便提议到此为止，该回去睡觉了。程强和王威大概是太兴奋了，都表示还没喝够，让我们先走。后来我留下姜春花陪他俩，带着其余人先回去了。"陈老板说。

"再后来有发生什么吗？"杜英雄又问。

"没出啥事啊，就是他们玩得挺晚的，说是回宿舍时都将近早上 5 点了。"陈老板跟着解释了一句，"我在我们老菜馆对面的居民楼里，租了个三室一厅的房子当宿舍，包括程强他们和服务员都住在那里。"

"你再仔细想想，程强和王威、姜春花他们三个，中奖后一段时间有没有什么反常的地方？"张宏斌问。

"反常？"陈老板用手搓了搓后脑勺，用力思索了一会儿，"喝醉了酒把脑袋碰破算吗？"

"怎么个情况？"杜英雄追着问，"具体说说。"

"就唱完歌隔天上班，王威额头上肿了一个大包，程强额头也碰破皮了，粘着两个创可贴，右手也伤了，缠着白纱布。姜春花说是他俩喝多了，抱在一起走，没留神被路基绊了一下，一起摔了个大马趴，不过都是皮外伤，倒也没耽误干活。"陈老板晃着脑袋说，"本来程强那天下午要去领奖的，就因为头碰破了，过了一周才去领的奖，别的就真没有了。"

"关于他们俩中奖的事，这中间有没有什么纠纷？"杜英雄问。

"没有，他们俩关系很铁，程强去领的奖，回来痛快地分给了王威4万。"陈老板说。

送走了陈老板已经是晚上10点多了，大家连晚饭都还没吃，张宏斌打发人去支队外的饭店买了些外卖回来，一众人便在大办公间里边吃边聊案子。

"一般人中奖都急于领奖，而程强偏要等头上的伤好了再去，正常吗？"顾菲菲吃了没几口，便停下筷子道。

"钱还没领到手就急着请客，说明这程强是个急性子的人。"韩印跟着说。

"做贼心虚呗，那天晚上在KTV里一定发生了什么。"艾小美抢着说。

"这个时间对娱乐场所来说还很早，"叶曦抬腕看看表，又看看杜英雄和张宏斌，说，"要不吃完饭咱去先锋KTV走一趟？"

"行，当然可以。"

张宏斌话音刚落，就见一个值班警员怀里捧着笔记本电脑冲他小跑过来。警员将笔记本电脑放到张宏斌身前的桌上，急促说道："张队，突发案件，有人在微博上直播杀人。"

"真的假的？"张宏斌一愣，把电脑拽到眼前，瞪着眼睛说，"这人是咱春海的？不会是恶作剧吧？"

"已经证实图片上的人就是该账号的博主，网名叫大海，本名叫孟凡军，他有朋友在微博上认出了他，一开始也以为是恶作剧，但一直给他打手机都没人接听，这才报了警。"警员解释说。

"这阵子真是邪门了，怎么总出些莫名其妙的案子？"张宏斌没好气地对值班警员说，"那还等什么？赶紧地让技术处定位啊！"

"等等，怎么回事？我们看看。"

顾菲菲在疑惑之间，起身将笔记本电脑转到自己这一侧。随之韩印、杜英雄以及艾小美，便都凑到了电脑屏幕前。顾菲菲轻轻滑动着鼠标按键，只见一个微博账号上连续发出多条微博，每一条微博中均写着同样一段话："这就是与人妻偷情的下场。"同时每条还都配有一张照片。照片中，在一束圆形光圈的投射下，一个嘴巴被胶带封住的男人，瞪着惊恐的双眼，全身上下被绳索五花大绑，脑袋上拴着一根绳套，勒着脖子，整个人被吊在一间屋子的房梁上，脚下踩着一块白花花的大冰块。随着微博连续更新，冰块渐渐融化、体积变小，拴着男人脖子的绳索也逐渐勒紧，直到最近一条微博更新时，男人的脚尖已经翘到极限角度，差不多快绷直了，生命岌岌可危。

艾小美迅速打开自己的笔记本电脑，登录微博，搜索到直播杀人的微博账号，接着打开特制的定位软件，手上噼里啪啦敲击起键盘来，嘴里跟着说："你们注意看一下，目前关于这次直播杀人的微博总计有五条，平均每十五分钟一条，且每条微博下显示的客户端设备都是一款叫作时光机的软件，这是一款管理微博的第三方软件，功用之一就是可以定时发送微博，所以我相信这五条微博都是定时发送的，而且是用手机发送的。因为微博 PC 端本身就带有定时发送功能，而手机客户端没有，所以必须要借助第三方软件才能定时发送。"

"定时发送的？"韩印皱了皱眉，紧跟着问，"最近更新的那一条微博是几点？"

"10 点 15 分。"艾小美答。

"这么说是晚上 9 点整发的第一张照片，"叶曦算了下时间，接下话说，"往前倒 75 分钟，那也就是说很可能 7 点 45 分左右，整个这一组照片已经在发微博人的手上了。"

"是说咱们现在看到的孟凡军处于岌岌可危的境地，实质上是他在 7 点 45 分左右时的一个状态，那岂不是说他现在已经凶多吉少了？"杜英雄说。

"有了！"艾小美扬着声音说，"微博确实是手机 4G 信号发送的，手机注册人是孟凡军本人，GPS 地址显示的是'春海市沙河区王家街道中土路 20 号中土机械厂'。"

"那厂子早废了，估计人就在那里面，走！"张宏斌霍地站起身，嚷嚷道。

◎第八章　秋夜死别

中土机械厂，一片荒芜残败景象，角落里的一扇窗户隐隐透着光亮。众人奔着亮光处跑去，看到灰色的墙体上用红色油漆涂着"库房重地"四个大字，想必孟凡军应该就在这废弃的库房里。

众人绕到大门处，看到两扇大铁门关闭着，门上挂着老式的大插锁，但并没有锁头。杜英雄跑上前，拉开插锁，轻轻一推，门就开了。张宏斌等人随即冲了进去。

空空荡荡的废仓库里，灰尘乱飞，蜘蛛网结得到处都是，就见一束圆形的追光灯投射在中央位置的地上，在一大摊水中蜷缩着身子躺着一个人。众人跑上前去，看到正是孟凡军，不过好像已经没了意识。

顾菲菲把了把孟凡军的腕脉，又翻了翻两边的眼皮，长出一口气："没死，估计要么是从上面摔下来摔昏的，要么就是被吓晕的。"

话音落下，众人七手八脚帮忙解开孟凡军身上的绳索，撕下嘴上的透明胶带，顾菲菲便着手开始做急救，没多大会儿，孟凡军果然微微睁开了眼睛。刚一睁眼，可能看到周围有穿警服的人，便像见到亲人似的，"哇"的一声从地上坐起来，哭喊道："你们……你们可算来了，他谁啊？神经病吧？呜呜……"

"不是你偷了人家的媳妇吗？"杜英雄语带讥诮地说。

"狗屁，我根本不认识他！就是个神经病，吓死我了！呜呜……"孟凡军歇斯底里哭嚷道。

"那他干吗这样对你？"艾小美试着问。

"我……我怎么知道？"孟凡军咳嗽两声，嗓音嘶哑地说，"水，有水吗？给我点水喝。"

众人面面相觑，谁也没带水，张宏斌只好说："先扶他起来，带回队里再说。"

"要不要先带他去医院检查一下？"韩印不无担忧地问。

"没事，看他嚷嚷这劲头，问题不大。"顾菲菲说。

坐到大办公间里的长条桌前，孟凡军已经把自己全身上下拾掇干净，也喝足了水，只是仍一副惊魂未定的样子，不时还抽两下鼻子。

"说说吧，到底怎么个情况？"张宏斌身子歪靠在椅子扶手上，冷声冷气地说。

"我……我真没跟别人老婆偷情，肯定……肯定是打击报复，我经常在微博上为网友仗义执言，可能得罪到什么人了。"孟凡军支支吾吾地说。

"哼，你可拉倒吧，别往自己脸上贴金了。"问话前张宏斌随便翻了翻孟凡军先前发的一些微博，发现他其实就是那种整天在微博上散发断章取义的新闻，哗众取宠骗取关注度，以达到最终牟利的营销号博主，可以说时下很多假消息和假新闻都与他们这些不负责任的所谓的营销号和自媒体有关联，所以他问话的口气便多少有些生硬，"实话跟你说，你是什么货色我们都知道，给你交个底，绑你的人事先准备很充分，那厂子里没有电，人家特意弄个蓄电池移动电源过去，还带上一个便携式的追光灯，足以见得这一次不是你运气好，是人家故意放你一马，给你个教训而已，下回恐怕就不会这么手下留情了。你还是老老实实把事情经过讲清楚，帮着我们把人抓到，对你以后安全也有个保障。"

"好吧。"孟凡军想了想，咬了下嘴唇，犹犹豫豫地说，"今天中午，有人在微博上私信我，说要给我爆个大料，说他有某银行行长与下属通奸的照片，问我有没有兴趣要。我当然说好了。然后那人就说要当面聊聊，便约好傍晚 6 点在中土路老机械厂门口见。然后我如约去了，看到那机械厂门前停着一辆奔驰吉普车，我试着敲敲窗户，那人便摇下窗户，对我说存照片的 U 盘在后备厢里，让我自己过去拿一下。我听了他的话，就走到后备厢那里，他把后备厢打开，我看到里面放着一个大冰块，还没反应过来，后脑勺便挨了一闷棍，醒来后就发现自己被吊起来了。然后那精神病拿着我的手机一直在拍我……"

"车号多少？"叶曦问。

"没仔细看。"孟凡军说。

"那人说没说为什么要这样对你？"叶曦说。

"我……我被吓晕前，模模糊糊听他说什么也要让我尝尝在微博上被冤枉的滋味。"孟凡军又吞吞吐吐地说道。

"你怎么冤枉他了？"张宏斌问。

"我哪知道，我每天至少发两三条原创微博，连续发了好几年。有的是某些个人或者商家给我钱，让我黑仇家或者竞争对手的，有的是我根据本地时事新闻胡乱改编的，要说无形中得罪什么人，那可没边了。"孟凡军咧着嘴说。

"那人长什么样你看到了吧？"张宏斌问。

"他戴着帽子和黑口罩，根本看不清脸。"孟凡军说，"噢，对了，他是个瘸子。"

"是个瘸子？"一直围坐在桌前抱着看热闹心态的韩印，脑子里猛地一个激灵——中土机械厂、戴帽子和黑口罩、腿部有残疾，难道……"那人哪条腿有残疾？"

"好像是……"孟凡军想了下，"是左腿。"

"看看跟这个人轮廓像不像？"艾小美迅速调出先前根据"抛皮视频"绘制的凶手模拟画像，然后将电脑屏幕冲向孟凡军问道。

"很像，帽子和口罩一模一样！"孟凡军瞪大眼睛，指着屏幕说。

　　"微博直播杀人"竟然与"抛皮案"出自同一人之手，这着实令在场所有人都大感意外，张宏斌与支援小组几个人对了对眼神，尤其眼睛盯在韩印脸上的时间要比其他人稍微长些，因为他知道在支援小组的队伍里，韩印是最核心的人物，也是最能在纷乱复杂的案情中捋出一条头绪的人。

　　而韩印已经陷入深深的思索当中。凶手自称在微博上诬陷和戏耍孟凡军，是想让他"也"尝尝被冤枉的滋味，他用了这个"也"字，说明先前他曾经被孟凡军在微博中诬蔑过，这有点"以其人之道，还治其人之身"的意思。由此再去审视这同一个凶手在"杀人抛皮案"中的行为举动，该案中三名受害者曾因利用五行选号法中过一注彩票，而凶手同样利用五行学说，将受害者中彩票的事件展示给世人，单单从这一特征来看，该案中同样有"以其人之道，还治其人之身"的意味。关键一点，程强等三名受害者因何伤害到凶手仍不得而知。孟凡军有罪，但罪不至死，所以凶手放了孟凡军一马，可他却毫不留情地杀死程强等三人，说明程强等人对他犯下的是一个死罪。

　　"把电脑给他。"韩印冲艾小美使了个眼色，然后一脸严肃地向孟凡军说道，"你给我听清楚了，我不管你发过多少条缺德的微博，哪怕你一条一条翻，也给我仔细想想，有没有因为你发的某条微博，而和春海本地或者长住的网友，发生了纠纷和冲突的事件？"

　　"好，好，好。"孟凡军一连串点着头，继而缩了缩身子，紧着鼻子说，"警察大哥，说实话，私信骂过我的、威胁过我的、要和我约架的本地网友太多了，而且大多私信都被我删除了，人也被我拉黑了，所以您别着急，给我点时间，容我仔细想想。"

　　"不，我们要找的人和你说的那些人不一样，他不会骂爹骂娘和说任何难听龌龊的话，更不会约你打架，他会不厌其烦地跟你讲道理、诉说事实，就算威胁你也是从法律层面的。"韩印提示道，"简单些说，你会感觉他是个相当有素质的人。"

　　"要是这么说的话……"孟凡军歪了下脑袋，眼神有些呆滞，似乎在用力搜索记忆，"好像还真有一位，起因是一起发生在海滨路的车祸事件。车祸具体是怎么个情况当时我并不清楚，只是看到出事车辆是一辆名贵轿车，车里是一男一女，而且海滨路那一段路搞车震的特别多，本地人都戏称是车震胜地，以我多年网络营销的经验，网络上有很多人乐于看到权贵和富裕阶层的倒霉事件，尤其再加点香艳情色的噱头，那关注率和点击率肯定会非常高。于是我就在微博上发了几张车祸现场的图片，并附文说'土豪与小三海滨路搞车震，激情忘我时误放手刹，豪车冲断护栏报废'。此后大概过了一周，有个男的，微博名叫什么我记不住了，他给我发了几条私信。大意就是指责我编造假新闻，说他自己是车祸当事人，车祸当时坐在车里的女人是他的妻子，说他们只是到海边看夜景，被别的车撞了，对方逃逸了，他们是受害者，让我删除微博并公开发布一条道歉声明，不然就找律师告我诽谤，等等。这种私信我见多了，便没怎么搭理他，后来就把他拉黑了。"

"那是什么时候的事？"张宏斌问，"你亲眼目击了车祸事件？"

"没，我也是在网络上看到的，大概是去年秋天的事。"孟凡军说，"难不成今天绑我的就是那个人？"

"别废话了，赶紧把那条微博找出来给我们看看。"顾菲菲指着孟凡军身前的笔记本电脑说。

孟凡军对着电脑摆弄了五六分钟，然后把电脑推给坐在对面的顾菲菲。顾菲菲将电脑屏幕转到自己和韩印这一侧，便看到了孟凡军刚刚说的那条微博，微博下评论和转发都有几百条记录。

时间点显示的是去年 10 月 29 日上午 10 点 04 分，微博文字下配有四张记录车祸场景的图片，只是大致能看出一辆名贵轿车撞在路边的山体上，车内的人影也很模糊，图片清晰度都不是很高，有明显编辑过的痕迹。

"这四张配图是你翻拍的吧？"艾小美皱着双眉冲孟凡军问。

"是，是，我从一个叫大丽丽的网络主播的直播视频中翻拍的。"孟凡军撇撇嘴，"这妞心也够大的，大晚上跑海边做直播，遇见车祸只顾着自己做直播，也不搭把手救人，围着车磨磨叽叽直播了十多分钟，才在网友的催促下打电话报警。我就是在当时翻拍了视频，然后隔天上午发的微博。"

"大丽丽主播？"张宏斌急促地在桌上堆着的材料中翻了翻，找出一张照片举到孟凡军眼前，"是这个女的吗？"

"就是她，前两天还直播睡觉破纪录来着，网络上都传她睡死过去了，是真的吗？"孟凡军眼睛里放着光问。

"她那案子查得怎么样了？"韩印紧跟着冲张宏斌问。

"我交给二大队办的，没什么进展。"张宏斌愣愣地说，显然没料到孟凡军的案子中会扯上张丽。

张宏斌随后登录内部查询系统，查到在去年 10 月 29 日凌晨，110 报警中心确实接到过一起车祸报警。系统中登记的案件信息显示：被撞车辆为某名贵轿车，车主也即是车祸当时的驾驶人，叫张家声，31 岁，广城省明泽市人，当时轿车中另一乘客叫夏晴，31 岁，河阳省宁乡市人，为张家声妻子，已死亡。肇事车辆为金牛牌轻型客车，车牌号为 DB65325，系被盗车辆，肇事人逃逸，身份不明。目前该案件由春海市沙河区交警大队负责查办。

"肇事车辆也是被盗车辆？"听完张宏斌念完系统中的信息，韩印第一时间问道，"车辆在哪儿丢失的？什么时候的事？"

"系统中登记的只是简要信息，具体情况还得找交通队方面，案件卷宗应该都存在他们那儿。"张宏斌答道。

"能不能现在就联系他们，我们想尽快看到卷宗。"韩印说。

"那么急？"张宏斌看了下表，已经是凌晨 2 点，沉声问，"你怀疑目前的三宗案件都与车祸有关联？可是动机呢？"

"以我的经验，当时车祸的情形，每一分钟对伤者都至关重要。"顾菲菲先接下话，"张丽虽然是报案人，但她先前只顾着自己的网络直播，有可能耽搁了夏晴的抢救时机，或者说夏晴的丈夫张家声是这样认为的，那么他就会觉得张丽必须要为妻子的死负一定的责任。"

"如果在张家声心里将张丽做'直播'与夏晴之死画等号，那么张丽被诱骗服下过量的安眠药，于'直播'中逐渐死亡，是不是也有点'以其人之道，还治其人之身'的意味？"韩印冲顾菲菲笑笑，显然两人默契地想到一块儿了，然后继续说，"当然，说到这儿，问题就又绕回到原点，中彩票的那天晚上，程强他们可能会与车祸扯上关系吗？我们不妨大胆假设一下，把盗窃轻型客车与程强等三人关联在一起，这样一来车祸事件中缺失的肇事者是不是就有了？如此，便也能将三宗案件串并在一起——程强等人制造了车祸，张丽因沉浸直播而贻误抢救伤者时机，孟凡军利用'看图说话'、编造假新闻对车祸当事人造成二次伤害，所以他们都受到了以牙还牙的惩罚。"

"推理得不错，事不宜迟，我这就给交警那边的大队长打电话，让他们把卷宗立马送过来。"说话间，张宏斌已经把手机放到耳边。

凌晨 3 时 45 分，沙河区交警大队大队长亲自带着案件卷宗赶到刑警支队。放下卷宗，大队长指着随同的一位中年人介绍说，那是他们事故逃逸科的程立科长，案子是他主办的，有什么想了解的情况尽可以问他。张宏斌赶紧请两人落座，支援小组几个人也过来和他们握手寒暄。

"麻烦您先介绍一下那次车祸的整体情况吧。"顾菲菲首先说道。

"这样吧，我先从时间点开始说。"程立科长也打开随身携带的笔记本电脑，对着屏幕整理下思路说，"车祸发生在去年 10 月 29 日凌晨 1 点 06 分左右（据车祸当事人张家声笔录），报案人张丽路过车祸现场时间为深夜 1 点 48 分（张本人承认、有录像做证），110 报警中心接到车祸报警时间为深夜 2 点 01 分，从 2 点 25 分至 2 点 30 分左右，巡警、值班交警、救护车相继到达现场，三方合力将两位伤者从车里救出，抬至救护车上，送往就近的医科大学附属医院救治，遗憾的是女伤者因失血过多抢救无效死亡。

"接着说撞车经过。通过与张家声问话，以及现场勘验显示：发生车祸的位置为海滨路西段第七弯路处，当时张家声驾驶自己的私家车由东向西行驶，肇事车辆为由西向东行驶，肇事车辆因超速行驶在拐弯处失去控制，冲撞到对面而来的张家声的私家车的左侧车头部位，致使车辆冲出路基撞上右侧山体。因张家声的私家车当时属被动相撞，故车损较重，主副驾驶座位的安全气囊均弹起，而肇事车辆显然车损较轻，迅速逃离了现场。随后我们抽调警力在海滨路沿线追查肇事车辆，结果并没有收获。直到早晨6点，有群众举报，距离车祸现场9公里外，一处悬崖下的海里，发现一辆汽车。我们立刻组织人力打捞，打捞上来之后证实正是肇事车辆。由于海滨路沿线交通监控摄像头安装得比较少，仅有的几个监控点的录像中并没有出现可疑人员身影，怀疑肇事人将车推下悬崖后，由山路返回市区。

"再来说肇事的金牛牌轻型客车，系案发当晚被盗车辆。据车主说：10月28日晚11点40分左右，他将车停在沙河区西安路279号楼自家楼下的车道旁。停下车后他接了个电话，因为聊得太投入了，他把车钥匙落在车上，车窗也半敞着，就回家了。回家之后，他洗了个澡，玩了会儿电脑，突然想起车钥匙还在车上，等他下楼时，车已经不见了。当时是10月29日0点45分左右，前后一小时多点，车就被偷了。我们从附近路口一处交通监控拍到的画面中发现，该车在当晚0点40分时经过该监控点，向西南方向驶去。

"最后说说车祸受害者张家声和夏晴这夫妻俩。两人是外地人，大学毕业后留在春海创业，共同经营一家叫作'定情海旅行社'的旅游公司。据张家声说：案发当天是他和夏晴的结婚纪念日，两人去西餐厅吃了晚餐，然后又看了场午夜场的电影，电影散场之后夏晴提出想到海边兜风，结果便遭遇了车祸。车祸情况大致就是这些。"

"张家声的车上没有行车记录仪吗？"杜英雄问。

"有，但据张家声说，案发前两天他公司一个姓赵的副总借了他的车用，用完去洗车时，洗车工人不慎把行车记录仪弄坏了，他还没来得及去 4S 店修。"程立科长说。

"那么巧？"韩印问。

"我们一开始也觉得太过巧合了，包括肇事车辆系被盗车辆，都让我们觉得很像是一起精心策划的事故，但随后经过一系列深入调查，最终排除了这一可能。"程立科长说。

"我插一句，"张宏斌道，"肇事车被盗前停放的地点距离先锋 KTV 很近，也就在 KTV 背后的一条街上，所以我觉得韩老师先前的推断没错，可能程强等人当晚从 KTV 出来之后，在街上乱溜达，偶然发现该车没有上锁，便在酒精的作用下偷了车，企图把车开到海滨路上兜风，未承想出了车祸。并且时间点也很吻合。"

"程强等人的确太有嫌疑了，"顾菲菲冲程立科长问，"对于肇事者，张家声有何说法？"

"他说当时被撞晕了，没看到肇事者。"程立科长说。

"他的伤势如何？"叶曦问。

"我特意到医院了解过他的伤情，他有些轻微的脑震荡，也有失血过多的问题，在医院昏迷了一天一夜才醒过来，还有双前臂均发生骨折，以及左跟骨严重粉碎性骨折，医生说手术还是比较成功，只不过需要漫长的恢复期。"程立科长说。

"看来张家声左脚骨折至今仍未痊愈，得靠服用尼美舒利止痛，所以走路才会一瘸一拐的。"顾菲菲说。

"可惜了他媳妇，还怀着三个月的身孕，医生说哪怕再早十来分钟，大人还有救过来的可能，一尸两命，太可怜了！"程立科长叹道。

"看来真让你们说着了。"张宏斌赞许地指指韩印和顾菲菲，然后说，"张丽做直播那十多分钟，果真是害死了一条生命。"

"你说现在这些小年轻的，玩网络都玩魔怔了，我觉得这张丽还真不是心眼坏，她是心眼不够用，分不清个轻重缓急。"程立科长摇摇头，无奈地说。

"网络经济发展得太迅猛了，一切都向钱看，人心容易浮躁，你看看网上有些人，为了名利炒作，啥厚颜无耻的事都做得出来。"张宏斌叹口气，"咳，那些人连脸都不要了，你还指望着他们有道德底线？"

"您可不能一竿子打死一船人。"艾小美微笑着打趣道，"其实现在就是泛娱乐化的东西太多，年轻人爱追个潮流而已，其实利欲熏心、不知廉耻的只是个别现象，更多的90后和00后网民，在大是大非面前三观都还是蛮正的。"

"唉，就怕时间久了，社交平台不断渲染，好孩子也被带坏了。你看时下的一些不靠谱的新闻导向，经常是谁有钱、谁长得漂亮、谁名气大、谁背景深，谁说的话就是真理。"程立科长毕竟年岁比小美大着近两旬，看问题的角度自然不同，内心的感触便也无法苟同，"不说了，咱还是说回案子，我这有段张丽当时直播车祸现场的录像，放给你们看看。"

随着程立科长将电脑屏幕转向众人，大家便看到车祸现场的惨烈景象，安全气囊背后是两张血淋淋的脸庞，女伤者身子歪倒在一侧、脑袋无力地垂着，一动不动，而男伤者脑袋微微晃着，眼睛不断地眨着，嘴里含着血，嘴唇颤抖着，似乎极力在说着什么……

"从视频上看，夏晴的伤是在头部，张家声其实只是鼻子和嘴出血了，血液溢满了口腔，以及倒流到喉头，所以说话困难，意识还是清醒的。"顾菲菲盯着电脑屏幕说。

"这就是说，如果程强等人肇事后曾下车查看过，他们的脸很可能被张家声看到了，并记住长相。他在医院醒来后，听到妻儿的噩耗，便下决心要复仇，所以对程科长谎称未看到肇事者模样。再到两个月前，因频频中奖，程强的照片随着新闻报道传到大街小巷，也让张家声认出他就是当晚的肇事者之一。"韩印拧着双眉，幽幽说道，"还有，夏晴的车祸伤主要在头部，所以张家声以牙还牙，用锤子把程强等人的脑袋砸烂。"

"也许这位韩老师说对了当时的情形，我们在勘验现场时采集到两滴不属于两名车祸伤者的血迹，也怀疑肇事者撞车后下过车，不过 DNA 录入数据库中至今也未发现相匹配的数据。"说着话，程立科长从卷宗中取出一张血迹存证照片递向韩印。

顾菲菲主动将照片拿到手上，观察片刻道："从形态上看，是滴溅型的血迹，旺海老菜馆老板说过程强当时手受了伤，也许这两滴血就是程强的。"

"程强的 DNA 做过检测了吗？"韩印问。

"图谱已经有了，正等着家属来做进一步的比对认定，还没录入到数据库中，否则应该会有警报，我去鉴定科落实一下。"顾菲菲霍地站起身，扭身便向办公间大门走去。

身后的程立科长一脸兴奋地说："太好了，真能比对成功，那我们交警这边就有结案的希望了！"

◎尾声

如程立科长所愿，DNA比对结果显示：遗留在车祸现场，除张家声和妻子夏晴以外的"第三者"的血迹，正是属于程强的。也基本认定程强等三人为车祸当时的肇事方。那么杀死他们，并直播张丽之死，且绑架孟凡军的，应该就是满怀报复之心的张家声。

当清晨第一缕阳光投射到大地之时，春海市刑警支队大院中，警笛声接连拉响，一辆辆警车呼啸驶出大院。张家声接受车祸调查时，曾登记过一个家庭住址，此刻支援小组和专案组正是奔向张家声的那个住处实施抓捕。另外，张家声还留过一个手机号码，专案组曾试着拨打过，但显示手机处于关机状态。张宏斌吩咐技术处对该号码实施监控，一旦开机立即通知专案组。

半个多小时之后，一处高档社区中的一栋单元楼的楼层楼道中，涌入一队荷枪实弹的警察。走在最前面的是张宏斌和杜英雄，两人对着一个中间贴着红色福字的防盗门敲了一阵，里面没有任何回应，倒是把对面住家的门敲开了。那住家的人，看到满楼道都是警察，先是吓了一跳，然后看警察是在敲张家声家的门，便好心提示说已经好长时间没看到张家声回来住了。

谢了对面住客，出于谨慎，张宏斌还是示意杜英雄利用技术开锁打开房门。进去一看，果然一屋子都是很久未有人住过的迹象，挂在客厅墙上的一幅巨型结婚照片落满了灰尘，照片上的张家声和夏晴脸上盈满幸福的笑容，只是现在已物是人非。张宏斌示意众警员迅速撤离，紧接着便奔向张家声经营的旅游公司——定情海旅行社。

定情海旅行社在繁华街区租了个两层楼的门头房作为办公地点，一众人赶到时，正好遇见一个年轻人正用钥匙打开大门。

杜英雄快步向前，亮出警官证，指了指旅行社："你是这里的员工？"

"对，这家店我负责。"年轻人把钥匙拿在手上，愣愣地说。

"你贵姓？是这家店的老板？这旅行社不是张家声开的吗？"张宏斌从旁一连串地问道。

"我姓赵，是这家店的代理总经理，家声早些时候出了车祸，现在处于休养期，店里的事便由我负责。"赵经理看着一众面色严峻的警察，一脸忧色地问，"是家声出了什么事吗？"

"我们去过他与夏晴的家，没找到他，你知道他现在住哪儿吗？"张宏斌反问道。

"知道。"赵经理点点头，追着问道，"家声到底出了什么事？"

"你先上车带路，详情容后再说。"张宏斌不由分说把赵经理拽上自己的车，韩印和顾菲菲便也跟着上了他的车。

差不多二十分钟的车程，在韩印和顾菲菲的询问下，赵经理讲述了一个关于夏晴和张家声之间浪漫而又伤感的爱情故事：赵家声和夏晴是老天爷注定的一对恋人，他们不仅是大学同班同学，而且是同年同月同日生，因此他们选定的结婚日期，也是他们彼此的生日——10 月 28 日。两人都是外省人，大学毕业后张家声本想去北京发展，但因夏晴喜欢大海，两人便留在春海。去年 10 月 28 日是两人结婚一周年的纪念日，夏晴在当天给了张家声一个大大的惊喜，宣布她怀孕了，张家声要当爸爸了。而就在当晚，一场突如其来的车祸，毁掉了这一对爱人所有的美好。

赵经理和两人也是大学同班同学，在他的记忆里，张家声和夏晴会用各种方式表达他们彼此深爱着。比如在上课时偷偷传递纸条，用一些奇奇怪怪的图案暗诉衷情，后来同学们才知道那些图案是摩斯密码。这样的爱的小情趣，一直延续到他们后来的生活和工作中。

提起孟凡军的造谣微博，赵经理表示他知道那件事，他和公司的人曾经也在那条微博下面的评论中说出过事实真相，但没人理会他们的解释。社交平台上很多人都是如此，他们并不在乎事情的真相，只愿意相信他们想看到的东西而已。赵经理一度想花钱把孟凡军"人肉"出来教训一顿，但被张家声制止了，他那时说过的一句话，也许就预示了今天所发生的这一切——"我会用自己的方式让那些人认识到事实真相，哪怕是剔骨剜肉，哪怕是惊心动魄。"

灰暗的四层小楼，破破烂烂的楼道，顶楼，一室一厅的房子，准确点说客厅只是一个过道。赵经理解释说，这是张家声和夏晴大学毕业之后租住过的第一个房子，后来生活好了，两人把这房子买下来作为纪念。张家声出车祸受伤从医院出来后，便直接搬到这房子里住下。

来到卧室，张家声依然不见踪影，但视野所及，令人瞠目结舌。卧室中除了窗户，所有的墙壁上都贴满彩色打印机打印出的图片。不，准确些说，是照片。程强、王威、姜春花三人，以及张丽和孟凡军两人，他们几个月以来起居住行的照片，全部都粘在墙上。

进门处，电灯开关旁挂着一本挂历，时间页翻到的是本年 10 月份，"28日"则被黑色水性笔重点圈注。韩印皱着眉，抬腕看了眼手上的表，显示当下的日期正是 10 月 28 日。他不禁抬手敲了敲自己脑壳，一脸懊悔表情——"咱们来晚了，也许张家声从醒来的那一刻，就在等待着今天死去！"

郊外卧龙山墓园。

深秋的早晨，初阳微升，一抹淡雾在山间回荡，透着些许的清寒。几株翠绿的松柏围绕着一处墓穴，汉白玉制的墓碑立在中间，墓碑上没有任何文字，只刻着莫名晦涩的图案（.-……-..-一.-..-...-一一一一一..-....-.），墓碑下斜靠着一个长发缭乱、满脸胡楂的男人，他微微低垂着头，双眼紧闭，脸颊挂着风干的泪痕，右臂的腕处，划有一道深深的血痕，血流满地……

顾菲菲走上前去，探了探男人的脖脉，反身回来冲韩印等人缓缓摇了摇头。赵经理忍不住喊了声"家声"，便用力捂住嘴巴，无声啜泣着。悲凉的初阳下，一众人默默地伫立在墓前，神情复杂地注视着墓碑……

"LIVE AND DIE TOGETHER——同生共死"。这就是墓碑上刻着的摩斯密码对应的寓意。

然而，法律之外，没有任何人拥有主宰他人生死的权利！纵使张家声的经历有多么的悲情，他依然是一个蔑视法律的杀人凶手。须臾，顾菲菲神色决绝地从杜英雄腰间取下一副手铐，走到早无生息的张家声身前，把他的双手拢在一起，戴上冰冷的手铐。

本书完

2018 年 1 月

图书在版编目（CIP）数据

犯罪心理档案.第五季,追隐者/刚雪印著.—贵
阳:贵州人民出版社,2019.6
ISBN 978-7-221-15258-9

Ⅰ.①犯… Ⅱ.①刚… Ⅲ.①长篇小说—中国—当代
Ⅳ.① I247.5

中国版本图书馆 CIP 数据核字（2019）第 082895 号

上架建议：悬疑·推理

FANZUI XINLI DANG'AN. DI WU JI, ZHUI YINZHE
犯罪心理档案.第五季,追隐者

著　　者：刚雪印
责任编辑：胡　洋　潘　乐
监　　制：蔡明菲　邢越超
策划编辑：董晓磊　毛昆仑
特约编辑：尚佳杰
营销支持：傅婷婷　文刀刀　周　茜
版式设计：李　洁
封面设计：八牛设计
内文排版：百朗文化
出版发行：贵州人民出版社
　　　　　（贵州省贵阳市观山湖区 1 号）
网　　址：www.gzrmcbs.com
印　　刷：三河市百盛印装有限公司
经　　销：新华书店
开　　本：875mm×1270mm　1/16
字　　数：240 千字
印　　张：17
版　　次：2019 年 6 月第 1 版
印　　次：2019 年 6 月第 1 次印刷
书　　号：ISBN 978-7-221-15258-9
定　　价：43.00 元

若有质量问题，请致电质量监督电话：010-59096394
团购电话：010-59320018